Gabriel Trujillo Muñoz

Tijuana Blues

metro

Gabriel Trujillo Muñoz

Tijuana Blues

Aus dem Spanischen von
Sabine Giersberg

Unionsverlag

metro – Spannungsliteratur im Unionsverlag,
herausgegeben von Thomas Wörtche

Die spanische Originalfassung der
vorliegenden vier Kurzromane ist enthalten
in *El festín de los cuervos,* erschienen 2002
bei Norma Ediciones in Mexiko-Stadt.
Deutsche Erstausgabe

Die Übersetzung aus dem Spanischen wurde
unterstützt durch die Gesellschaft zur
Förderung der Literatur aus Afrika, Asien
und Lateinamerika e.V. in Zusammenarbeit
mit der Kulturstiftung PRO HELVETIA

Im Internet
Aktuelle Informationen,
Dokumente, Materialien
www.unionsverlag.com

Rieterstrasse 18, CH-8027 Zürich
Telefon 0041-44-283 20 00, Fax 0041-44-283 20 01
mail@unionsverlag.ch

Umschlaggestaltung: Theres Rütschi, Zürich
Umschlagfoto: John Neubauer/Getty Images
Druck und Bindung: Freiburger Graphische Betriebe
ISBN-10 3-293-00359-1
ISBN-13 978-3-293-00359-0

Inhalt

Mezquite Road 7
Tijuana City Blues 97
Loverboy 149
Laguna Salada 197

Anhang 261

Mezquite Road

1

Der marineblaue Suburban fuhr durch die dürre Ebene. Am Rand einer Schlucht hielt er an. Zwei Männer stiegen aus dem Geländewagen. Sie betrachteten die Landschaft. Der jüngere holte ein Fernglas heraus und inspizierte im gräulichen Licht des erwachenden Tages den Horizont, um sich zu vergewissern, dass die Wüsteneinsamkeit durch nichts gestört wurde.

Die Männer zogen Handschuhe an und öffneten die Heckklappe. Unter großen Mühen zerrten sie ein in Leinen geschnürtes Bündel heraus und schleppten es zu der Schlucht. Ein dumpfer Schlag bezeugte, dass das Bündel unten angekommen war.

Sie gingen zum Suburban zurück und wiederholten das Ganze noch zweimal. Die Wüste bot ein verhaltenes Lichtspiel. Ein rötlicher Glanz, der Himmel und Erde gleichermaßen erstrahlen ließ. Die Männer stiegen wieder ein, ohne es zu bemerken. Der Lieferwagen kehrte dorthin zurück, wo er hergekommen war. Eine Staubwolke verlor sich in der Ferne.

Minuten später fiel ein Fliegenschwarm über die Schlucht her und schwirrte über den Bündeln herum, die durch den Aufprall ihren Inhalt offenbart hatten. Eine Fliege lief über das violette Gesicht eines Jungen. Eine andere setzte sich auf den blutigen, zersplitterten Knochen, der aus dem Bein eines älteren Mannes aufragte. Eine dritte ließ sich in der Hirnmasse eines gespaltenen Schädels nieder.

In dem Moment färbte sich der Himmel wie auf einer Postkarte für Touristen.

Von Osten kam ein erster heller Lichtstrahl.

2

Der Mann wusste nicht, was er tun sollte. Er verbarg die Hände in den Taschen und senkte den Blick. Er hatte sich bereits daran gewöhnt, zu betteln, um Gnade zu flehen, beherrscht von größeren, stärkeren Mächten.

»Sie kennen das«, murmelte er, »es kribbelt, man ist erregt, man glaubt, jetzt kommt die Glückssträhne. Aber es stimmt nicht, es ist nur eine Täuschung, eine Falle. Die verfluchte Hoffnung, sonst nichts.«

Die Frau ließ den Rauch ihrer Zigarette in Spiralen aufsteigen. Als ob die Worte des Mannes sie nicht erreichten, als wären sie Teil des sie umgebenden Rauches.

»Sie müssen das verstehen. Ich habe es gewagt, Sie um so viel zu bitten, weil ich geglaubt habe, es Ihnen zurückzahlen zu können. Das mit dem Zinseszins habe ich nicht gewusst.«

Die Frau schüttelte die Asche ab, die auf ihre Kleidung gefallen war. »Einhundertfünfzigtausend Dollar, findest du das wenig?«

»Nein, aber ich kann meine Schulden immer noch bezahlen.«

»Ich wüsste nicht wie. Du hast keinen eigenen Besitz mehr. Du lebst vom Geld deines geliebten Schwiegervaters. Ich weiß wirklich nicht, wie ich dir helfen könnte, aus diesem Schlamassel herauszukommen. Und du kannst mir glauben, ich hätte das größte Interesse daran.«

Der Mann ergriff wieder die Initiative. Die Frau wollte ihm antworten, aber der Zigarettenrauch ließ sie mehrfach husten.

»Zeit. Ich brauche Zeit«, sagte der Spieler schließlich.

Die Frau trank ein wenig Wasser und schlug sich ein paar Mal auf die Brust. »Mein Freund, ich bin nicht die Jungfrau von Guadalupe, die für dich ein Wunder geschehen lässt. Ich verlange Geld für meine Dienste, ich verschenke sie nicht.«

»Das Spiel … es ist … es macht süchtig.«

»Glaubst du, das weiß ich nicht? Oder denkst du, ich bin aus Nächstenliebe in diesem Geschäft?«

»In einem Monat zahle ich Ihnen alles zurück.«

Die Frau zündete sich eine weitere Zigarette an und starrte gegen die Holzdecke. »Also, dann erklär mir mal, wie du mir das zurückzahlen willst. Ich habe schon mit Don Gregorio gesprochen, und er hat mir gesagt, er würde sich nicht um deine Schulden kümmern, du wärest alt genug, um selbst damit klarzukommen.«

Der Mann wurde wütend. Seine Reaktion brachte die Frau zum Lachen.

»Ich bin geschäftsfähig. Ich brauche die Unterschrift meines Schwiegervaters nicht, um da rauszukommen.«

»Uiuiui, du spuckst aber ganz schön große Töne!«

»Geben Sie mir eine Woche. Das reicht. Ich werde sehen, was sich machen lässt.«

»Du wirst gar nichts sehen, mein Junge, denn ich sehe, und zwar sehr gut, wie fertig du bist. Ohne Geld, ohne Besitz, ohne Schwiegervater und ohne Kreditkarten.«

»Haben Sie noch ein bisschen Geduld.«

Die Frau schloss die Augen und blies den Rauch betont langsam aus. »Verschwinde. Und komm erst wieder her, wenn du hast, was du mir schuldest.«

Das Gesicht des Mannes hellte sich auf, als hätte man ihm in letzter Sekunde doch noch einen Gnadenerlass gewährt. »Ich zahle, Sie werden sehen. In einer Woche.«

Die Frau hatte ihm den Rücken zugedreht. Er nutzte die Gelegenheit, um das Zimmer zu verlassen. Die beiden Leibwächter der Frau sahen zu, wie er sich über den Flur zur Ausgangstür auf die Gasse bewegte.

Die Frau nahm die Glocke und läutete heftig. Sogleich trat, ohne zu klopfen, ein junges Mädchen ein. Sie war schlank und muskulös und schien sich völlig geräuschlos zu bewegen. »Zu Befehl, Chefin.«

»Lad ihn auf etwas ein, mach dich an ihn heran, und dann nimmst du ihn mit aufs erstbeste Hotelzimmer. Es soll ein Exempel sein. Eine Warnung. Alle sollen wissen, bei mir zahlt man lieber pünktlich, wenn man am Leben hängt.«

»Kann ich mit ihm vögeln?«

»Er ist zu fett und zu alt für dich, mein Kind. Aber es ist deine Entscheidung. Der Mistkerl ist tot mehr wert als lebend.«

Das Mädchen lief hinter dem Mann her.

Die Frau schloss die Augen und lächelte in Vorfreude dessen, was bald geschehen würde.

3

Morgado, graue Augen, helle Haut, Levi's-Jeans und schwarzes Hemd, stieg aus dem Taxi und machte sich, den Kofferträgern des Flughafens von Mexico City ausweichend, auf den Weg zum Schalter von Mexicana de Aviación, um für den Flug nach Mexicali einzuchecken.

Der Gedanke an Mexicali rief in ihm automatisch bestimmte Bilder wach. Seine Kindheit, das Grab seiner Mutter, die Wahnvorstellungen seines Vaters, die Grenze und den Stacheldrahtzaun. Und mit diesen Bildern kamen die Abneigung, die vergessenen Bindungen, die Entfremdung. Sein Leben drehte sich nicht mehr um dieses ferne Land im Norden, um die Wüsten, den feuerroten Horizont. Aber die Wurzeln waren nicht ganz abgeschnitten. Die alten Gefühle würden wieder an die Oberfläche kommen, wenn er seine Geburtsstadt besuchte. Wohin kehre ich zurück, fragte er sich, warum habe ich zugesagt, meinem alten Kumpel Atanasio zu helfen?

Nachdem er eingecheckt hatte, musste Morgado wie üblich bei Gate 7 noch eine Stunde warten. Er vertrieb sich die Zeit damit, den Gesprächen der Mitreisenden zuzuhören. Eine Gruppe von Damen der mexikanischen High Society, die begeistert über ihren letzten Karibik-Urlaub plauderten. Morgado hätte aufgrund der Beschreibungen der Strände vermutet, dass sie in Puerto Rico oder Jamaica gewesen waren, aber zu seiner Überraschung sprachen sie über Kuba.

Dann war da noch eine Rockband aus der Hauptstadt, die zum dritten Mal in einem Monat in Mexicali auftrat (»Das Publikum da ist echt *heavy.* Die stehen drauf, wenn wir die Gitarren auf ihren Köpfen zerschlagen, und sie schreien immer noch nach mehr.«); ein Priester, der in der Bibel las und sich währenddessen die komplette Liedsammlung von Juan Gabriel auf dem Walkman anhörte; ein Fotograf, der eine Bildreportage über die Grenze machen wollte und unter diesem Vorwand Fotos von den Mädchen im Minirock machte. Kleinen Nymphen, die die Rockmusiker fragten, in welchem Hotel sie absteigen würden (»Wir wollen eure Groupies sein!«). Und die Mütter der Nymphen, die den Fotografen bedrängten, einmal nackt für ihn posieren zu dürfen.

»Und was machen Sie?«, wurde Morgado von einem dickbäuchigen Mann gefragt, der ein Shirt mit dem Aufdruck ›Desert Storm‹ trug.

»Ich bin Rechtsanwalt.«

»Ich habe Sie nicht nach Ihrem Beruf gefragt, sondern in welcher Angelegenheit Sie gerade unterwegs sind.«

»In keiner.«

Der Mann schüttelte den Kopf. »Das ist schlecht. So bringt man es zu nichts. Um zu leben, muss man Perspektiven haben.«

Morgado wusste nicht, was er sagen sollte.

»Perspektiven«, wiederholte der Dickbäuchige. »Denken Sie an meine Worte.«

Morgado dachte, es sei immer noch früh genug, die Reise abzublasen, sein Ticket zurückzugeben. Aber in dem Moment hörte er über Lautsprecher die Aufforderung zum Boarding.

Die Götter waren immer sehr streng mit mir, dachte Morgado mit einer Mischung aus Resignation und Fatalismus.

4

»Dieselbe Sonne, dasselbe Klima«, sagte Morgado.

Atanasio nahm die Umgehung und fuhr dann weiter auf der parallel zur Rollbahn verlaufenden Straße. Die kalifornischen Felder des Valle Imperial tauchten auf.

»Aber die Stadt ist nicht mehr dieselbe.«

»Sie ist gewachsen, vermute ich, wie ganz Mexiko.«

»Ja, aber anders. Das hier ist ein Experiment in Hochgeschwindigkeit.«

»Vor ein paar Stunden dachte ich noch, dass es mir gefällt, wieder in Mexicali zu sein. Im Warteraum bekam ich plötzlich Panik. Ich sagte mir: ›Das Fremdartige, der Fremde bist du.‹ Jetzt bin ich mir nicht mehr sicher.«

»Du bist noch nicht aus dem Auto ausgestiegen, und schon spekulierst du herum. Entspann dich!«

Morgado konnte die ersten ›alten‹ Gebäude von Mexicali erkennen. Keines war älter als fünfzig Jahre. »Das sieht genau so aus wie früher.«

»Du kommst mir vor wie ein Schüler in Disneyland.«

»Was willst du? Ich bin immer noch der kleine Junge mit dem Ranzen auf dem Rücken.«

»Komm, nun sei mal nicht so wehmütig, und genieß die Stadt, wie sie jetzt ist. Das ist nicht schlechter als vorher.«

»Abreißen und neu bauen, dann wieder abreißen und wieder neu bauen und immer so fort bis in alle Ewigkeit, wie in der Hauptstadt.«

»Das ist die Moderne, *compañero.* Die Stadt wächst nach allen Seiten, ohne Plan, ohne Maß. Aus der Luft sieht sie wie ein platt gedrückter Hut aus, wenn du richtig hinschaust.«

»Und die Gringos? Sind sie immer noch so freundlich?«

»Nein, die Zeiten sind vorbei. Jetzt holen die von der *migra* bei jeder noch so kleinen Gelegenheit die Pistole heraus, ballern wild um sich und verkünden, sie seien unverstandene Schäflein, die nur ihre Pflicht erfüllen. Ihr schönes, sauberes und demokratisches Land vor lateinamerikanischer Verseuchung zu schützen.«

»Ich habe schreckliche Sachen in der Presse gelesen.«

»Ich will ja nicht übertreiben. Hier in dieser Gegend hütet sich die *migra* eher, ihre wahren Gefühle zu zeigen. Weil es auf der anderen Seite viele Mexikaner gibt, ist es für sie nicht opportun, ihre Wähler vor den Kopf zu stoßen. Aber zwischen Tijuana und San Diego liegen die Dinge anders. Da wird geballert, was das Zeug hält. Es gibt viele Rassisten. Und viele Tote auf unserer Seite.«

Der Verkehr wurde stärker, als sie in das Stadtzentrum kamen. Die ersten fahrenden Händler und amerikanischen Touristen bevölkerten die Straßen. Wie schon so oft dachte Morgado, dass Mexicali keine tiefen Wurzeln hatte, dass die ganze Vergangenheit an der Oberfläche schwebte.

»Und mein Vater? Wie geht es ihm?«

Atanasio fluchte, weil ihm ein Wagen den Weg versperrte, und kam dann erst wieder auf Morgados Frage zurück. »Deinem Vater geht es gut. Ich habe ihn letzte Woche im Altenheim besucht. Er wird sich freuen, dich zu sehen.«

»Glaub nicht, dass ich bloß deinetwegen hierher gekommen bin. Ich war ziemlich lange weg.«

»Du erinnerst dich nicht gern daran, wo du herkommst.«

»Jetzt werd nicht fies. Ich habe einfach keine angenehmen Erinnerungen an Mexicali.«

»Entschuldige. War nur ein Scherz.«

Morgado betrachtete die Autoschlangen, die darauf warteten, über die Grenze zu kommen. »Ich weiß. Aber es tut immer noch weh.«

»Ach, jetzt werde nicht pathetisch«, scherzte Atanasio. »Oder hast du vielleicht keine netten Erinnerungen an die Mädchen von hier?«

Sie kamen kurz vor zehn im Hotel Del Norte an.

»Es wird dir gefallen. Sie haben es komplett umgebaut. Geh rein und sieh selbst. Als ob du in einem Film der Vierzigerjahre bist. Es fehlen nur noch Ingrid Bergman und Humphrey Bogart, damit es dir echt vorkommt.«

Atanasio hatte Recht. Das Hotel war reines Hollywood, eine Kulisse.

»Weil dein Flugzeug ein wenig Verspätung hatte, muss ich dir bedauerlicherweise mitteilen, dass Teresita Sifuentes, verwitwete González, bereits seit einer halben Stunde auf uns wartet. Also lass den Pagen die Koffer auf dein Zimmer bringen, und dann machen wir uns gleich auf den Weg. Du wirst schon noch Zeit haben, dich in die Sonne zu legen und auszuruhen.«

»Erzähl mir genau, um was es geht«, bat Morgado. »Am Telefon wolltest du nicht darüber sprechen. Du hast nur gesagt, sie hätten einen Freund von dir erledigt.«

»Am besten sage ich dir nichts. Du sollst alles direkt aus dem Mund der Witwe hören, damit du ohne Vorurteile deine eigenen Schlussfolgerungen ziehen kannst …«

»Es ist eine Drogengeschichte, oder?«

Atanasio seufzte müde. »Wenn es nur so wäre.«

5

»Was gibt es sonst noch zu erzählen?«, sagte die Witwe zu Morgado. »Alles in allem war er ein guter Mensch.«

Das Haus war ein glühender Ofen. Ein *cooler* summte, ohne die Temperatur auch nur minimal reduzieren zu können, aber das schien der Trauer tragenden Frau nichts auszumachen, die die Lebensgeschichte ihres verstorbenen Mannes herunterbetete, als hätte sie sie schon tausendmal wiederholt. »So war mein Heriberto. Ein Spieler, ein Schürzenjäger, ein guter Vater und ein guter Ehemann. Nichts Besonderes.«

Morgado wusste nicht, was er sagen sollte. Die Hitze betäubte ihn. Wenn man ihm wenigstens ein Bier angeboten hätte. Aber in dem Zimmer gab es nicht einmal ein Glas Wasser.

»Deswegen habe ich Atanasio gebeten, mir zu helfen. Er ist Ihr Freund und die Person meines Vertrauens. Sie wissen, wie schwer es für eine Witwe ist, um so etwas zu bitten. Sich gegen alle anderen zu stellen. Man sagt, ich solle die Toten ruhen lassen und nicht anfangen, im Dreck herumzuwühlen. Aber das entspricht nicht meiner Natur.«

Morgado sah, wie sich die Töchter des Verstorbenen im anderen Zimmer eine Telenovela ansahen und mit ganz anderen Konflikten und Tragödien beschäftigt waren.

»Werden Sie es schaffen?«

Er hatte wieder den Gesprächsfaden verloren. »Was schaffen?«

»Zu verhindern, dass der Name meines Mannes mit Drogen in Verbindung gebracht wird. Er hatte nie etwas mit Drogen zu tun. Er war nur der Verwalter der Ranch Los Mezquites.« Die Witwe holte Luft und fuhr mit ihrer Rede fort. »Sie haben ihn nicht in diesem Scheiß-Hotel getötet. Wenn er Kokain dabeihatte, dann hat ihm das jemand zugesteckt, um ihn zu belasten. Sie haben ihn wegen etwas anderem umgebracht. Da bin ich mir sicher.«

»Wollen Sie, dass ich ermittle?«

»Ja.«

»Damit Ihrem Mann Gerechtigkeit widerfährt?«

»Gerechtigkeit? Machen Sie Witze? Ich will Rache!«

»Das ist nicht mein Ding. Das wissen Sie.«

Die Witwe nahm sofort wieder Haltung an. »Das stimmt. Finden Sie für mich heraus, was geschehen ist, und das soll mir genügen. Ist das für Sie in Ordnung?«

»Ja, aber es kostet. Und worum Sie mich bitten, kann teuer werden.«

Die Witwe verzog verärgert das Gesicht. »Ich dachte, Anarchisten liegt nichts am Geld.«

»Anarchisten, wenn es überhaupt noch welche gibt, vielleicht nicht. Ermittlungen kosten Geld und an der Grenze umso mehr.«

»Aber Atanasio sagte mir, Sie …«

Morgado stand taumelig auf. Er dachte daran, dass die Rückfahrt nach Mexicali mindestens eine halbe Stunde dauern würde. Dreißig unendlich lange Minuten in der sengenden Sonne um zwei Uhr mittags.

»Warten Sie!« Die Witwe hob die rechte Hand. »Wie viel verlangen Sie?«

»Dreihundert Dollar Vorschuss und einhundert Dollar täglich. Das geht alles für Kosten drauf. Meine Dienstleistungen werde ich Ihnen nicht berechnen.«

»Also werden Sie einen Monat lang ermitteln, und ich werde noch ärmer werden.«

»So ist es.«

Morgado trat in das Tageslicht. Atanasio wartete zusammengekauert unter einem Sonnendach auf ihn und malte Diagramme in den Sand.

»Was sind das für Striche?«, fragte Morgado. »Irgendeine Formel für Molotowcocktails?«

»Ich habe überlegt, ob ich die *junta de mejoras* am Ortseingang überfallen soll.«

»Hör mit dem Quatsch auf. Das letzte Mal, als du so was Ähnliches versucht hast, ist dir nichts Besseres eingefallen, als die Post zu überfallen, mitten im Zentrum und ohne schnelle Fluchtwege. Was seid ihr doch für gute Strategen bei der ›Anarchistischen Liga Ricardo Flores Mágon‹!«

»Aber es war ein gelungener Coup!«

»Natürlich war es ein toller Coup! Ihr habt acht Jahre in euren Zellen gesessen und die Millionen Briefmarken gezählt, die ihr erbeutet habt. Die versammelte revolutionäre Philatelie.«

Atanasio lachte herzlich, ohne den Blick von Morgado abzuwenden. »Du warst lange bei der Witwe. Sie hat dich doch nicht in Naturalien bezahlt?«

»Bezahlt? Ich habe geglaubt, du hättest ihr gesagt, dass die Ermittlung Geld kostet.«

»Eine Witwe ist eine Witwe. Die rücken ihr Geld nicht so schnell raus.«

»Und jetzt?«

Atanasio säuberte sich die Hände an der Hose und stand schnell auf.

Morgado spürte, wie ihm jemand auf die Schulter tippte. »Na schön. Hier ist das Geld.«

Die Witwe übergab ihm fünfhundert Dollar in Hunderterscheinen. »Aber ich will noch in dieser Woche Ergebnisse sehen.«

Atanasio verabschiedete sich mit einer Umarmung und einem Kuss von der Witwe. Sie sah ihn melancholisch an, dann kehrte sie wortlos in ihr Haus zurück.

Atanasio wirkte glücklich und aufgekratzt. »Auf, lass uns ein paar Bierchen trinken gehen, *compañero*.«

»Darf ich dich daran erinnern, was dein Vater Marx gesagt hat: ›Bier ist Opium für das Volk.‹«

»Und ich dich daran, was mein Vater, Atanasio der Erste, zu sagen pflegte: ›Das Bier ist das Elixier der Götter.‹ Außerdem ist dieser Marx nicht mein Vater, sondern nur ein entfernter, miesepetriger Onkel.«

Natürlich landeten sie in der Kneipe Tarros del Tío Nacho, inmitten verkaterter Mariachi-Musiker und arbeitsloser Anwälte. Beim dritten Bier fing Morgado an, für sein Geld zu arbeiten. »Erklär mir diesen Wirrwarr ein bisschen. Ich weiß noch nichts über deinen Kumpel, möge er in Frieden ruhen. War er nun ein Drogenhändler oder nicht?«

Atanasio dachte eine Weile nach, bevor er antwortete. »Es ist eine so verworrene Geschichte, dass es mir fast gegen den Strich geht, sie zu erzählen.«

»Komm, seit wann bist du denn so maulfaul?«

»Na schön. Also, Heriberto, mein Kumpel, kam aus einer protestantischen Familie, Zeugen Jehovas, glaube ich. Er ging nicht aus. Er vögelte nicht. Er rauchte nicht. Er war die Langeweile in Person. Bis er Teresita Sifuentes bei einem Treffen von Grundbesitzern und Viehzüchtern traf. Auch ich war an dem Abend hinter Teresita her, das war noch vor der Liga, vor mindestens zwanzig Jahren. Wir machten uns gegenseitig nieder, wir fluchten auf unsere Erzeugerinnen – ich vermute, für ihn war das die reine Blasphemie –, und wir prügelten uns nach allen Regeln der Kunst. Es war eine nette Schlägerei. Stell dir vor – zwei Hut tragende Jungspunde in Cowboystiefeln. Was soll ich sagen? Am Ende waren wir ein Herz und eine Seele. Wir schworen uns ewige Freundschaft und ließen das Los entscheiden, wer Teresita bekommt. Zu meinem Glück oder Pech gewann er. Ich machte die Schule zu Ende und ging an die UNAM, um Politikwissenschaften zu studieren. Das war 1973. Er wurde katholisch, apostolisch und römisch. Das war die einzige Bedingung, die der alte Sifuentes stellte, damit Heriberto Teresita heiraten konnte. Ich war inkognito auf seiner Hochzeit. Zwei oder drei *federales,* die sich unter die geladenen Gäste gemischt hatten, entdeckten mich, aber weil wir damals in Baja California noch nichts angestellt hatten, keine Entführung, keinen Überfall, ließen sie mich in Ruhe. Das war 1975. Dann hatten wir nicht mehr viel Gelegenheit, uns zu sehen. Heriberto hat sich immer wie ein guter Freund verhalten. Zweimal hat er mir das Leben gerettet, indem er mich in der Baptistenkirche von San Felipe versteckte. Er verstand nichts von Politik oder Ideologien. Er widmete sich damals den Geschäften, dem An- und Verkauf von Vieh. Dann war er Strohmann der Gringos beim Geschäft mit Landwirtschaftsmaschinen und Dünger. Zu der Zeit, Anfang der Achtziger, ging es ihm gut. Aber mit so viel Dollars in der Tasche und so wenig Neigung zu den Lastern der Mehrheit der Sterblichen …«

»Wie du und ich.«

»Du weißt schon. Du fängst an, auf die verdammten Windhunde zu wetten, und der Einzige, der immer gewinnt, ist der Hase. Und das ist die Rennbahn. Heri verbrachte Tage damit, zu spielen und zu verlieren, zu verlieren und zu spielen. In wenigen Jahren hatte er fast sein ganzes Vermögen verzockt.«

»Das des kapitalistischen Großbürgers.«

»Das des feigen, habsüchtigen Mexikaners. Er verlor die Ranch und zwei Mietshäuser, eines in Rosarito und eines in Bahía Kino. Teresita – ich war Taufpate von Eloísa, der ersten Tochter, die jetzt siebzehn ist und sich prächtig entwickelt hat – bat mich, ihnen zu helfen. Wir schafften es, seine übrigen Besitztümer, zwei Ranchs und ein Mietshaus in San Felipe, mir zu überschreiben. Jetzt laufen sie zwar auf meinen Namen, aber ich rühre von den Erträgen nichts an. Alles geht an Teresita und ihre drei Töchter. Sie zahlen mir nur den Betrag für die Steuern. Ein gerechter Deal. Aber Heri fühlte sich betrogen. Es war auch Betrug, denn wir haben es ohne seine Zustimmung getan. Wir haben ihn nicht einmal gefragt. Der arme Heri. Er starb in dem Glauben, seine Familie und ich hätten ihn verraten. Aber wenn wir es nicht so gemacht hätten, stünde seine Familie heute vor dem Nichts. Du verstehst das, oder? Es war das kleinere Übel.«

Morgado nickte. »Verstehe. Aber das sagt alles noch nichts.«

»Was meinst du?«

»Sag mir, was hat dein Freund zuletzt gemacht? Wie hat er sich mit seiner Familie verstanden? Wo ist er gewöhnlich hingegangen?«

Atanasio trank das Bier aus und bestellte noch eines. »Da fragst du mich was. Die letzten Jahre habe ich ihn aus den Augen verloren. Ich kam 86 aus dem Gefängnis. 87 machte ich den Deal mit Teresita, und dann kam es zum Zerwürfnis. Er sagte mir, wenn ich ihm noch einmal unter die Augen käme, würde er mich umbringen. Das hatte mir gerade noch gefehlt. Ich musste mich schon vor den Kopfgeldjägern in Acht nehmen, vor den Familien irgendeines Opfers der Guerilla und vor den paramilitärischen Gruppen. Und dazu noch ein aufgebrachter Freund, der bereit ist, auf deinem Grab zu tanzen. Also nichts wie weg. Ich ging nach Tijuana. Dort habe ich Gruppen von Bauern in den Bergen unterstützt. Und dort hörte ich zum ersten Mal von der Perestroika und der bürgerlichen Gesellschaft und der Demokratie, während ich Staub, Regen und Flüche schluckte, aber alles so weiterging wie vorher. Dieselbe Suppe, derselbe Betrug. Und dann erreichte mich vor drei Wochen die Nachricht, Don Heriberto González sei in einem Hotel getötet worden. Laut Informationen der Polizei handelte es sich um eine Abrechnung unter Drogenhändlern. In dem Zimmer hatte man mehr als ein Kilo Kokain gefunden. Und man hatte die Akte geschlossen. Alles roch faul, getürkt. Ich habe einen Riecher dafür. Sag mir, Morgado, wen könnte ein solcher Toter interessieren? Niemanden. Außer mich, sein Freund und Taufpate seiner Tochter, Atanasio Hernández. Aber was konnte ich tun, bei meiner Vorgeschichte? Ich kann nicht dort herumschnüffeln, wo viele mir an den Kragen wollen. Deswegen habe ich mich an dich gewandt. Du hast einen tadellosen Lebenslauf: Mitglied von Amnesty International und Ermittler auf Honorarbasis für die Menschenrechtskommission von Mexiko. Gute Empfehlungsschreiben.«

»Reine Fassade. Blendwerk.«

»Keine Diskussion. Aber vor allem, Morgado, bist du von hier, aus Mexicali. Man kennt dich hier. Sie wissen, wer du bist. Sie respektieren dich, und jetzt wird das Gerücht kursieren, man habe dich angeheuert, um über Heribertos Tod Nachforschungen anzustellen. Du bist, genau wie ich, ab sofort ein bewegliches Ziel. Aber bei dir werden sie es sich zweimal überlegen, bevor sie abdrücken.«

»Wer weiß?«

»Ich weiß es. Weil du mein Freund bist. Weil du dich gern mit den Großen anlegst. Weil du ein Mann mit Überzeugungen bist. Und das ist es, was wir jetzt brauchen. Jemand, der die Wahrheit über Heribertos Tod laut aussprechen kann, trotz all der Lügen, trotz all der Interessen, die da im Spiel sind.«

»Ich bin kein Superheld, also schalt einen Gang runter.«

»Schau, Heri war kein Drogendealer. Ein Spieler, ja. Aber was solls. Vor allem war er mein Freund. Und ich will genau wie Teresa und ihre Töchter wissen, was passiert ist, wer der Mörder ist. Und – das dürfte am schwersten herauszufinden sein – wer den Befehl gegeben hat, ihn zu töten.«

»Aber du hast meine Frage nicht beantwortet.«

Atanasio atmete tief ein, bevor er antwortete. »Entschuldige. Heriberto arbeitete als Verwalter der Ranch Los Mezquites, die seinem Schwiegervater gehört. Er verdiente gut, aber er verlor alles beim Spiel. Dann klaute er einen Pick-up von der Ranch und verkaufte ihn, um weiterspielen zu können. Solche Sachen machte er. Sein Schwiegervater war sehr wütend, aber er unterstützte ihn weiter. Die Enkelinnen, die er ihm geschenkt hatte, trugen viel dazu bei, dass es nicht zu größeren Zusammenstößen kam. Teresita hat die Schicksalsschläge tapfer ertragen. Ich kann mich nicht daran erinnern, dass es je Streit zwischen ihnen gegeben hätte. Und die Töchter vergötterten Heri, trotz seiner Abwesenheit und der Diebstähle. Wo er sich gewöhnlich aufgehalten hat, weiß ich nicht. Aber ich weiß, wer uns diese Information geben kann. Fehlt noch was?«

»Nun, das Motiv, die Waffe und der Mörder.«

»Sonst nichts?«

Morgado lächelte wie in den alten Zeiten, als er ein blutjunger Anwalt war, der direkt von der Uni kam und politische Gefangene verteidigte.

»Stoßen wir auf die Lösung dieser verworrenen Geschichte an«, schlug Atanasio vor.

»Stoßen wir auf die verlorenen Fälle an, *compañero*. Sie sind die größte Errungenschaft Anfang dieses Jahrhunderts.«

Zwei Bierflaschen klirrten unisono.

6

Obwohl es Dienstagnachmittag war, war die Santa-Clara-Bar voll mit großen und kleinen Politikern und Anwärtern auf populäre und weniger populäre Ämter, die sich alle kannten und in einem munteren Reigen ohne Anfang und Ende grüßten, umarmten, auf die Schulter klopften, sich gegenseitig taxierten und linkten.

Atanasio trat in den Raum und erklärte: »An dem Tisch direkt neben dem Spielautomaten, von wo man uns so begeistert grüßt, da treffen sich die fast – die Betonung liegt auf fast – vereinten Kräfte der Linken: an Chancengleichheit glaubende Lehrer, Führer von Volkssiedlungen, Studenten, die jetzt nicht mehr auf den Sieg des Proletariats, sondern auf ihren vierzehntäglichen Scheck warten, und zwei oder drei alte Kämpfer aus meinen guten Zeiten, die jetzt das Bürgertum nicht mehr eliminieren, sondern mit ihm Geschäfte machen wollen.«

»Höre ich da womöglich moralische Untertöne?«

»Das einzig Mögliche ist das Realistische. Und da hast du den, den wir suchen.«

Durch die Tür zum Hinterzimmer kam in dem Moment ein wie ein reicher Bauer aussehender alter Mann: Stetson, Cowboystiefel, Stoffhosen und kariertes Hemd. Der Alte setzte sich an die Bar und wurde sofort von der Chefkellnerin bedient.

»Man kümmert sich sehr um ihn.«

»Er gibt gutes Trinkgeld. Komm.«

Atanasio stellte Morgado und Jesús Oropeza, den Besitzer der Verpackungsfabrik, einander vor. Sie begrüßten sich zunächst höflich, aber schon nach dem zweiten Glas ging man locker und unbefangen miteinander um.

»Was soll ich euch erzählen? Die Sache mit Heriberto ist eine Ungeheuerlichkeit. Wenn ihr meine Meinung dazu hören wollt: Es war ein Hinterhalt, eine miese Falle. Deinem verblichenen *compadre* gefiel es, sich um Kopf und Kragen zu spielen. Du musst entschuldigen, aber so war er. Er setzte Sachen, die ihm gar nicht gehörten. Ständig hatte er irgendwelche Streitigkeiten mit den Spielhöllenbesitzern. Ich habe ihn aus vielen Auseinandersetzungen herausgepaukt, aber bei der letzten hat wohl nicht mal der liebe Gott dieses Wunder vollbringen können.«

»Das müssen Sie erklären, Don Jesús.«

»Seht mal, ich war sein größter Zechkumpan. An den Wochenenden schnappten wir uns zwei Flittchen aus der San-Diego-Bar und fuhren nach Tijuana, San Felipe oder Ensenada. Wir kannten fast alle existierenden und sogar zukünftige Spielhöllen. Die legalen und die illegalen. Die ärmlichen und die vornehmen. Aber vor ein paar Monaten verletzte ich mir bei der Arbeit den Rücken und musste für einige Wochen das Bett hüten. Jetzt bin ich wieder wohlauf, aber zu dem Zeitpunkt lag ich da und grübelte wie eine wiederkäuende Kuh über mein verdammtes Schicksal nach. Heriberto hat mich natürlich ein- oder zweimal besucht, ist aber wie gewohnt auf Tour gegangen. An einem dieser Wochenenden hat er einen anderen Spieler kennen gelernt, einen Polizisten, glaube ich. Seinen Namen weiß ich nicht, aber Heriberto hat ihn zu seinem Begleiter gemacht, und der hat ihn zu einer geheimen Spielhölle mitgenommen, die wir noch nicht kannten. Das hat Heriberto mir bei seinem letzten Besuch erzählt. Das ist jetzt vielleicht einen Monat her, aber er hat mir nicht verraten, wo die Spielhölle war und was an ihr so geheim war, aber er ließ durchblicken, er würde mich mitnehmen, sobald es mir wieder besser ginge. Das war unser letztes Gespräch.«

»Wer, glauben Sie, hat ihn getötet? Dieser Polizist, den Sie vorhin erwähnt haben?«

»Ach, Morgado, ich merke, du bist nicht von hier, auch wenn du so sprichst wie wir. Was den Polizisten angeht, wer weiß das schon? Das musst du selbst herausfinden. Das Eigenartige ist, dass es eine Spielhölle geben soll, die weder Heri noch ich entdeckt haben. Das gefällt mir nicht. Hier geschieht das Verbotene doch vor aller Augen, nicht wahr? Du machst einen Laden auf, entrichtest deinen Obolus an die örtlichen Behörden, und keiner räuspert sich mehr. Alle wissen, was dein Geschäft ist und unter wessen Protektion es läuft. Also gibt es keine Klagen und keine blutigen Abrechnungen. Jeder Spielschuppen hält sich den Rücken frei, und jede untergeordnete Behörde tut das Gleiche mit der nächsthöheren.«

»Klingt wie ein erfolgreiches Modell von Schattenwirtschaft«, bemerkte Atanasio.

»Nenn es, wie du willst. Es funktioniert, oder?«

»Worauf wollen Sie hinaus, Don Jesús?«, hakte Morgado nach.

»Worauf ich hinauswill? Na, das liegt doch auf der Hand. Dass Heri in den letzten Tagen seines Lebens in dieser Spielhölle war, die keiner, absolut keiner kennt. Es handelt sich nicht bloß um einen illegalen, geheimen Laden, er ist schlichtweg inexistent.«

»Was soll das heißen, inexistent?«, fragte Atanasio ungewöhnlich barsch. »Kommst du uns jetzt noch mit Erscheinungen und Gespenstern?«

»Ich will damit sagen, wenn keiner den Laden kennt, heißt das, dass die, die von seiner Existenz wissen, sie bestreiten. Das ist umso merkwürdiger, denn Spielen, und ich spreche da aus eigener Erfahrung, ist zwanghaft. Der Spieler will spielen, nichts als spielen. Und dafür braucht er Mitspieler, so unersättliche Irre wie er. Und so kommt das Spielchen in Gang, das Gerücht geht im Kreis der Spieler um, und der Spielsalon – es kann eine Kneipe sein, ein Geschäft, eine Werkstatt oder ein Hotel – füllt sich mit Gleichgesinnten. Es ist wie ein Jahrmarkt oder ein Zirkus. Aber in diesem Fall ist es nicht so. Es herrscht nur Schweigen. Und seit Heris Tod ist das Schweigen noch lauter, noch feindseliger. Ich traue mich schon gar nicht mehr, nach diesem Spielsalon zu fragen. Ich will wie die anderen an seine Nichtexistenz glauben. Es ist besser für die Gesundheit. Und dieser Rat gilt auch für euch.«

Morgado bestellte noch eine Runde Bier, und das Gespräch ging weiter. Seit er nach Mexicali zurückgekehrt war, tauchte immer wieder dasselbe Bild vor seinem geistigen Auge auf: der mit Kreide gezeichnete Umriss des Leichnams von Manuel Buendía. Die Polizisten, die den Ort bewachten. Der ganze Sicherheitsapparat, der das alleinige Ziel hatte, die Ermittlungen in dem Mordfall zu behindern. Lockvögel und Fallen. Hier und heute schien er mehr Bewegungsfreiheit zu haben. Das ist eine andere Art von Falle, sagte er sich. Aber er musste auf der Hut sein, denn das Inexistente konnte jeden Augenblick brutal in die Wirklichkeit einbrechen. Und zu guter Letzt musste er das eigene Leben, die Herzensangelegenheiten, in Ordnung bringen.

Morgado schlug sein Notizbuch auf und suchte die Nummer, die ihn interessierte. Dann erhob er sich und suchte nach einem Telefon.

»Wohin wollen Sie anrufen?«, fragte ihn der Barkeeper, ein hässlicher, vierschrötiger Kerl.

»Ensenada.«

»Geht nicht, das ist ein Ferngespräch.«

»Es ist ein R-Gespräch.«

»Trotzdem.«

»Hier. Der Rest ist für dich, und jetzt gib mir das Telefon. Es dauert nicht länger als eine Minute.«

Der Barkeeper reichte ihm das Telefon und blieb neben ihm stehen, bis er sich vergewissert hatte, dass es sich tatsächlich um ein R-Gespräch handelte.

Schließlich hörte Morgado Alicias Stimme am anderen Ende. Eine unverwechselbare Stimme. »Was zum Teufel willst du, Morgado?«

»Ich rufe aus Mexicali an. Ich bin im Hotel Del Norte. Zimmer 578. Ich muss dich sehen, verstehst du! Ich brauche dich.«

Vom anderen Ende drang Gelächter an sein Ohr. »Ich habe mich aus deinem Leben zurückgezogen. Ohne jede emotionale Vergütung.«

»Ich weiß. Aber ich versuche es halt immer wieder. Sag mir wenigstens, dass du mich nie vergisst.«

»Schön, mein sentimentaler Freund. Ich werde dir ein Plätzchen in meinem Herzen bewahren.«

»Freut mich.«

»Das Mindeste, was ich von dir erwarte.«

»Wenn du dich an August erinnerst, weißt du, was ich brauche.«

»Auf Nimmerwiedersehen.«

Und Alicia legte auf, bevor er antworten konnte.

»Wie romantisch«, sagte der Barkeeper.

»Du lauschst wohl gerne fremden Gesprächen?«

Der Barkeeper lächelte: »Natürlich lausche ich gerne. Oder glaubst du, ich werde hier dafür bezahlt, Cocktails zu mixen?«

Morgado kehrte an den Tisch zurück. »Wer ist der Barkeeper? Kennt ihr ihn?«

Don Jesús und Atanasio unterbrachen ihr Gespräch und schauten zur Theke.

»Der ist neu«, sagte Don Jesús. »Er ist ungefähr seit drei Wochen da. Aber das ist nicht verwunderlich, drei der Serviererinnen sind schon überfallen worden. Er heißt Adolfo.«

»Er trägt einen Militärhaarschnitt«, fügte Atanasio hinzu. »Er erinnert mich an das Militärlager Nummer eins. Schlechte Erinnerungen, klar.«

»Er interessiert sich ein wenig zu sehr für das, was ich tue.«

»Du kennst doch die Kneipenvögel. Schnüffler ersten Ranges.«

»Vergesst es. Verfolgungswahn ist Teil meines Berufs.«

»Es sei dir verziehen, Morgado.«

»Nun, Don Jesús, was raten Sie uns? Wie können wir eine Spielhölle finden, die nicht existiert?«

»Darüber sprachen wir gerade«, mischte sich Atanasio ein. »Also, wenn wir davon ausgehen, dass es diesen Club gibt, dann wechselt er entweder den Ort, oder es sind nur ganz bestimmte Leute zugelassen: Es kommen nur die hinein, die eine Mutprobe bestanden haben oder die ein Geheimnis haben, das sie zwingt, den Mund zu halten. Was für ein Geheimnis? Das ist die Frage.«

»Vielleicht irgendein Verbrechen?«

»Wie ist das zu verstehen?«, fragte Don Jesús.

»Ein Pakt. Weil sie zur selben Vereinigung gehören, zur selben Gruppe. Ein Pakt unter Arbeitskollegen. Unter Polizisten, zum Beispiel.«

»Ein Pakt unter Polizisten? Zu welchem Zweck?«

»Das muss ich herausfinden.«

»Müssen wir herausfinden«, sagte Atanasio solidarisch.

»Was würden Sie an unserer Stelle tun, Don Jesús? Wie können wir erreichen, dass man uns Zutritt zu diesem Club gewährt?«

»Na ja, ich würde wie ein Wilder spielen, in allen Spielhöllen auftauchen, damit jeder sieht, wie kaputt und abhängig ich bin. Wie der arme Heri.«

»Dafür braucht man Unmengen Geld«, bemerkte Atanasio.

»Nicht unbedingt. Freundet euch mit einem zwanghaften Spieler an. Vielleicht öffnet der Kumpel euch die Tür.«

»Und welchen Ort empfiehlst du uns für den Anfang?«

»Das 7 Rojo. In Los Algodones. Oder das El Torito im Stadtzentrum.«

»Wieso die?«

»Weil die voller Polizisten sind.«

»Haben die heute offen?«

»Ab Mitternacht.«

»Vielen Dank für alles, Don Jesús. Sie wären ein guter Detektiv.«

Der Alte rückte seinen Hut zurecht. »Ich bin nur ein ganz normaler Mensch.«

»Aber einer von den guten«, präzisierte Morgado.

»Um einen Gefallen muss ich euch bitten, Jungs. Wenn ihr Heris Mörder findet, verpasst ihm eine Abreibung von mir.«

»Eine doppelte«, sagte Atanasio zum Abschied.

7

Obwohl der Billardsaal schlecht erleuchtet war, trugen die Spieler Sonnenbrillen. Morgado konnte sich einen Kommentar nicht verkneifen. »Ich hatte ganz vergessen, dass hier alle dunkle Brillen tragen. In der Hauptstadt sind sie ein Zeichen dafür, dass du ein Typ bist, mit dem nicht zu scherzen ist. Der Leibwächter eines Politikers oder so.«

»Hier ist das anders«, erwiderte Atanasio, während er sich einen Weg in den hinteren Teil des Saales bahnte. »Nur die Politiker tragen keine.«

»Wie dumm. Die schlimmsten Politiker sind die charismatischen, die dreisten. Sie glauben, wenn sie dir zuzwinkern, hätten sie dich schon überzeugt.«

Atanasio blieb vor einem Mann mit Bart und langen Haaren stehen, auf dessen kräftige Arme Totenköpfe, Herzen spaltende Messer und nackte Frauen tätowiert waren. Ein schwarzes Hemd, eine Hose mit Ölflecken und eine Weste mit einem Raben mit ausgestreckten Flügeln auf dem Rücken vervollständigten sein Outfit. Er sah sich einen Boxkampf im Fernsehen an.

»Dieser Kerl, so wie er da sitzt, ist ein Schäfchen im Wolfspelz«, sagte Atanasio.

Der Typ merkte, dass über ihn gesprochen wurde, aber er hob nur seinen Bierkrug zum Gruß. Atanasio und Morgado setzten sich neben ihn.

»Wie gehts, Kumpel?«, fragte der Tätowierte. »Was verschafft mir die Ehre eures Besuchs?«

»*Business, Brother.* Ich möchte dir meinen Freund Miguel Ángel, besser bekannt als Morgado, vorstellen.«

»Dein Freund ist auch mein Freund«, antwortete der Hüne. »Ich heiße Jaime Esparza, aber alle nennen mich Jimmy. Und was ist das für ein verdammtes *business?*«

Atanasio erzählte ihm vom Tod seines Kumpels und von den Ermittlungen Morgados.

»Dein Kumpel war ein echter Pechvogel. Große Klappe, nichts dahinter. Sorry, aber so war er.«

»Schon gut. Du erzählst mir nichts Neues. Aber ein Kumpel ist nun mal ein Kumpel.«

Jimmy hob zustimmend seinen Krug. »Und wozu brauchst du mich, Atanasio? Ich treibe mich nicht in den Kreisen rum, in denen Heri unterwegs war. Zu viel Zockerei für meinen Geschmack.«

»Aber deine Gang ist doch bestens informiert, was im Rotlichtbezirk vor sich geht.«

»Das schon. Wir *Cuervos* sind die Herren der Straße von Chinesca bis zur Ausfahrt nach Tijuana. Irgendwas werden wir schon rausfinden. Wenn ich was höre, hinterlasse ich dir eine Nachricht in deinem Quartier. Abgemacht?«

»Abgemacht.«

Atanasio und Morgado verließen den Billardsalon, als gerade eine Rotte bärtiger langmähniger Motorradfahrer eintrat. Alle hatten sie Tätowierungen auf den Armen und der Brust. Vor der Tür standen, wie für eine Parade aufgereiht, mehr als ein Dutzend Harley-Davidsons, alle mit Aufklebern von Raben mit ausgebreiteten Flügeln, als wollten sie sich jeden Moment auf die Beute stürzen.

Morgado zeigte auf das Erkennungszeichen. »Das erinnert mich an den Film von Hitchcock. Das waren wirklich gemeine Vögel.«

»Die hier auch«, erwiderte Atanasio.

»Ich dachte, die Hells Angels gibt es nur in Kalifornien. Wieso können die hier so quietschvergnügt herumspazieren? Gibt es keinen Ärger mit der Polizei?«

»Nicht dass ich wüsste. Die *Cuervos* sind eine wohltätige Vereinigung.«

»Verarsch mich nicht, Atanasio. Diese Biker sehen nicht gerade aus wie brave Lämmchen. Oder werde ich von dem vielen Licht langsam blind?«

Atanasio blieb neben seinem Auto stehen und zeigte auf ein Schild, das an einem Lichtmast hing. »Was steht da, Herr Detektiv?«

»Hilfszentrum für Migranten – Essen und Unterkunft gratis.«

»Das Zentrum wird von ihnen verwaltet. Außerdem machen sie Festivals mit Motorradshows zu wohltätigen Zwecken. Und wenn es irgendwo eine Katastrophe gibt, dann mieten sie einen Trailer und packen ihn mit Medizin und Kleidung für die Betroffenen voll. Das haben sie bei dem Erdbeben in Mexico City und bei der Explosion der Müllverbrennungsanlage in Guadalajara gemacht. Sie sind eine soziale Vereinigung, die bei uns große Achtung genießt.«

Morgado sah wieder auf das Schild und entdeckte darunter ein Werbeplakat. Darauf umarmte Jimmy eine alte Frau, die ihn ansah, als wäre er ihr Retter.

»Schon gut. Schon gut. Es sind gute Jungs, die böse aussehen.«

»Nein. So auch wieder nicht. Es sind Hurensöhne mit viel Geld. Ein paar sind Unternehmer im großen Stil. Sie alle verdienen ordentlich Geld. Aber die *Cuervos* sind vor allem verrückt nach Motorrädern. Das ist ihr Leben. Für die Harleys geht ihre ganze Knete drauf. Anstelle von Geliebten halten sie sich Motorräder, und über die kommen sie dann an Geliebte. Ein perfekter Plan, finanziert sich quasi von selbst.«

»Und die Polizei hält sie für beispielhafte Bürger?«

»Nein, so weit geht es nicht. Hier traut sich niemand, einen Aufstand zu machen, wenn die *Cuervos* frei herumlaufen. Die Polizei legt sich nicht mit ihnen an und sie sich nicht mit der Polizei. Das ist das Gesetz des Westens. Unser Gesetz. Und es funktioniert.«

»Ja, es funktioniert. Aber die Ärmsten, die weder Polizisten sind noch zu den *Cuervos* gehören. Die sind angeschmiert, denn die kriegens von beiden Seiten.«

»Du nervst, Morgado. Nichts überzeugt dich. Du misstraust allem und jedem.«

»Verstehe, die *Cuervos* sind eine einzigartige Spezies, die nur in Gebieten wie diesem vorkommt.«

»Merkst du was? Du sprichst schon wie einer aus der Hauptstadt. Du hast deine Wurzeln vergessen, Morgado. Hier. Setz die auf. Dann siehst du die Dinge hier klarer.«

Und mit feierlicher Ironie überreichte Atanasio ihm eine Sonnenbrille.

8

»Es reicht jetzt mit Bier. Wir sollten erst mal was Anständiges essen«, rief Atanasio aus, als sie aus einem geheimen Spielclub in Chinesca kamen.

»Nichts als falsche Spuren«, murmelte Morgado, während sie durch eine Gasse mit vielen kleinen Verkaufsständen gingen.

Ein alter Mann ohne Beine hob seine schwachen Arme und zeigte auf ein paar durchsichtige Flaschen mit einer trüben Flüssigkeit. »Furunkelwasser, Señores, zum Sonderpreis. Gut gegen Krebs, Aids, Warzen, Nöte, Nervenkrankheiten, Erkältungen und Allergien. Sogar gegen Schwiegermütter.«

»Danke«, erwiderte Morgado, der über den Alten förmlich hinwegsteigen musste, um ihn nicht anzurempeln.

Ein dunkelhaariges Mädchen im geblümten Minirock, nicht älter als fünfzehn, wurde von einer Frau zu Morgado hingestoßen. »Für fünfzig Dollar kannst du mit mir machen, was du willst, Papacito.«

Morgado wollte sie abschütteln, aber das Mädchen ließ nicht locker: »Zwanzig Dollar, und ich blase dir einen, Papacito.«

Morgado ging unbeirrt weiter. Die Worte des Mädchens trafen ihn wie ein Peitschenschlag auf den Rücken. »Verfluchter feiger Gringo! Du weißt ja nicht, was gut ist.«

Morgado musste sich eingestehen, dass er das in der Tat nicht wusste. Und so folgte er Atanasio, der im Gegensatz zu ihm offensichtlich in der Lage war, diesen Markt zu durchqueren, ohne von allen Seiten bedrängt zu werden. Instinktiv wusste Morgado, was zu tun war, und setzte die dunkle Brille auf. Ja. So würde er unbemerkt bleiben. Niemand würde ihn mit einem verdammten Touristenwichser verwechseln.

Das Restaurant hatte einen poetischen Namen: »Feuerdrache«, und einen Service wie ein First-Class-Restaurant: fünf chinesische Kellner für jeden Gast. In wenigen Minuten war der Tisch voll mit duftenden Speisen in allen möglichen Farben und Geschmacksrichtungen. Morgado wusste gar nicht, was er zuerst nehmen sollte: Haifischflossensuppe, Spareribs, Garnelen in roter Sauce. Es war wie eine Rückkehr in die glücklichen Tage seiner Kindheit.

»Das authentische mexikanische Essen ist das chinesische«, dozierte Atanasio und trank sein Bier aus. »Alles, was uns ausmacht, ausgenommen die Cucapá-Indios, kommt aus dem Ausland. Aber die Kombinationen sind von uns.« Und um das Gesagte zu unterstreichen, schüttete er ein wenig Ketchup auf den weißen Reis und dann dieselbe Menge an Tabasco und Sojasauce.

Morgado stimmte ihm zu. »Ein echter Zusammenstoß der Kulturen: Westen und Osten.«

Atanasio war fertig mit Essen und bestellte einen Kaffee. Morgado tat es ihm gleich. Erst dann, ohne die um den Tisch stehenden Kellner, konnten sie sich die anderen Gäste und das Restaurant selbst anschauen. An der hinteren Wand fiel eine riesige Schlange aus Holz auf, die Rauch aus den Nüstern stieß.

»Das ist also der Feuerdrache«, mutmaßte Morgado.

»Genau. Und weißt du, warum sie dem Restaurant diesen Namen gegeben haben?«

»Mein geschätzter Touristenführer, verrate es mir oder schweige für immer. Aber komm mir nicht mit solchen Fragen.«

»Wie bist du denn drauf? Man merkts doch gleich, die Neurose ist der erste Exportartikel von Mexico City, abgesehen vom Smog und von den Hauptstädtern natürlich. Aber weil ich ein netter Mensch bin und eine ungebildete Person auf Anhieb erkenne, werde ich dich von deiner Unwissenheit erlösen.«

Man brachte ihnen den Kaffee und ein paar chinesische Kekse, die sie umgehend verdrückten.

»Das Restaurant hieß erst ›Drache‹. Wang Wei hat es ungefähr 1960 eröffnet. Es war ein Riesenerfolg. So sehr, dass die vier mächtigsten Lokalpolitiker damals Wang bald auf dem Kieker hatten und ihn bedrängten, es ihnen zu verkaufen. Er sollte weiter als Geschäftsführer tätig sein, aber das Geld wollten sie einsacken. Wang hat sich nicht darauf eingelassen. Als Reaktion auf seine Weigerung drohten sie ihm an, den Ausländerartikel 33 der Verfassung gegen ihn anzuwenden. Sie verklagten ihn, damit das Restaurant wegen angeblicher Verstöße gegen die Hygieneordnung geschlossen wurde. Sie entfachten eine gemeine Hetzkampagne gegen ihn. In seiner Küche liefen Ratten herum, es werde Fleisch von Katzen und streunenden Hunden serviert, und das Ganze sei nur eine Tarnung für Drogenhandel. Reine Lügenmärchen. Aber weil wir in Mexicali eine Bauernmentalität haben, glaubten viele, was geredet wurde. Das Restaurant ging den Bach runter. Die Politiker bliesen erneut zum Angriff, sicher, dass das Lokal bald ihnen gehören würde. Aber Wang hielt sich im

Sattel. Irgendwann war der Laden pleite. Nicht einmal die Fliegen kehrten dort ein. Und eines schönen Tages, mitten im Hochsommer, ging der Laden in Flammen auf. In zehn Minuten war alles verbrannt. Und weißt du was?«

»Nein, aber gleich weiß ichs.«

»Als die Feuerwehrleute den Brand gelöscht hatten, fanden sie drei verkohlte Leichen. Anfangs wusste man nicht, wer sie waren, aber später fand man noch eine vierte Leiche im Kühlraum des Restaurants. Der Arme hatte sich vor den Flammen dorthin geflüchtet und war erstickt. Dieser Körper war der Schlüssel zu der Identifizierung der anderen.«

»Lass mich raten. Bei den Toten handelte es sich um die vier gerissenen Politiker, die Wang Weis Restaurant haben wollten.«

»*Elementary*, mein lieber Watson.«

»Und Wang Wei?«

»Der tauchte ein paar Stunden später auf. Er war in San Francisco bei einem Treffen chinesischer Restaurantbesitzer gewesen. Er hatte tausende von Zeugen, die ihm ein Alibi gaben, sogar den Gouverneur von Kalifornien. Es wurde keine Anklage gegen ihn erhoben. Im Sachverständigengutachten kam man zu dem Schluss, dass es sich bei dem Brand um einen Unfall gehandelt hatte, und niemand verlor mehr ein Wort darüber. Es fragte auch keiner, was zum Teufel vier bekannte Politiker um drei Uhr morgens in einem chinesischen Restaurant zu suchen hatten.«

»Und das war das Ende der Geschichte.«

»Fast. Wang Wei baute seinen Laden mit der Versicherungssumme wieder auf und gab ihm seinen neuen Namen: Feuerdrache. Es wurde ein voller Erfolg, und so ist es bis heute geblieben.«

»Was lernen wir daraus: Das Betreiben chinesischer Restaurants ist ausschließlich Chinesen vorbehalten.«

»Noch besser: ›Ein verbrannter Mund isst keinen Reis.‹«

Morgado verlangte die Rechnung.

»Ich gehe kurz auf die Toilette«, sagte Atanasio. »Wir treffen uns an der Kasse.«

Morgado ging zahlen. Ein alter Chinese saß auf einem Hocker

neben der Eingangstür. Er rauchte eine schmale Pfeife. Er war gekleidet wie die meisten seiner Landsleute: ein weißes langärmeliges Hemd, eine weite graue Hose und schwarze Leinenschuhe.

»Sind Sie der Besitzer?«

Der Alte bejahte mit einem kaum merklichen Nicken.

»Ich bin Miguel Ángel Morgado.«

»Angenehm. Ich heiße Wang Wei. Wurden Sie gut bedient?«

»Exzellent. Ein erstklassiger Service.«

»Das höre ich gern.«

Morgado versuchte den Wang Wei aus Atanasios Erzählung mit dem gedankenverlorenen alten Mann in Verbindung zu bringen, den er vor sich hatte. »Darf ich Ihnen eine Frage stellen?«

Der Alte sah ihn schräg an und nickte wieder.

»Gefällt Ihnen Mexicali?«

»Ich lebe hier.«

»Ja, aber gefällt es Ihnen?«

»Man lebt, wo man kann.«

»Wenn Sie an einem anderen Ort leben könnten, würden Sie das tun?«

»Ich bin zu alt für Umzüge.«

»Und wenn dem nicht so wäre?«

»Ich würde hier bleiben.«

»Weil es Ihnen gefällt? Weil Sie an dem Ort hängen?«

Wang Wei machte eine abwehrende Bewegung mit der Pfeife. »Sie verstehen das nicht«, sagte er.

»Nein. Ich verstehe wirklich nicht, warum jemand in einer Stadt wie dieser leben will. Ich habe mich als Jugendlicher aus dem Staub gemacht und es nie bereut.«

Der Alte zeigte mit der Pfeife auf den Drachen an der Wand. »Man kämpft viele Jahre, um etwas zu erreichen. Was man sich am sehnlichsten wünscht. Und wenn man es erreicht hat, kämpft man um das Nächste. Immer wieder aufs Neue. Dann stirbt man.«

Morgado wusste nicht, ob damit seine Frage schon beantwortet war, also schwieg er erst einmal. Er dachte über den Chinesen nach, der seelenruhig seine Pfeife rauchte. Ein Mann, der sich nicht hatte kleinkriegen lassen, der mit Klauen und Feuer wie ein Drache verteidigt hatte, was ihm gehörte.

»Ich habe mein ganzes Leben hier verbracht«, fuhr der Alte fort. »Und ich werde hier sterben. Das ist mein Schicksal.«

»Man sagt, die Götter spielen mit uns.«

Wang Wei schüttelte den Kopf. »Nur, wenn man mit sich spielen lässt. Nur dann.«

In dem Moment kam Atanasio, und sie verabschiedeten sich von dem Restaurantbesitzer. Als sie herauskamen, waren sie einen Augenblick geblendet von dem gleißenden Sonnenlicht, das von den Autodächern reflektiert wurde.

»Dieser Chinese ist eine lebende Legende«, bemerkte Atanasio.

»Ein verdammt sturer Mexicalese«, antwortete Morgado.

9

Als Morgado sich bereit erklärt hatte, nach Mexicali zu kommen, hatte er beschlossen, in einem Hotel im Zentrum abzusteigen und nicht bei Atanasio oder einem Verwandten zu wohnen. Eine Frage der Sicherheit, erklärte er. Ein Hotel hatte immer mehr Fluchtwege, und so paradox es klingen mochte, es war so einfacher, unbemerkt zu bleiben. Aber Atanasio nahm ihn erst mal mit zu sich und stellte ihm seine Frau und seine Kinder vor. Als er Morgado später im Hotel absetzte, übergab er ihm eine glänzende Pistole. Eine 45er, wie es sich gehörte.

»Nimm die. Für alle Fälle. Die Menschenrechte verteidigt man nicht nur mit Reden und Gesetzen.«

Morgado nahm die Pistole, schwor sich aber, sie nur im äußersten Notfall zu benutzen. In der angespannten Lage war es eine unnötige Provokation, eine Feuerwaffe mit sich zu führen. Aber er konnte sich den Luxus nicht leisten, auf Unvorhergesehenes nicht vorbereitet zu sein. Seinen eigenen Tod eingeschlossen.

Und als er gegen eins schlaflos im Dunkeln lag, dachte er daran, dass er ganz auf sich allein gestellt war. Dass er, weil er rastlos war und das Nomadenleben liebte, keine festen Bezugspunkte hatte, die ihm eine Mitte, ein Gleichgewicht gaben. Es war totenstill. Man hörte nicht einmal den Verkehrslärm von draußen. Morgado grübelte über sein Schicksal nach, über Taten und Pläne, verfolgte Ziele und Schimären. Ich werde allein in einem Altersheim sterben, mir in die Hosen machen, ohne jemanden, der sich um mich kümmert. Wie mein Vater. Das ist lächerlich. Zu viel Selbstmitleid. Zu viel Melodrama. Was Alicia jetzt wohl macht? Ob sie verstanden hat, was ich ihr sagen wollte? Was ich ihr im Grunde gesagt habe?

Das Geräusch von näher kommenden Schritten auf dem Flur lenkte ihn von seinen Überlegungen ab. Die Schritte hielten vor seiner Tür inne. Ein Dietrich wurde in das Türschloss geschoben.

Morgado nahm die 45er aus dem Karton in der Kommode und entsicherte sie. Die Tür ging langsam ohne jedes Geräusch auf. Ein Schatten kam in das Zimmer. Morgado machte die Deckenbeleuchtung an, zielte mit der Pistole, schoss aber nicht. Der Schatten entpuppte sich als ein brünettes junges Mädchen. Nicht älter als achtzehn, gut gebaut. Sie sah ihn an, ohne eine Miene zu verziehen. Völlig unbeeindruckt.

»Wer bist du?«, fragte er und erhob sich. Er hatte nur die Unterhose an und versuchte einen Bademantel überzuziehen.

Das junge Mädchen war anscheinend nicht bewaffnet. »Ich bin die Tochter von Heriberto González.«

»Zeig mir deinen Ausweis.«

Das Mädchen öffnete ihre Handtasche, aber Morgado erlaubte ihr nicht hineinzufassen. Er selbst ging Gegenstand für Gegenstand durch, bis er auf einen Ausweis stieß, der sie als Angestellte der Regierung identifizierte.

»Eloísa González Sifuentes. Ist das dein vollständiger Name?«

»Ja.«

»Darf man erfahren, was du hier zu suchen hast? Und vor allem: Wie hast du mich gefunden?«

»Ich bin die älteste Tochter von Heriberto González. Weil ich als Sekretärin in der Haushaltsabteilung arbeite, war ich nicht zu Hause, als du mit meiner Mutter gesprochen hast. Sie hat mir gesagt, dass du mit Atanasio bei ihr warst und dass sie dich angeheuert hat, um wegen des Todes meines Vaters Nachforschungen anzustellen.«

»Wegen seiner Ermordung.«

»Und ich wollte mich vergewissern, dass du kein Betrüger, kein Verbrecher bist.«

»Vertraust du deinem Paten Atanasio nicht?«

»Natürlich, aber meine Mutter sagte, du wärst ein Fremder. Aus der Hauptstadt. Das kam mir verdächtig vor.«

»Ich bin weder aus der Hauptstadt, noch bin ich ein Betrüger.«

»Wenn du es sagst.«

»Und was hast du dir dabei gedacht, auf diese Weise in mein Zimmer einzudringen? Wenn du Referenzen willst, warum hast du dich dann nicht an Atanasio gewandt?«

»Meine jüngere Schwester hat gesagt, du siehst gut aus für dein Alter. Darf ich mich setzen?«

Ohne auf die Antwort zu warten, ließ sie sich auf das Bett fallen.

Morgado blieb nichts anderes übrig, als sich einen Stuhl zu nehmen und sich ebenfalls zu setzen. Da erst bemerkte er, was eigentlich nicht zu übersehen war: Eloísa trug einen Minirock, der ihre schönen Beine zeigte.

»Ich versteh dich nicht. Was wolltest du herausfinden, indem du hier eindringst? Wie groß mein Penis ist? Welche Farbe meine Unterhose hat? Ob ich schnarche?«

Eloísa hielt sich lachend die Hand vor den Mund. »Ja. Ja. Ich habe die Information von Atanasio. Ich habe ihm gesagt, ich hätte wichtige Informationen über meinen Vater, und da hat er mir deine Zimmernummer gegeben.«

»Sieht nicht so aus, als würde dir der Tod deines Vaters sonderlich nahe gehen.«

Eloísa schaute zu Boden. »Ja und nein. Es tut mir weh, dass er so, auf diese Weise, gestorben ist. Er war immer ein Mistkerl, der gelebt hat, wie es ihm in den Kram passte. Nicht nur wegen der Zockerei. Er hat nie gewusst, wo es langging. Er hat sich nie um uns gekümmert. Wir waren ihm scheißegal. So war er. Seine Kumpel und seine Flittchen waren ihm wichtiger. Aber das ist jetzt wurscht. Gott hat ihn bestraft. Aber wir sprachen gerade über dich, nicht wahr?«

Morgado schwieg und ließ seinen Blick über die Gegenstände wandern, die er aus Eloísas Tasche geholt hatte, und blieb schließlich an einem hängen. »Erklär mir bitte, wieso ein Mädchen wie du, das vorgibt, aus gutem Hause und Sekretärin bei der Regierung zu sein, mit einem Dietrich umgehen kann?«

Eloísa zuckte die Achseln. »Mein Freund hat es mir beigebracht. Er kann alles aufmachen, von Autotürschlössern bis zu Tresoren. Er hätte mich heute auch begleitet, aber ich habe ihm nichts gesagt, weil ich die Absicht hatte, zu dir ins Bett zu schlüpfen und zu sehen, wie gut du vögelst.«

»Toll. Aber bedauerlicherweise bin ich nicht James Bond.«

»Dein kleiner Mann sagt aber das Gegenteil.«

Morgado bedeckte sich mit dem Bademantel. Eloísa lachte. »Schon gut, Mädchen, ich glaube dir. Setz dich auf meinen Schoß.«

Eloísa tat sofort, wie ihr geheißen, aber als sie sich setzen wollte, warf Morgado sie auf den Boden, um sie zu filzen.

»Sieh einer an, und ich habe dich für einen gutmütigen, netten alten Mann gehalten. Was hast du vor? Wild auf mich einschlagen, bis ich blute?«

»Ich will nur überprüfen, ob du nichts bei dir hast.«

»Ich würde es befummeln nennen.«

»Wie heißt dein Freund?«

»Trinidad Rodríguez.«

»Und was macht er außer Tresore öffnen?«

»Was du immer gleich denkst. Trinidad war einer der besten Freunde meines Vaters. Er spielt auch gern.«

»Auf welcher Ranch arbeitet er?«

»Auf keiner. Er ist Polizist.«

Morgado half ihr aufzustehen und fesselte sie mit dem Gürtel seines Bademantels an das Kopfende des Bettes.

»Warum tust du das? Was habe ich dir getan?«

»Es ist nur für einen Augenblick. Damit ich mich in Ruhe anziehen kann. Dann werden wir beide einen kleinen Spaziergang machen.«

»Glaub ja nicht, ich werde dir meinen Freund vorstellen.«

Zum ersten Mal, seit Eloísa sein Zimmer betreten hatte, gestattete er sich ein Lächeln. »Wetten?«

10

Von einem Tisch im La Carreta aus, geschützt durch seine dunkle Ray-Ban-Sonnenbrille, beobachtete Trinidad Rodríguez, besser bekannt als El Cuchupo, Morgado und das Mädchen. Als Eloísa ihn sah, lief sie schreiend auf ihn zu, damit alle in der Bar sie hörten: »Trini, dieser Mistkerl wollte mich vögeln! Hast du gehört, Trini?!«

Aber El Cuchupo hielt sie nur einen Moment lang im Arm, dann schickte er sie mit einem Klaps auf den Po weg. »Wir reden später«, flüsterte er ihr zu. »Warte hinten im Büro auf mich.«

Eloísa verschwand hinter dem roten Vorhang, ohne weitere Dramen heraufzubeschwören.

»Hübsches Mädchen«, sagte Morgado und setzte die Sonnenbrille auf, um dem anderen nicht nachzustehen.

»Eine kleine Spinnerin.«

»Darf ich mich setzen?«

Trinidad nickte. »Natürlich. Was willst du wissen?«

»Ich sehe, man hat dir von mir erzählt«, sagte Morgado vorsichtig.

»Einen Schnüffler wie dich erkennt man auf zehn Meilen.«

»Wegen der Fragen, die er stellt?«

»Nein. Weil er ein Schild auf dem Rücken hat, auf dem steht: ›Hierhin schießen‹.«

»Sehr witzig. Vielen Dank.«

»Du fragst, ich antworte.«

Die Jukebox spielte ein Lied über Schmuggel und Verrat. Morgado bemerkte, dass einige Gäste ihn intensiv anstarrten, als wollten sie sich seine Gesichtszüge, seine Gesten für eine bessere Gelegenheit einprägen. »Was weißt du über die Ermordung von Heri?«, fragte er.

»Nicht viel. Was in den Zeitungen stand und was auf dem Revier erzählt wird.«

»Was in der Zeitung steht, weiß ich selbst, aber das mit dem Revier interessiert mich.«

»Dann geh hin und frag.«

»Ich frage dich. Oder verkleidest du dich als Polizist, um den Feind auf eine falsche Fährte zu locken?«

Trini lachte. Das Lachen wirkte hart, gezwungen. In dem Moment tauchte ein Kellner auf. Er wischte den Tisch ab und stellte ihnen zwei Gläser Tequila hin, bevor er wieder verschwand.

»Ich bin nur ein Laufbursche. In der Hierarchie ganz unten. Zu mir dringen nur Gerüchte aus vierter Hand.«

»Damit bin ich schon zufrieden. Ein Gerücht, irgendwelcher Klatsch sind oft ein guter Ausgangspunkt. Auch wenn sie nicht stimmen, verschaffen sie Klarheit. Man sieht die Gefühle der Leute, die Affekte, Hass, Abneigungen.«

Trini rückte seine Brille zurecht. »Du hörst dich an wie ein Sprecher in Hörspielen.«

»Verbuch es als Macke eines Rechtsanwalts. Aber du wolltest mir gerade etwas über die Gerüchte sagen, oder?«

»Es wird geredet. Von den anderen. Ich habe nichts gesagt ...«

»Jetzt komm schon!«

»Doña Matilde soll den Auftrag gegeben haben, Heri umzubringen. Wegen Spielschulden.«

»Und wer ist Doña Matilde?«

»Die Besitzerin der Bar Treinta-Treinta.«

»Und in dieser Bar wird gezockt?«

»Keine Ahnung.«

»Warst du nie dort?«

»Ich war dort, als die Leiche von Heriberto gefunden wurde. Wir mussten im Umfeld des Magic Hotel ermitteln und nach Verdächtigen fragen.«

»Aha.«

»Das Treinta-Treinta liegt ungefähr zwei Blocks entfernt, in derselben Gasse. Doña Matilde behauptet, sie wüsste von nichts. Aber das hat sie nicht mir gesagt. Sie hat nur mit dem Comandante gesprochen. Sie haben sich etwa eine halbe Stunde unterhalten. Von daher stammt das Gerücht, sie hätte den Befehl gegeben.«

Der Kellner kam mit einer zweiten Runde Tequila. Die Jukebox raunte etwas von gescheiterter Liebe.

»Und wer hat den Befehl ausgeführt? Wer hat geschossen?«

»Was weiß ich.«

»Und aus welchem Grund?«

»Frag den Comandante.«

»Welchen Comandante?«

»Aurelio Zamudio, genannt El Sardo.«

»Wo finde ich ihn?«

»Er kommt jeden Abend auf die Ranch des alten Sifuentes.«

»Los Mezquites?«

»Welche sonst?«

»Dann kannte er Heriberto sehr gut.«

»Sie waren Kumpel.«

»Und steht Comandante Zamudio auf Zocken?«

»Und wie.«

»Woher weißt du das?«

»Weil wir dasselbe Laster haben.«

»Und wo spielt ihr?«

»Wo wir Lust haben.«

»Und setzt ihr viel Geld?«

»Nicht der Rede wert.«

Morgado musste wieder das Lachen von Cuchupo über sich ergehen lassen. »Danke für die Information.«

»Ich glaube nicht, dass sie dir nützt.«

»Trotzdem danke.«

»Wenn du meinst.«

»Was hast du mit Eloísa vor?«

»Sie vögeln. Das ist das Einzige, wozu sie taugt.«

»Glaubst du?«

»Was geht dich das an? Oder stimmt das vielleicht, was sie sagt? Dann muss ich dich wegen Verstoßes gegen die öffentliche Moral verhaften. Die Verführung Minderjähriger ist ein ernstes Delikt, mein Freund. Es ist gegen die Menschenrechte, wusstest du das nicht?«

Morgado stand auf, ohne sich zu verabschieden. Als er fast an der Tür war, schallte Trinidad Rodríguez' Stimme durch die ganze Bar. »Weißt du, warum dich noch niemand erschossen hat?«

Morgado ging schweigend weiter.

»Weil noch nicht herum ist, wie viel dein Tod wert ist.«

Morgado betätigte die Drehtür der Bar. Draußen war es dunkel und stickig. Die Last der ganzen Welt ruhte auf seinen Schultern.

11

Der Taxistand befand sich einen Häuserblock weiter die Straße hoch. Morgados Schritte klangen auf dem Kies wie die eines hinkenden Tieres. Die Lichter eines Lieferwagens strahlten ihn eine Sekunde lang an, und eine Staubwolke regnete auf ihn nieder. Trinis Gelächter veranlasste Morgado, langsamer zu gehen, mehr auf der Hut zu sein in diesem schroffen, abschüssigen Terrain. Die Straße war stockdunkel. Das nächste Licht war das vom Taxistand.

»Hallo, Kumpel, eine kleine Spende.«

Die Stimme kam von einem verlassenen Gelände. Ein dicker Junge kam aus der Dunkelheit auf ihn zu, gut gekleidet, einen Cowboyhut auf dem Kopf. Er wirkte nicht wie ein Bettler oder wie ein Mexikaner, den die *migra* nach Hause geschickt hatte. In seiner rechten Hand trug er eine 357er-Magnum.

»Was willst du? Geld?«

Der Junge zielte auf Morgados Brust. Seine Stimme bekam einen anderen Tonfall. »Mach dir keine Gedanken«, sagte er, »es tut nur weh, wenn du überlebst.«

Ein Schatten kam zwischen sie, und der Junge flog mitsamt seiner

Magnum durch die Luft und prallte an die Mauer einer geschlossenen Kneipe. Er fiel zu Boden und hinterließ eine Blutspur auf der Wand. Morgado erkannte die Marke des Motorrades, das seinen Beinahe-Mörder überfahren hatte, und dann erst den Fahrer.

»Entspann dich. Der Mistkerl steht so schnell nicht mehr auf«, sagte Jimmy und untersuchte den Körper des Jungen. »Besoffen über die Straße zu laufen, ist gesundheitsschädlich. Bei der geringsten Unachtsamkeit rennt dich ein Ochse über den Haufen.«

»Er wollte mich umbringen.«

»Offensichtlich, Herr Detektiv.«

Morgado fühlte sich dank Jimmys Humor schon viel besser, während der Biker die Magnum an sich nahm und sie unter sein Hemd schob.

»Ich hab dein Motorrad gar nicht gehört.«

»Ich bin ja nicht blöd. Ich habe euch von oben gesehen und bin nur im Leerlauf runtergefahren. Ein Trick bei den Motorradrallyes. Das war knapp, oder?«

Morgado klopfte Jimmy auf die Schulter. »Danke. Du hast mir das Leben gerettet.«

»Dafür sind wir *Cuervos* da. Steig auf. Ich lad dich auf ein Gläschen ein.«

Jimmy ließ das Motorrad an und drehte zwei Schleifen, bevor er lospreschte. Eine Polizeistreife schaltete die Sirene an, aber als sie die Harley mit dem Rabenmotiv erkannten, machten sie sie wieder aus.

12

Es weckte ihn weniger das Klopfen an der Tür als Atanasios Stimme. »Was bist du für ein Langschläfer, Morgado. Es ist zehn Uhr morgens, und du pennst. Schämst du dich nicht? Wie du aussiehst! Ich habe das Gefühl, du bist letzte Nacht ganz schön abgestürzt. Los. Gestehe.«

Eine halbe Stunde später, im Restaurant des Hotel Del Norte, musste Morgado erst einmal zwei Tassen Kaffee trinken, bevor er die Fragen seines Freundes vernünftig beantworten konnte. »Ich habe heute einiges vor.«

»Ich weiß. Ich habe schon mit Federico Lizárraga vom *Diario 29* gesprochen. Er erwartet dich um eins. Aber vorher fährst du mit mir zur Universität. Dort setzt du mich ab, und dann kannst du mein Auto für den Rest der Woche haben.«

»Ich danke dir. Diese Stadt ist nicht dafür gemacht, um Taxi oder Bus zu fahren.«

»Vor allem nicht im Sommer.«

»Unterrichtest du?«

»Ich forsche und gebe zwei Kurse. Neue Zeiten. Wenn ich meinen Studenten beibringen würde, wie man einen Molotowcocktail baut, wären sie die Ersten, die mich ins Irrenhaus oder ins Gefängnis bringen würden. Niemand hat mehr Träume, Morgado. Und die, die welche haben, denken nur an ihren eigenen Ruhm, an ihre eigene Bereicherung. Die Jungs von heute denken praktisch. Sie wollen Geld für den Konsum, für Statussymbole, um ihre eigenen Paradiese genießen zu können.«

»Der Aufstand geht weiter, Atanasio, sieh nicht so schwarz. Nur auf anderen Wegen.«

»Erinnerst du dich noch an den Satz von David Alfaro Siqueiros: ›Es gibt nur einen richtigen Weg – den unsrigen‹? Wie wir uns über diese ernsten, unflexiblen Kerle lustig gemacht haben.«

»Und erinnerst du dich an den Satz von Eraclio Zepeda: ›Alle Wege gehören uns‹? Das Erbe von Flores Magón und Durruti lebt. Nur auf eine andere Weise, mit einer anderen Geisteshaltung.«

»Ja, ja. Jetzt sind wir alle Mystiker.«

»Nein, Atanasio. Es ist vorbei mit den Zauberkugeln, und auch die Wunderlampen haben ausgedient.«

»Und was dann?«

»Was dann? Das, was man selbst erreichen, gut machen kann. Das andere kommt von allein.«

Auf der Fahrt zur Universität ging Morgado die Ereignisse des vergangenen Abends noch einmal durch: Trinidad Rodríguez' Zynismus, Eloísas aggressive Sexualität und Jimmys direkte Art verschmolzen zu einem einzigen Bild: Provokationen und Fallen, Freundschaft und Rausch fügten sich zu einer Wahrheit. Die Fährten waren so falsch, dass sie ihm schon wieder richtig vorkamen. Wenigstens war die im Koffer inmitten der schmutzigen Wäsche liegende Pistole ein Zeichen, dass er sich noch nicht mit der ihn umgebenden Gewalt verbündet hatte. Morgado fühlte sich ohne die 45er geschützter als mit ihr. Er sah sich so eher in der Lage, einer Welt die Stirn zu bieten, in der jemand ein Kopfgeld auf ihn ausgesetzt hatte.

»Kennst du das Treinta-Treinta?«, fragte Morgado, um das Thema zu wechseln.

»Ja. Dort hat Doña Matilde Saldívar das Sagen. Sie ist schon über zwanzig Jahre im Geschäft. Ein Traditionsbordell. Von denen, die sogar dein Großvater kennt.«

»Wie ist sie?«

»Knallhart. Um so lange zu überleben, muss sie das auch sein. Es heißt, es gehen ein paar Tote auf ihr Konto. Ich bezweifle das nicht.«

»Sie kann der Schlüssel zu dem Ganzen sein.«

»Wie kommst du denn darauf?«

»Eine vertrauliche Information. Apropos, hast du einer von Heribertos Töchtern meine Zimmernummer gegeben?«

»Ja. Eloísa, meinem Patenkind. Tolle Figur, was?« Atanasio zwinkerte Morgado zu.

»Mit dir kann man nicht ernst reden«, erwiderte der.

»Und mit dir kann man keine Witze machen.«

Atanasio stellte den Wagen ab und reichte Morgado die Autoschlüssel. »Er gehört dir. Ich weiß, dass dir die Zeit gerade noch reicht, ins Altersheim zu deinem Vater zu fahren und zu dem Treffen mit Lizárraga, aber nächstes Mal würde ich dir gerne das Institut zeigen und dich einem Fachmann für Glücksspiel vorstellen. Ein Forschungskollege, der versichert, historisch gesehen gehe die Errichtung der Grenze auf die Prostitution, den Schmuggel und den Opiumhandel zurück. Er sagt, wir hätten der ›Unbekannten Hure‹ als Symbol der Grandezza von Baja California ein Denkmal errichten sollen.«

»Ich glaube, mit dem würde ich mich verstehen.«

»Da bin ich mir sicher.«

Als er ausstieg, warf Atanasio einen Blick auf das Gewimmel der Stadt. »Und pass auf dich auf. Hier pflegt man die Leute einfach so umzubringen.«

»Mach dir keine Sorgen. Das hat man mir schon deutlich gemacht.«

Und ohne ihm Gelegenheit für weitere Kommentare zu geben, startete Morgado den Wagen und war innerhalb weniger Sekunden im Verkehr verschwunden.

13

Der alte Mann lebte in seinen Traumgespinsten, in einem Knäuel aus Halbwirklichkeiten. In gewisser Weise war er glücklich, auch wenn er an den Rollstuhl gefesselt war. Und Morgado beneidete seinen alten Herrn darum. Er fühlte sich elend und bedrückt. Was ist mit den Menschenrechten meines Vaters, fragte er sich reumütig, als er ihn so sah. Wie oft war ich nicht für ihn da?

Der alte Mann saß gerne stundenlang schweigend im Hauptflur des Altenheims und betrachtete den schmalen Garten, der nur von einer Palme und ein paar Blumentöpfen mit Geranien geschmückt war. Manchmal erzählte er immer wieder dieselbe alte Geschichte. Seine Geschichte. Es war, als spräche er nur für sich.

»Das erste Geschenk meines Lebens bekam ich von meinem Vater. Eine riesige Pistole, die ich kaum in den Händen halten konnte. Ich war fünf Jahre alt. Ich habe hier irgendwo ein Foto, wo ich mit ihm drauf bin. Es wurde in Chinicuila del Oro gemacht, an einem Sonntag, nach der Messe. Aber am besten erinnere ich mich an das Geschenk, das er mir gab, als ich die Grundschule beendet hatte. Eine richtige Geige. Aus Paracho, sie hatte eine bräunlich rote Farbe. Wunderschön. Und wie gut sie klang! Onkel Arcadio steckte mich in das Dorforchester. Jeden Sonntag gaben wir ein Konzert, und unter der Woche spielten wir Ständchen für die Freundinnen der Farmer. Ohne uns gab es keine Tanzveranstaltung, die es wert gewesen wäre hinzugehen. Walzer und Polkas. Es flossen *aguardiente* und Tequila. Die Mädchen waren zum Greifen nah. Das eine führte zum anderen. Mit sechzehn mischte ich schon ordentlich mit, beim Militär. Wir spielten Hymnen und Märsche für die Paraden und staatliche Festakte. Ich hatte eine tadellose Uniform mit vielen Orden. Einmal kam General Cárdenas und hörte uns spielen. Er applaudierte laut und schickte uns als Dank eine Riesenportion Maiseintopf.«

Eine Krankenschwester kam und verabreichte ihm Tabletten.

»Danke, General. Vergelts Gott.«

Morgado versuchte sich seinen Vater Geige spielend vorzustellen, aber es wollte ihm nicht gelingen. Er hatte sehr früh mit dem Musizieren aufgehört und nie vor seinem Sohn spielen wollen.

»Warum hast du nicht weitergemacht?«, fragte Morgado ihn laut.

Sein Vater setzte seine monotone Rede fort: »Und dann Mazatlán. Der Karneval und seine Königinnen. Wie habe ich damals Geige gespielt! Die Königinnen, die Mädchen, waren erstklassige Geigen. Sie stimmten sich von selbst. Ein musikalisches Wunderwerk. Das war es. Ja. Aber man wird des Spielens überdrüssig. Man trifft den Ton nicht mehr. Dann geht es bergab. Ich habe das Gehör verloren. Die Fähigkeit, Musik zu genießen. Ich habe den Gefallen an den Festen und den Tanzveranstaltungen verloren. Aber diese Geige aus Paracho, was war sie schön, nicht wahr?«

»Ja, Papa.«

Der alte Mann gähnte und starrte in den Innenhof, in dem sich die einsame Palme erhob. »Schau dir dieses Kaff an. In Michoacán sind die Bäume Bäume und nicht so ein Mist. Dort tragen die Bäume Früchte und sind schön anzuschauen. Hier taugen sie nicht einmal dafür. Diese armselige Palme hat doch gar keinen Sinn. Sie spendet nicht einmal Schatten.«

Morgado sah, dass die Medizin Wirkung zeigte. Sein Vater fing an sich zu entspannen und schloss die Augen.

»Bis bald.« Morgado küsste ihn zum Abschied.

Sein Vater murmelte etwas Unverständliches, dann fiel sein Kinn auf die Brust. Eine Krankenschwester half, ihn in sein Zimmer zu bringen.

»Hat er keine Rückfälle gehabt?«, fragte Morgado, als er ihn so wehrlos und verletzlich daliegen sah.

»Seit vorletztem Jahr, als sie ihm den Schrittmacher eingesetzt haben, ist er stabil. Fragen Sie Doktor Gerardo Ávila. Er ist sein Hausarzt. Sie treffen ihn morgens an, ab sieben.«

Morgado ging zu dem Platz zurück, auf dem er Atanasios Auto abgestellt hatte. Eine rote Fußgängerampel stoppte ihn. Und der unverwechselbare Klang einer Geige machte ihn auf einen Mixteken neben einer von politischer Propaganda übersäten Eiche aufmerksam; dieser spielte, als hinge sein Leben davon ab, während seine Frau im Umschlagtuch die Passanten um eine kleine Unterstützung bat.

»Oaxaquitas!«, rief erzürnt eine Frau aus, die die Szene beobachtete. »Die verschandeln nur unser Stadtbild. Warum bleiben sie nicht in ihren Hütten? Was haben sie hier zu suchen? Hat sie irgendjemand gerufen?«

Morgado warf ihr einen feindseligen Blick zu, woraufhin die Frau schnell verschwand. Die Ampel wurde grün. Der Mixteke spielte weiter. Als Morgado schließlich die Straße überquerte, war die Ampel schon wieder rot. Diese Heldentat brachte ihm drei Huper und zwei wilde Flüche ein. Er kümmerte sich nicht darum.

14

Die Büros des *Diario 29* im Zentrum von Mexicali sahen aus wie ein Aquarium. Drei der vier Wände waren aus Glas, und die dort arbeitenden Journalisten wirkten wie bunte Fische, die zwischen den Schreibtischen und dem einzigen Telefon hin und her schwammen.

»In den Stoßzeiten ist es das reinste Chaos«, sagte Federico Lizárraga zu Morgado, als sie auf dem Weg zum Archiv waren. Eine großspurige Bezeichnung, denn es bestand lediglich aus vier Schränken mit alten, wahllos einsortierten Zeitungen.

»Das ist erst ein Chaos«, erwiderte Morgado.

Lizárraga winkte ab. »Der erste Eindruck täuscht. Das Chaos ist gut katalogisiert. Was willst du wissen?«

»Alles, was über die Ermordung von Heriberto González veröffentlicht worden ist.«

»Das war vor ungefähr drei Wochen, oder?«

»Am 25. Juli. Es muss am nächsten Tag in der Presse gewesen sein.«

»Mal sehen. Ja, hier ist es.«

Lizárraga ließ ein mit Bindfaden verschnürtes Bündel Zeitungen in Morgados Hände fallen.

»Das sind alle Ausgaben aus dieser Woche. Was du suchst, muss in der Rubrik ›Staatliches‹ sein. Wir haben keine eigene Rubrik für Verbrechen, das kommt alles unter ›Staatliches‹.«

Morgado fand die Meldung schnell, die Schlagzeile war auf der Titelseite: Im Magic Hotel niedergeschossen. »Sag mal, Federico, ihr schreibt ja gar nichts über die Drogen.«

»Das ist nicht unser Stil. Die anderen Zeitungen haben die Geschichte als Streit unter Drogendealern abgetan. Aber uns kam das verdächtig vor. Wir haben uns entschieden, diesen Teil nicht zu erwähnen, bis wir mehr Fakten haben.«

»Was hat euch misstrauisch gemacht?«

»Die Bundespolizei gibt immer Pressekonferenzen. Und dort ziehst du dir raus, was du rausziehen willst. Sie geben nur die Richtung vor, und jede Zeitung füllt, so gut sie kann, die Informationslücken. Aber in diesem Fall haben sie zum ersten und einzigen Mal eine Pressemitteilung herausgegeben. Und es sprang direkt ins Auge, dass diese verdammte Mitteilung schon vorformuliert worden war.«

»Das musst du mir erklären.«

»Nach offiziellen Aussagen wurde der Leichnam um vier Uhr morgens im Magic gefunden. Von einem Angestellten, der nichts gehört und nichts gesehen hat, der aber zufällig am Zimmer des Verstorbenen vorbeikam und Alarm schlug. Um vier Uhr fünfzehn war der ganze Stadtteil voller Neugieriger und Polizisten. Es gab Nachforschungen und Verhöre, aber ohne nennenswertes Ergebnis. Keiner der an der Untersuchung beteiligten Polizisten hat ausgesagt oder angedeutet, dass sich im Zimmer des Ermordeten eine größere Menge Kokain befunden hätte. Und um sieben Uhr wurde die Pressekonferenz einberufen und die Mitteilung verteilt. Wann hast du je eine so effektiv arbeitende Polizei und ein so großes Interesse gesehen, die Öffentlichkeit über ein Verbrechen dieser Art zu informieren?«

»Noch nie, nicht einmal bei Scotland Yard.«

»Deswegen wurden wir argwöhnisch.«

Lizárraga öffnete einen weiteren Aktenschrank mit beschrifteten Mappen und zog eine Fotokopie heraus. »Das ist die berühmte Mitteilung. Lies, und du merkst, wie unhaltbar die Behauptungen sind.«

»Hast du irgendwelche Informationen über Spielclubs?«

»Nein. Bis jetzt nicht. Aber in der Woche, in der Heriberto ermordet wurde, gab es eine Reihe Polizeimeldungen. So als hätte die Sommerhitze eine Menge seltsamer Verbrechen produziert.«

Lizárraga nahm eine andere Zeitung vom 26. Juli und schlug sie auf. »Schau hier, auf dieser Seite.« Lizárraga klopfte mit dem Zeigefinger auf eine andere Schlagzeile: ›Makabrer Fund in La Salada: Forscher entdecken die Leichen von drei Unbekannten.‹

»Forscher in La Salada, im Sommer?«

»Verrückte Gringos, was weiß ich … Führ dir die Nachricht zu Gemüte, und du wirst sehen, dass sie in jeder Hinsicht verwirrend ist.«

Die Geschichte war so einfach wie eine Folge von *Die unbekannte Dimension.* Drei Gringos der State University von San Diego, die mit Erlaubnis der mexikanischen Regierung an einer Studie über die Auswirkungen des Andreasgrabens auf die Ebene von Mexicali arbeiteten, stießen, als sie eine Wolke von Fliegen bemerkten, auf ein verstecktes Grab neueren Datums. In einer Schlucht von La Salada, einer äußerst kargen Wüstenregion, fanden sie mehrere Leinensäcke mit den Körpern von kürzlich erschossenen Männern. Alle Leichname wiesen einen Kopfschuss auf. Die Gringos informierten die zuständigen Behörden, die, so endete die Notiz, sich sofort einschalteten. Ende.

»Mehr Informationen dazu gibt es nicht?«

Lizárraga schüttelte den Kopf. »Wir haben versucht, mehr herauszubekommen. Und wie wir es versucht haben. Aber diese Meldung wurde am nächsten Tag dementiert. Das war alles. Man hat uns eiskalt abblitzen lassen, wie du siehst.«

»Und die Gringos?«

»Die State University von San Diego hat uns mitgeteilt, es würden keine akademischen Mitarbeiter oder studentischen Hilfskräfte in La Salada forschen.«

»Hast du die Namen der Gringos?«

»Ja. Sie stehen hier. Wir haben sie nicht erwähnt, weil die Nachricht in der letzten Minute kam und wir wenig Platz hatten. Sie heißen Jesse Morgan Litvak, Samuel Frederic Keene und Harry Jeremy …«

»Dávalos?«

Lizárraga schaute auf und sah Morgado überrascht an. »Ja. Harry Jeremy Dávalos. Kennst du ihn?«

Morgado war selbst überrascht. »Diese drei Kerle haben so viel mit Geologen gemein wie ich mit einem Ingenieur«, rief er aus.

»Was? Kommst du mir jetzt damit, dass sie Agenten der CIA sind, wie in den Hollywoodfilmen?«

»Nein, von der DEA, aber das tut nichts zur Sache.«

»Ich glaub dir kein Wort.«

Morgado zwang sich zu einem Lächeln. »Das ist das Beste, was du tun kannst. Ich gehe jetzt. Ich glaube, ich muss auf die andere Seite.«

Lizárraga verstaute die Zeitungen wieder im Aktenschrank. Er wirkte nachdenklich. »Pass auf dich auf. In der Oberliga zu spielen, ist was für Profis. Sie können dich jederzeit fertig machen.«

»Mach dir keine Gedanken. Ich werde einen Schutzengel anheuern. Einer von denen, die einen Tag und Nacht bewachen.«

»Am besten bezahlst du deine Beerdigung im Voraus.«

»Das habe ich schon.«

»Ist dir glatt zuzutrauen.«

»Wenn du etwas in Erfahrung bringst, hinterlass mir eine Nachricht im Hotel Del Norte.«

»Wenn sie dich umbringen, haben wir die Exklusivrechte, abgemacht?«

»Abgemacht.«

»Und wenn du diese verzwickte Geschichte aufklärst, gibst du uns zuerst Bescheid.«

»Alles klar.«

Ein Händedruck besiegelte den Pakt.

15

Lizárraga hatte Morgado vorgewarnt, dass er mindestens eine halbe Stunde anstehen müsste, um auf die andere Seite zu kommen. Er hatte Glück, es dauerte nur zwanzig Minuten. Aber damit war die Glückssträhne auch schon vorbei.

Im amerikanischen Kontrollhäuschen mit der Fassade eines feuersicheren Gefängnisses empfing Morgado ein junger, kräftiger Chicano, der ihn nach seinem Ausweis fragte. Morgado zeigte ihm seinen Pass voller Stempel europäischer und lateinamerikanischer Länder, inklusive Kuba. Der Grenzbeamte runzelte ein paar Mal die Stirn, während er den Pass kontrollierte. Er tippte eine Reihe von Zahlen in seinen Computer und las mit gelangweiltem Gesicht die auf dem Bildschirm erscheinenden Daten durch. Schließlich kam er aus seinem Häuschen und klemmte ein gelbes Zettelchen und Morgados Pass unter den Scheibenwischer.

»Stimmt etwas nicht?«

Der Grenzer sah ihn nicht einmal an. »Fahren Sie weiter. Zur zweiten Kontrolle. Dort wird man Sie informieren.«

Morgado blieb keine andere Wahl. Er steuerte das Auto zu einer Station, wo er es neben einem Lieferwagen abstellte, den zwei Beamte der *migra* auseinander nahmen. Ein alter Gringo mit neonorange Shorts beobachtete sie nervös und irritiert.

Morgado musste zehn Minuten warten, bis jemand zum Auto kam und es untersuchte. Weiter passierte nichts. Es vergingen weitere zehn Minuten. Er wurde langsam ungeduldig. Er hatte so viele Grenzübergänge in aller Welt passiert, die schleppende Abwicklung war überall gleich. Aber er spürte, dass hier etwas künstlich in die Länge gezogen wurde. Sie legen mir Steine in den Weg. Sie wollen mich testen, dachte er. Als er eine halbe Stunde gewartet hatte und immer noch keiner der Beamten Anstalten machte, zu ihm zu kommen, stieg er aus dem Auto und wollte zum anderen Ende des Parkplatzes gehen, wo ein Grenzbeamter untätig herumstand. Er war kaum ein paar Schritte gegangen, da ertönte eine laute Sirene, und mehrere Männer der *migra* umzingelten ihn mit gezogenen Pistolen.

»Don't move!«, rief einer ihm zu. Die Sirene hörte auf zu heulen.

Morgado war versucht, die Hände zu heben, aber er beherrschte sich.

Niemand, schon gar nicht die Gringos, würde ihn auf diese Weise demütigen. Ohne über die Konsequenzen nachzudenken, explodierte er. »Verdammt noch mal! Ich warte jetzt schon mehr als eine halbe Stunde, dass ich kontrolliert werde. Wenn Sie das vorhaben, dann tun Sie es endlich! Und wenn nicht, dann lassen Sie mich weiterfahren.«

Einer der Beamten sprach in sein Funkgerät und erbat weiteren Befehl. Ein anderer ging mit gezogener Waffe auf Morgado zu und zeigte mit der freien Hand auf ein kleines Schild, das an einer der Säulen der Kontrollstation hing. Dort stand auf Englisch und Spanisch: »Verlassen Sie Ihr Auto nicht, während Sie hier warten, bis ein Beamter Sie dazu auffordert. Alles, was Sie in diesem Bereich tun oder sagen, wird gefilmt und aufgenommen und kann gegen Sie verwendet werden.«

Ein großer kahlköpfiger Gringo kam angerannt. Er fasste Morgado am Arm und führte ihn zu seinem Auto zurück. *»Sorry, man. A mistake.«* Er riss den gelben Zettel ab und gab Morgado seinen Pass zurück. »Sie können fahren«, sagte der Beamte, der ihn auf das Schild hingewiesen hatte. »Alles in Ordnung. *Welcome to the United States.*«

16

Die Büros der DEA von El Centro, Kalifornien, nur zwanzig Kilometer von der Grenze entfernt, befanden sich in einem hellen, absolut cleanen Gebäude. Es hätte auch der Empfangsraum einer Bank oder eines Krankenhauses sein können. Alles stand an seinem Platz und war neutral und unpersönlich eingerichtet. Seit Morgado das Gebäude betreten und sich als Mitglied von Amnesty International Mexico vorgestellt hatte, spürte er eine beklemmende Atmosphäre diskreter Überwachung. Gute Manieren, ausgesuchte Höflichkeit, dachte er, aber nur nach außen. Unter der Oberfläche, ganz gleich ob FBI oder DEA, findet man Brutalität und Gewalt, eine Machtmaschinerie, die die Jagdhunde verheizt, die zu ihrer Befriedigung ausgebildet werden. Halt, sitz, lauf, hinterher, fass, töte!

Die Sekretärin, die seine Personalien aufgenommen und ihn gebeten hatte, einen Moment zu warten, kehrte lächelnd zurück und bat ihn in den Meeting-Raum.

»Unser Direktor ist nicht da, aber einer seiner Mitarbeiter wird sich in ein paar Minuten um Sie kümmern.«

Als die Sekretärin zum Telefon eilte, hatte Morgado Zeit, sich das Zimmer genau anzusehen. An einer Wand hing, wie ein Heiligenbild, ein großformatiges Foto von Enrique Camarena, dem Agenten der DEA, den die Presse zum Märtyrer im Kreuzzug gegen den Drogenhandel gemacht hatte. Weiter hinten befand sich eine Vitrine mit Auszeichnungen und Trophäen von Schießwettbewerben und Kampfsportwettkämpfen, die Mitglieder der Einsatzgruppe von El Centro gewonnen hatten.

Während er die Aufschriften der Trophäen durchlas, tauchte ein junger Amerikaner auf, der trotz der Sommerhitze einen formellen Anzug inklusive der vorgeschriebenen Krawatte trug.

»Guten Tag, Mister Morgado«, sagte er und drückte ihm kräftig die Hand.

»Guten Tag, Agent Dávalos.«

»Womit können wir Ihnen dienen?«

»Sie erinnern sich wohl nicht mehr an mich.«

»Darf ich erfahren, wo wir uns kennen gelernt haben?«

»In Nicaragua 1987.«

»Ich war nie in Nicaragua. *You're wrong.* Es muss eine Verwechslung sein.«

»Vielleicht. Ich war auch nie in Nicaragua. Sage ich mal so, falls Sie das beruhigt.«

Dávalos öffnete die Arme und lachte ungezwungen. »Dann ist ja alles in Ordnung. Wir vergessen, was war, und fangen ganz von vorne an.«

»Einverstanden.«

»Aber Sie sind bestimmt nicht in dieses Grenzkaff gekommen, um über nicht existente Dinge zu sprechen, oder? Was kann ich für Sie tun? Ich weiß – wir haben das gerade überprüft –, dass Sie gute Empfehlungen haben. Soweit das in unserer Macht steht, helfen wir Ihnen gerne.«

»Ich bin gekommen, um Sie nach Forschungsprojekten über den Andreasgraben in La Salada, Baja California, zu fragen. Vielleicht vor einem Monat.«

Dávalos zog das Jackett aus und hängte es über eine Stuhllehne. Dann lockerte er den Knoten seiner Krawatte.

»Ich interessiere mich für Geologie«, fügte Morgado hinzu, »aber mehr noch für Anthropologie. Knochen und solche Sachen. Ich wollte Sie nach Ihrer Meinung fragen.«

Dávalos ging auf Morgado zu und fasste ihn am Arm. »Es ist heute ziemlich heiß hier. Erlauben Sie, dass ich Sie auf einen Schluck einlade. Hier gegenüber auf der anderen Straßenseite gibt es eine nette Bar.«

Sie verließen gemeinsam das Gebäude der DEA. In der Bar setzten sie sich an einen der hinteren Tische. Während man ihnen die beiden Biere hinstellte, klopfte Dávalos Morgado auf die Schulter. Die reglose Maske verschwand von seinem Gesicht. Als wäre er plötzlich ein anderer. »Du hast uns ja ganz schön mitgespielt in Nicaragua, *motherfucker.*«

»Ich habe dich davor bewahrt, einen Massenmord zu begehen.«

»Und du hast mir das Leben gerettet. Dafür bin ich dir dankbar.«

»Schwachsinn, Harry. Wenn man dir befehlen würde, mich zu töten, würdest du nicht eine Sekunde darüber nachdenken.«

»Für was hältst du uns? Für Roboter?«

»Du hast es selbst gesagt: Vergiss die Vergangenheit. Sprechen wir von der Gegenwart, Harry. Erzähl mir was über La Salada.«

»In welcher Sache steckst du drin, Morgado? Beantworte mir diese Frage, und ich sage dir, was ich dir sagen darf. Wenn du glaubst, deine Empfehlungsbriefe von Amnesty International hätten hier irgendeine Bedeutung, bist du auf dem Holzweg.«

Morgado starrte blöde auf den Grund seines Bierglases. Wenn er die Wahrheit sagte, kompromittierte er womöglich Heribertos Familie. Sagte er sie nicht, wäre das so, als würde er ohne Köder angeln. In jedem Fall war allein die Tatsache, dass er die DEA um Informationen bat, ein Risiko. So wie die Gringos immer alles ausposaunten, würde jetzt ganz Mexicali über seine Schritte Bescheid wissen.

Morgado atmete ganz langsam aus, trank einen Schluck Bier und berichtete von seinen Ermittlungen. Er erwähnte dabei lediglich Heribertos Ermordung und die Widersprüchlichkeiten in der lokalen Presse.

»Nette Geschichte«, sagte Dávalos als Zusammenfassung. »Und was hat das mit unserem Fund zu tun?«

»Ich kann dir nicht sagen, warum, aber ich bin sicher, das mit euch und mit Heriberto hat etwas miteinander zu tun. Oder irre ich mich?«

»Vielleicht, vielleicht auch nicht.«

»Komm, Harry, ich will kein ›vielleicht‹. Ich brauche klare Aussagen, keine Orakel.«

Dávalos nickte. Da wurde Morgado klar, dass es kein Fehler war, Harry zu vertrauen. Aber was dieser ihm jetzt erzählte, verwirrte ihn anfänglich.

»Ich habe einen jüngeren Bruder, der ist dir sehr ähnlich. Nicht äußerlich, sondern in der Eigenschaft, sich Ärger einzuhandeln. Er ist Künstler, Intellektueller, *you know.* Einer von denen, die Sachen schreiben, die keiner versteht. Aber er ist mein Bruder. Ich werde nie verstehen, warum er tut, was er tut, aber ich respektiere ihn. Deshalb, und weil du mich damals vor der Bombe gewarnt hast, werde ich dir sagen, wie die ganze Sache angefangen hat.

Alles fing mit einem Deal an, den wir mit einer Gruppe der *federales* unter Befehl von Comandante Zamudio vereinbarten. Ich erzähle dir das, weil es diesen Deal nicht mehr gibt. Zamudio hat über die Stränge geschlagen. Er hat nicht Wort gehalten. Und dafür zahlt man in unserem Metier immer. Du bist Mexikaner. Du verstehst das.«

»Nein, Harry. Ich bin Mexikaner, aber ich teile nicht diesen Pseudoehrenkodex. Das sind Vorurteile.«

»Ich bin kein Rassist, mein Freund, auch wenn es heißt, die DEA sei voller Skinheads und Herrenmenschen.«

»Und ein großer Teil hat spanische Namen, nicht wahr? Genau wie bei der *migra.*«

»Kennst du Los Mezquites, mein Freund?«

»Nein. Ich weiß nur, dass es die Farm von Heribertos Schwiegervater ist.«

»Dort hat alles angefangen.«

»Wie?«

»Hast du mal *The Deer Hunter* gesehen?«

»Mit Robert De Niro?«

»Genau. Da passiert etwas Ähnliches, nur mit einem ganz anderen Ergebnis.«

»Das musst du mir genauer erklären.«

»Die DEA und Zamudios Truppe, wir haben in diesem Gebiet viele Jahre zusammengearbeitet. Vor etwa sechs Monaten schlug Trinidad Rodríguez, Zamudios rechte Hand, vor, sie könnten Drogenkuriere verhaften, an denen der DEA gelegen ist. Offiziell sind wir gegen diese Dinge, aber inoffiziell zahlen wir zwischen zehn- und zwanzigtausend Dollar für jeden Dealer, den sie uns ausliefern. Der Austauschort, wie wir es nannten, war die Ranch Los Mezquites, direkt an der Grenze. Der alte Sifuentes ist mit Zamudio befreundet und erlaubte uns, uns in einer Laube zu treffen, die etwa zwei Kilometer vom Haupthaus entfernt ist. Er hat geglaubt, wir würden dort spielen. Was in gewisser Weise auch stimmte. Alles lief gut, bis vor ein paar Wochen. An diesem Abend, am 23. Juli, war Zamudio high, sehr high, und brachte uns drei Kleindealer. Der alte Sifuentes war bereits schlafen gegangen. Es war nur noch Heriberto González da, der erst zum zweiten Mal mit von der Partie war. Im Grunde spielten wir darum, wie viel wir für jeden Dealer zahlen würden. Aber an diesem Abend war es so, dass die Entführten für uns nicht von Interesse waren. Wenn wir gewusst hätten, was passierte, hätten wir, ohne zu murren, bezahlt.«

»Ihr wolltet nicht zahlen?«

»Genau. Zamudio wurde sauer und sagte, er würde weiterspielen. Aber russisches Roulette.«

»Mit den entführten Dealern?«

»Mit uns wohl kaum. Dumm ist er nicht.«

»Und hat er?«

»Er selbst drückte ihnen den Revolver in die Hand und hielt ihn an ihre Stirn. Er sagte, wenn sie fünfmal abdrückten und überlebten, würde er sie freilassen. Und er zwang uns zu wetten. Heribertos Gesicht wechselte ständig die Farbe. Die Situation war äußerst angespannt. Der erste Dealer schaffte es nur zwei Mal, abzudrücken. Der Zweite kam bis zum vierten Schuss. Und der Dritte, der das Unglück seiner Gefährten mitbekommen hatte, weigerte sich. Also schoss der Comandante auf ihn: einmal, zweimal, dreimal, viermal, fünfmal, ohne Erfolg. Mit dem sechsten Schuss hat er ihn getötet.«

»Aber hatte Zamudio nicht gesagt, wer fünf Schüsse überlebt, würde freikommen?«

»Sag ihm das, und du spielst auch russisches Roulette.«

»Und dann?«

»Der Comandante befahl seinen Männern, alles sauber zu machen. Überall war Blut. Sie steckten die Toten in Leinensäcke und luden sie in einen Suburban. Und jeder kehrte an seinen Platz zurück.«

»Es handelt sich um die Toten, die ihr später gefunden habt.«

»Das geschah auf höheren Befehl. Als wir unseren Bericht abgegeben hatten, schickten sie zwei Leute, um das zu überprüfen. Ich begleitete sie, und gemeinsam fanden wir die Leichen in einem Cañon von La Salada. In Washington wurde der Deal mit Zamudio aufgelöst. *Game over.*«

»Seit wann machen euch solche Sachen Probleme?«

»Sie erregen Aufsehen. Und öffentliche Diskussionen sind nicht gut für uns. Wenn der Comandante das mit dem russischen Roulette eigenmächtig getan hätte, würde niemand protestieren. Aber weil er es vor Beamten der DEA getan hat, könnte das so aussehen, als würden wir sein Verhalten billigen. Also haben wir die Nachricht von dem geheimen Grab in die mexikanische Presse geschleust.«

»Wozu? Für euch war es doch besser, die Angelegenheit totzuschweigen.«

»Es war eine Form, die mexikanischen Behörden durch die Blume darauf hinzuweisen, dass mit dem Comandante etwas schief gelaufen ist und wir unsere Hände in Unschuld waschen.«

»Ihr habt ihn verraten.«

»Nein. Nein. Wir haben die mexikanische Bundesanwaltschaft nur informiert. Es war, damit wir uns richtig verstehen, eine verschlüsselte Botschaft.«

»Und was geschah dann?«

»Das wissen wir nicht. Zamudio war plötzlich von der Bildfläche verschwunden. Und die Bundespolizei, die ihn vorher gedeckt hatte und über die Sache mit den Entführungen informiert war, ist jetzt hinter ihm her.«

»Und die Leichen?«

»Bei der Bundesanwaltschaft. Das ist nicht mehr unsere Angelegenheit.«

»Wenn das mit drei straffällig gewordenen Gringos in Mexiko passiert wäre, hättet ihr sofort die diplomatischen Beziehungen zu unserem Land abgebrochen.«

»Was willst du? Wir sind die *number one.* Wir entscheiden, wie und wann der Kuchen verteilt wird und wer welches Stück bekommt. Du weißt, was ich meine.«

Trotz der Klimaanlage in der Bar hatte Morgado das Gefühl zu ersticken. Die Wut, die ihn jedes Mal packte, wenn er es mit diesem Machtgehabe zu tun hatte, stieg in Wellen in ihm auf. Ganz ruhig, sagte er sich. Du brauchst noch mehr Informationen. Bewahr dir deinen Zorn für andere Zeiten auf. Du darfst nichts vergessen. Du musst dich erinnern, was hier passiert. An jede Einzelheit. Jede Beleidigung. Jeden Schlag.

»Und Heriberto González? Warum wurde er getötet? Weil er Zeuge des Massakers war?«

Dávalos zuckte die Achseln. »Vielleicht. Ich weiß es nicht.«

»Was weißt du darüber?«

»Er ist zwei Tage später ermordet worden. Oder?«

»Ja, im Magic Hotel in La Chinesca. Mitten im Rotlichtviertel.«

»Comandante Zamudio gefällt es, wenn über seine Heldentaten gesprochen wird, wenn er ständig in aller Munde ist. Und mir ist nicht zu Ohren gekommen, dass er sich diesen Toten auf die Fahne schreibt. Wenn Heriberto die Geschichte ausposaunt hätte, wäre Zamudio eher dankbar als verärgert gewesen. Er ist unglaublich eitel, und solche Sachen wie das mit dem russischen Roulette steigern sein Ansehen in dem Milieu, in dem er sich bewegt. Man fürchtet ihn noch mehr. Er kann für seine Dienste noch mehr verlangen. So läuft dieses Geschäft: Je mieser du bist, umso mehr nimmst du ein. Außerdem spricht gegen Zamudio als Täter, dass er großen Respekt vor dem alten Sifuentes hat.«

»Wer war sonst noch in dieser Nacht dabei?«, hakte Morgado nach. »Eine Frau?«

Dávalos dachte eine Weile nach. »Nein. Zumindest nicht in der Laube. Aber als wir herauskamen, stellten wir fest, dass auf dem Rücksitz eines Suburban ein Mädchen saß.«

»In dem, in den sie die Leichen geladen haben?«

»Nein, in einem anderen.«

»Ein dunkelhaariges, dünnes Mädchen?«

»Es war dunkel, und der Suburban hatte Scheiben aus polarisiertem Glas.«

»Das ist doch für einen Agenten der DEA kein Argument.«

»Schon gut. Du hast gewonnen. Sie war blond, schlank, athletische Figur. Eine von denen, die dem Fitnesskult frönen.«

»Eine echte Blondine?«

»Ich glaube schon.«

»Und keiner von Zamudios Männern ist in diesen Suburban gestiegen?«

»Wir sind vorher weg. So ist das Prozedere. Wir haben nichts mehr gesehen.«

»Ihr seid in eure Büros mit Klimaanlagen zurückgekehrt, und sie haben sich nach La Salada aufgemacht, um die Leichen zu entsorgen. Abfall, den niemand auf seinem Hof haben will. Ende der Geschichte. Die Barbaren aus dem Süden kehren in ihre Barbarei zurück und die Zivilisierten des Nordens zu ihrer beleidigten Würde. Und alle sind froh und zufrieden.«

»Nein, Morgado. Es gibt hier kein Happy End. Das mit den Drogen ist ein kleiner Krieg. Wer überlebt, gewinnt. Wir können warten. So haben wir es mit den Sowjets gemacht. Es hat fast ein halbes Jahrhundert gedauert, aber am Ende haben wir sie zerlegt, kleingekriegt. Jetzt wollen sie sein wie wir. Hamburger essen und sich mit Mickey Mouse fotografieren lassen. Arme Irre.«

»Verlass dich nicht darauf, Harry. Auch wir können warten. Wir Latinos sind die Kinder der Geduld, Erben der Hartnäckigkeit. Das praktizieren wir seit Jahrhunderten, Jahrtausenden.«

»*Bullshit.* Das sind Mythen, von denen du zehrst. Das ist alles.«

»Möglich. Wahrscheinlich. Wer weiß?«

»Es ist spät. Ich muss gehen.«

»Warte. Als du damals weggefahren bist, was für ein Gesicht hat Heriberto gemacht?«

»Er war schon weg. Zamudio selbst hatte ihm gesagt, er solle sich keine Gedanken machen, seine Männer würden den Spielclub sauber hinterlassen.«

Morgado war erschöpft. Er wusste nicht, was er Dávalos noch hätte fragen können. Jetzt sah er das Verbrechen als einfarbiges Bild vor sich. Die Hauptakteure waren zu erkennen, und der inexistente Spielsalon nahm allmählich reale Gestalt an. Aber die möglichen

Motive für die Ermordung Heribertos reichten von seiner Eliminierung als kompromittierender Zeuge durch Zamudio bis hin zu nicht bezahlten Spielschulden im Treinta-Treinta. Es war an der Zeit, das Reich von Doña Matilde kennen zu lernen.

Als er aus der Dunkelheit der Bar kam, fühlte Morgado sich von der Helligkeit geblendet. Die Häuser verwandelten sich in phantasmagorische Erscheinungen. Die Hitze war um sechs Uhr abends immer noch gewaltig. Er verabschiedete sich von Harry Dávalos, gab ihm aber vorher noch die Telefonnummer seines Hotels.

»Wenn ich etwas erfahre, geb ich dir Bescheid«, sagte Harry. »Aber ich bin nicht so dumm, das telefonisch zu machen. In Baja California gibt es zu viele Vögel auf den Drähten, zu viele neugierige Ohren. *Be careful.*«

Morgado hörte nicht richtig hin. In seinem Kopf kreisten alte, schmerzhafte Bilder: das Labyrinth aus falschen Fährten und Sackgassen, in das sich seine Ermittlung im Mordfall Manuel Buendía entwickelt hatte. Eine unabhängige Ermittlung, die er koordiniert hatte und bei der er am Stumpfsinn der Polizeibürokratie abgeprallt war.

Jetzt lag der Fall ähnlich. Und auch wieder anders: Hier war das Opfer ein gewöhnlicher, unbekannter Mann, ohne jedes Heldentum oder öffentliche Karriere, ohne sonderliche Qualitäten oder Fehler. Was den Mord an Heriberto mit dem an Buendía verband, war die Straffreiheit, die fehlende Gerechtigkeit. Hör auf, wie ein Anwalt zu denken, sagte er sich, das ist kein Kolloquium über die Menschenrechte. Das ist die Wirklichkeit. Und darin gibt es keine Rechte. Nur ungelöste Todesfälle. Anonyme Leichen, die sich in Mexiko in einem Gemeinschaftsgrab anhäufen, das sich über das ganze Land erstreckt.

Ein Schauer durchzuckte ihn.

17

Kaum hatte er die Grenze überquert, merkte er, dass etwas nicht stimmte. Im Rückspiegel tauchten zwei Suburbans auf, die ihn mit einigem Abstand verfolgten. Er hatte nur die Wahl, anzuhalten und zu sehen, was sie wollten – wahrscheinlich ihn töten –, oder ordentlich Gas zu geben. Morgado blieb keine Zeit, sich zu entscheiden. Ein schwarzer Pick-up rammte ihn von der Seite und drängte ihn in eine Ackerfurche. Er verlor die Kontrolle über seinen Wagen und prallte gegen einen Pfeiler. Morgados Kopf knallte gegen die Windschutzscheibe.

Es roch verbrannt, aus dem Motor stieg dichter Rauch auf. Wie ein fernes Echo vernahm er eine Frauenstimme. »Er explodiert, er explodiert. Unternehmt doch was.«

Jemand öffnete die Tür und zog ihn brutal aus dem Wagen. Morgado wollte gehen, aber die Leute, die ihm halfen, hinderten ihn daran. Ein Suburban hielt neben ihm, und er wurde hineingeschoben. Eine Explosion erschütterte die Luft. Für die Zuschauer waren die Helfer nur gute Samariter. Für die guten Samariter war es lediglich eine gelungene, sauber durchgeführte Operation. Für Morgado war es einer der schlimmsten Albträume seines Lebens.

»Wie sieht er aus?«, fragte eine Stimme.

»Nur Prellungen. Nichts Ernstes.«

Morgado war immer noch durcheinander und desorientiert. Umso mehr als der Wagen, der ihn transportierte, mit Höchstgeschwindigkeit fuhr und dauernd überholte und bremste.

»Was wollen Sie?«, brachte er gerade noch heraus.

»Von dir nichts, Romantiker.«

Morgado erkannte die Stimme. Es war der Barkeeper aus der Santa-Clara-Bar. Adolfo, ja, so hieß er.

»Comandante Zamudio will dich sprechen, rein freundschaftlich. Ohne böse Absichten«, sagte der Barkeeper spöttisch.

»Warum habt ihr mich dann gerammt?«

»Damit du siehst, wie viel ihm daran liegt, mit Intellektuellen zu plaudern.«

Die beiden Polizisten lachten.

Morgado verzichtete auf weitere Fragen. Die holprige Fahrt dauerte noch eine ganze Stunde. Schließlich hielten sie mitten in einem Weizenfeld.

»Wo sind wir?«

»Kennen Sie diese Ranch nicht, Señor Morgado?«

»Nein.«

»Sie heißt Los Mezquites.«

Sie öffneten die Türen des Suburban und halfen Morgado auszusteigen. Ein älterer, aber drahtiger Mann wartete auf sie. »Was habt ihr mit ihm gemacht, ihr Idioten?«

»Nichts. Es war ein Unfall.«

»Ein Unfall, verdammte Scheiße. Sind Sie okay, Anwalt?«

»Ja, ich bin okay. Wer sind Sie?«

»Der Besitzer von diesen Ländereien. Teresitas Papa. Die Teresita, die Sie ohne mein Wissen und ohne meine Billigung in diese Scheißermittlungen hineingezogen hat.«

»Sie sind der alte Sifuentes? Don Gregorio Sifuentes?«, stammelte Morgado.

»Derselbe, der singt und vögelt und pünktlich seine Schulden bezahlt.«

»Freut mich, Sie kennen zu lernen.«

»Keine Umstände. Ich bin hier als Ehrenzeuge.«

»Ehrenzeuge?«

»Natürlich. Comandante Zamudio ist mein Freund, und die Ermordung meines Schwiegersohnes geht mich genauso viel an wie meine Tochter. Also habe auch ich, die Verstorbenen mögen mir verzeihen, bei diesem Todesfall ein Wörtchen mitzureden.«

»Ich verstehe nicht, Don Gregorio.«

»Begleiten Sie mich am besten hinein, mit einem kleinen Tequila werden Sie gleich klarer sehen.«

Der alte Sifuentes führte ihn am Arm in die Spielhölle. Beim Betreten kamen ihm sofort Harry Dávalos' Worte in den Sinn, mit denen dieser das Massaker beschrieben hatte. Er begann instinktiv den Raum zu inspizieren, den ovalen Tisch und die einzementierte

Theke, und suchte nach Blutspritzern. Erst jetzt bemerkte er weiter hinten mehrere Polizisten, die sich unterhielten. Ein Mann, nicht älter als vierzig, kräftig und mit einem Militärhaarschnitt, löste sich von der Gruppe und begrüßte Morgado mit einem langen Händedruck. »Ich bin Comandante Zamudio. Ich freue mich, dass Sie uns Gesellschaft leisten können.«

»Da bin ich mir nicht so sicher.«

»Entschuldigen Sie die Unannehmlichkeiten. Die Jungs sind ein wenig stürmisch, wenn es darum geht, meine Befehle zu befolgen.«

»Das habe ich gemerkt.«

Die Polizisten brachten Stühle herbei. Der Tequila begann in Strömen zu fließen. Adolfo schenkte emsig ein. Comandante Zamudio stieß mit Morgado an. »Ich habe Sie aus zwei Gründen hierher bringen lassen: um ein für alle Mal die Geschichte mit Heribertos Tod aufzuklären …«

»Seine Ermordung.«

»Eben das. Und aus Hochachtung und Respekt gegenüber Don Gregorio Sifuentes.«

»Verstehe.«

Morgado fühlte sich besser, als der Tequila zu wirken anfing. Er konnte den Blick länger auf den Personen um ihn herum ruhen lassen.

»Erstens«, hob der Comandante an, »Ich habe Heriberto nicht umgebracht. Zweitens: Doña Matilde hat ihn nicht umgebracht, aber ich bin dabei, herauszufinden, wer es war. Das ist alles.«

»Erzählen Sie mir genau, was sich abgespielt hat. Nicht im Telegrammstil.«

»Hör mal, mein Junge«, mischte sich der alte Sifuentes ein, »glaubst du, ich würde hier den Mörder meines Schwiegersohnes als Freund empfangen? Wenn er meine Tochter zur Witwe und meine Enkelinnen zu Waisen gemacht hätte, würde ich ihm eigenhändig eine Ladung Blei verpassen. Aber er war es nicht. Ich selbst habe ihn begleitet, als wir von Heris Ermordung erfahren haben.«

»Er muss ihn ja nicht selbst getötet haben. Er kann den Befehl gegeben haben.«

»Gewiss, aber so war es auch nicht.«

»Warum haben Sie das Ihrer Tochter Teresa nicht gesagt?«

»Was gehen sie diese Dinge an? Die Frauen bleiben außen vor.«

»Und warum erzählen Sie mir das alles jetzt?«

»Weil ich erst jetzt erfahren habe, dass meine dumme Tochter Atanasio um Hilfe gebeten hat und dieser verrückte Junge Sie aus Mexico City hat kommen lassen. Und dass Sie alle nervös gemacht haben. Zu viele Wellen für einen kleinen Teich, finden Sie nicht?«

»Ich weiß, dass du das mit dem russischen Roulette weißt«, fügte Zamudio hinzu. »Was du nicht weißt, ist, dass die Gringos mich verraten haben. Als sie gesehen haben, dass ich ausgerastet bin, als ich drei Kerle vor ihrer Nase abgeknallt habe, da haben sie bestimmt gesagt: ›Dieser Zamudio wird langsam unbeherrschbar. Er passt uns nicht mehr in den Kram.‹ Sie haben den Regimentsstab auf mich gehetzt, die Sesselfurzer, und jetzt ist die ganze Bundespolizei hinter meiner Gruppe her. Gleich morgen verschwinden wir Richtung Süden und machen erst mal Urlaub. Wir haben was auf der hohen Kante. Aber erst will ich dieses Durcheinander klären. Ich habe mich sofort eingeschaltet, als ich von dem Mord erfuhr. Meine Leute haben das Gebiet sofort abgeriegelt. Wir stellten fest, dass Heri nicht in diesem Hotelzimmer ermordet wurde, sondern in dem Gässchen ganz in der Nähe, wo er sein Auto abgestellt hatte. Weniger als zwanzig Meter vom Treinta-Treinta entfernt. Ich bin allein zu Doña Matilde gegangen. Sie hat mächtige Freunde, aber unantastbar ist sie nicht. Wir haben offen geredet. Sie sagte mir, Heriberto habe ihr Geld geschuldet, aber sie habe ihn nicht getötet. Jetzt hören Sie gut zu: Sie hatte befohlen, ihn zu töten, aber derjenige, der damit beauftragt war, konnte den Job nicht erledigen. Jemand anders ist ihm ein paar Minuten zuvorgekommen. Aber alles hätte auf sie hingedeutet, vor allem, weil die Leiche so nah bei ihrem Laden gefunden wurde. Und so hat sie mithilfe ihrer Bodyguards die Leiche ins Magic Hotel geschafft und als Zugabe eine Tüte Koks beigelegt.«

»Und Sie haben ihr diese Geschichte geglaubt?«

»Sagen wir, unter Spielern lässt man sich nicht in die Karten schauen, aber wenn sie versucht hätte, mich für dumm zu verkaufen, wäre sie nicht lebend davongekommen. Außerdem hatte der Mörder ihr einen Gefallen getan. Sie wollte nur nicht in diesen Skandal hineingezogen werden. Ich tat ihr den Gefallen, ihren Namen unerwähnt zu lassen. Aber da endet meine Beteiligung auch schon. An den darauf folgenden Tagen flog das mit dem russischen Roulette und dem versteckten Grab auf, und meine Gruppe war raus aus dem Fall.«

»Und haben Sie niemanden in Verdacht?«

»Doch, natürlich. Deswegen habe ich Sie auch hierher bringen lassen. Mein Hauptverdächtiger wird gleich eintreffen. Sie werden überrascht sein.«

Morgado wollte nach dem Namen des Verdächtigen fragen. Als das Motorengeräusch eines näher kommenden Autos zu hören war, stand Zamudio auf. Das Licht der Scheinwerfer streifte das Fenster des Spielsalons und warf den Schatten des Comandante an die Wand hinter ihm.

»Der Dummkopf ist tatsächlich darauf hereingefallen«, sagte Zamudio lächelnd.

In dem Moment hörte man draußen Geschrei, Maschinenpistolenfeuer fegte durch den Raum. Zamudio führte sekundenlang einen grotesken Tanz auf und fiel dann wie ein nasser Sack zu Boden. Seine Männer hielten sich nicht damit auf, ihm zu Hilfe zu eilen, und versuchten durch die Vordertür zu fliehen. Zwei schafften es, aber weitere Maschinenpistolensalven drängten sie zurück. Die anderen fingen an, mit allen verfügbaren Waffen zurückzuschießen. Scherben und Holzstückchen regneten herab, und dichter Rauch erfüllte alle Winkel des Pavillons.

Adolfo und der alte Sifuentes lagen neben Morgado auf dem Boden. Keiner von ihnen war verletzt, aber die Einschüsse kamen näher. Ein Molotowcocktail flog herein und explodierte direkt über einem von Zamudios Männern, der sich in eine heulende Fackel verwandelte.

»Folgen Sie mir, dicht am Boden entlang«, rief Don Gregorio und führte sie hinter die Bar, die, weil aus Zement, einen gewissen Schutz bot. Zu dritt hoben sie eine Blechplatte vom Boden.

»Hier herunter«, drängte sie der alte Farmer, »der Tunnel führt direkt zu den Pferdeställen.«

Sie kämpften sich durch einen engen Gang, bis sie etwa fünfzig Meter entfernt von dem mittlerweile lichterloh brennenden Haus herauskamen. Dann flüchteten sie über das Weizenfeld, wurden aber von den Angreifern bemerkt, die sie verfolgten und einkreisten. Von einer Kugel in die Brust getroffen fiel Adolfo. Der alte Sifuentes wurde am linken Arm verletzt. Morgado stolperte, als er versuchte den alten Mann zu stützen, und sie stürzten beide in das feuchte Gras. Zwei Männer mit abgesägten Gewehren blieben vor ihnen stehen und zielten auf sie.

Morgado wollte die Augen nicht schließen. »Jetzt schießt schon«, dachte er, »wozu das ganze Theater.«

Und dann kamen die Schüsse: kurz, hell.

»Los, komm. Schnell. Das ist eine Blitzoperation.«

Das war Atanasios Stimme an seinem Ohr.

Von allen Seiten tauchten schwarz gekleidete Männer mit Sturmhauben auf.

Morgado stand taumelnd auf, wie der Held eines Wunders. Das seiner Auferstehung.

Man hörte immer mehr Schüsse. Ein Suburban flog durch die Luft. Ein anderer schwelte vor sich hin. Die Männer, die auf Morgado, Sifuentes und Adolfo geschossen hatten, lagen in einer Blutlache. Die Angreifer wurden jetzt selbst angegriffen und flohen zu Fuß.

»Die Brigade deckt unseren Rückzug. Können Sie gehen, Don Gregorio?«, fragte Atanasio.

»Natürlich! So weit kommt es noch.«

»Ein Wagen wartet auf der anderen Seite des Bewässerungsgrabens.«

Morgado erholte sich allmählich von dem Schreck. »Was für eine Brigade?«, fragte er.

Atanasio zwinkerte ihm zu. »Nun, was wohl für eine, die Brigade der Veteranen der ›Anarchistischen Liga Ricardo Flores Magón‹ und ähnliche zivile Vereinigungen mit ganz unterschiedlichen Ressourcen.«

Der alte Sifuentes blieb stehen.

»Was ist?«

»Und meine Familie, Atanasio? Diese Idioten sind zu allem fähig.«

»Nur die Ruhe. Wir haben sie aus dem Haus geholt, sie sind auf dem Weg nach Mexicali.«

»Möge Gott es dir vergelten.«

»Alles für Heri, Don Gregorio.«

Sie durchquerten das dunkle Wasser des Bewässerungskanals und ein Feld voller unbrauchbarer Ackergeräte und hielten erst an einem angrenzenden Weg an, wo ein von drei bewaffneten Männern bewachter Lieferwagen auf sie wartete.

»Wie sieht es aus?«, fragte Atanasio.

»Sieben Tote auf ihrer Seite, und es werden noch mehr. Von Zamudios Truppe lebt keiner mehr.«

»Und von unsern Männern?«

»Drei Verletzte. Keiner schwer.«

»Wie viele konnten entkommen?«

»Zwei. In einem Suburban. Die Raben sind ihnen auf den Fersen. Sie entkommen uns nicht.«

»Weiß man, wer sie sind?«

»Eine Horde Frischlinge der Bundespolizei. Soweit wir das mitgekriegt haben, hatten sie den Befehl, Zamudio und seine Truppe zu erledigen. Es war ihre Feuerprobe, um als vollwertig aufgenommen zu werden. Das Üble daran ist nur, dass sie nicht daran gedacht haben, dass sie bei ihrer kleinen *surprise party* selbst überrascht werden.«

»Wie habt ihr mich gefunden?«, fragte Morgado.

»Wir sind nur denen hinterher, die dich verfolgt haben«, erwiderte Atanasio und kümmerte sich weiter um seine Leute. »Jimmy war dein Schutzengel.«

Einer der Männer fragte etwas über sein Handy nach und wartete schweigend auf die Antwort. »Die Straße ist frei. Wir können fahren, wenn du willst«, sagte er.

»Lass uns hier verschwinden«, befahl Atanasio. »Zuerst statten wir dem Genossen Arzt einen Besuch ab, damit er sich um die Verletzten kümmert, und dann setzen wir dich wohlbehalten in deinem Hotel ab, Morgado.«

Der Lieferwagen fuhr ohne Licht. Ein Jeep setzte sich hinter sie, und weitere Autos kamen dazu, bis sie eine Karawane bildeten.

Kurz bevor sie auf die Hauptstraße kamen, fuhr jedes Fahrzeug in eine andere Richtung. Einer der Brigadisten zündete eine Zigarette an. Im selben Moment machte der Fahrer das Radio an. Ein Evangelistensender. Die dröhnende Stimme eines Gringo-Predigers, der ein Schulbuchspanisch sprach, hallte durch den Wagen. »Meine Kinder, die Zeit des Terrors naht. Der Antichrist ist unter uns. Die Tage der Erprobung haben begonnen. Niemand, weder die Gerechten noch die Sündiger, werden ihrer verdienten Strafe entkommen. Habt ihr gehört? Ihr verdorbenen Kinder, ihr verirrten Schafe, habt ihr gehört?«

»Wir haben gehört«, sagte der Fahrer und stellte schnell einen anderen Sender ein.

Der Klang einer elektrischen Gitarre ersetzte den Savonarola der Grenze. Sie wurde von einer näselnden Stimme begleitet.

»Lass das, das ist Neil Young«, sagte Morgado und fand sofort Unterstützung bei den Brigadisten. Der Fahrer lachte und fing an den Refrain zu wiederholen. Alle, bis auf den alten Sifuentes, stimmten ein:

Keep on rocking in the free world
Keep on rocking in the free world
Keep on rocking in the free world
Keep on rocking in the free world

Eine typische Nacht im Grenzgebiet mit Vollmond und heulenden Kojoten.

18

»Wir holen dich gegen Mittag ab, um die letzten Details zu besprechen. Schlaf gut. Das kannst du brauchen.« Atanasio ließ den Lieferwagen an.

Morgado stand vor dem Hoteleingang. In diesem Moment fiel ihm ein, dass er vergessen hatte, Atanasio zu sagen, dass sein Auto nur noch ein rauchender Blechhaufen war und dass er irgendwie für den Schaden aufkommen würde. Aber vermutlich wusste Atanasio das schon lange. Er ging ins Hotel, und als er sich auf den Weg zu seinem Zimmer machen wollte, rief ihn der Portier. »Entschuldigen Sie, Señor Morgado.«

»Was ist?«

Der Portier sah beunruhigt aus. »Ich wollte Ihnen sagen, vor ein paar Stunden war eine junge Frau da und hat nach Ihnen gefragt. Sie wollte mir ihren Namen nicht sagen. Sie sagte, sie sei Ihre Frau.«

»Wie sah sie aus?«

»Groß, dunkelblond, grüne Augen.«

Morgados Müdigkeit war wie weggeblasen. »Hat sie eine Nachricht hinterlassen?«

»Nein, nein! Sie hat einen Extraschlüssel zu Ihrem Zimmer verlangt, und sie war so hartnäckig, dass sie jetzt in Ihrem Zimmer sitzt. Ich hoffe, ich habe nichts falsch gemacht, aber ...«

»Kein Problem.«

»Sind Sie sicher?«

»Haben Sie meinen Schlüssel?«

»Hier.«

»Dann gute Nacht.«

»Eher guten Morgen.«

»Ja, das meinte ich.«

Morgado eilte zu seinem Zimmer, blieb vor der Tür stehen und atmete tief durch, um wieder ruhiger zu werden. Er öffnete geräuschlos und machte kein Licht an.

Da lag eine schlafende Alicia Beltrán auf dem Bauch im Bett, seinem Bett. Völlig nackt. Er glaubte zu träumen. Aber als er sich von der Überraschung erholt hatte, zog er sich aus und legte sich neben sie. In weniger als einer Minute war er eingeschlafen.

Stunden später wachte er auf, weil Lippen ganz langsam über seinen Penis fuhren.

»Guten Morgen«, sagte Alicia, als sie einen Moment Pause machte. »Ich begrüße gerade einen alten Freund.«

»Er freut sich, dass du wieder da bist. Genau wie ich.«

»Er sieht schlapp aus.«

»Er hat schreckliche Tage hinter sich.«

»Hast du ihn so hart rangenommen?«

»Nein. Keineswegs. Er war in Quarantäne.«

»Das haben wir gleich.«

Alicia nahm ihre Tätigkeit wieder auf. Morgado stellte fest, dass ihre Wiederauferstehungsbemühungen sich gut anließen. »Warum hast du deine Meinung geändert?«, fragte er.

Alicia strich sich eine Haarsträhne aus der Stirn. »Aus Wehmut. Aus Mitleid. Keine Ahnung.«

»Los, sag es mir«, bat Morgado.

»Um mir selbst zu widersprechen. Was hältst du davon?«

»Und ich zähle überhaupt nicht?«

»Du bist das Wichtigste.«

»Das freut mich.«

»Mich auch. Warum bestellst du nicht das Frühstück?«

Morgado nahm das Telefon. »Möchtest du Kaffee?«

Alicia nickte. »Ohne Milch. Die steuerst du bei.«

19

Der alte Friedhof von Mexicali mit seinen ärmlichen Gräbern und den verwitterten Gipsengeln. Ein einziger Wächter und nur eine Eingangstür.

Morgado ging mit unsicheren Schritten die staubigen Wege entlang. Er wollte nicht an das Grab seiner Mutter kommen. Er wollte die Vergangenheit nicht aufwühlen. Aber es blieb ihm keine andere Wahl: Das war eine Schuld, die er niemals würde begleichen können, ein riesiges Vermächtnis.

Alicia holte ihn ein und gab ihm einen kleinen Strauß weißer Rosen. »Für deine Mutter. Von mir.«

Morgado nahm die Blumen und fühlte sich sicherer. Alicia begleitete ihn bis zum Grab und half ihm, den Staub zu entfernen. In diesem Moment verlor die Wirklichkeit ihre Konturen. Morgado wurde von schmerzlichen Bildern und Totenstimmen heimgesucht.

Es klingelte an der Haustür, und er, ein elfjähriger Junge, eilte zur Tür. Ein großer, dürrer, in Strömen schwitzender Junge, der wild herumzappelte, fragte, ob sein Vater da sei.

»Er kommt bald.«

»Und deine Mutter?«

»Ich hole sie.«

Das war nicht nötig. Seine Mutter stand schon neben ihm und schob ihn ins Haus. »Was willst du, Junge?«

»Sie sind hinter mir her, Señora, sie werden mich umbringen. Sie warten am Ende der Gasse auf mich. Lassen Sie mich eine Weile in Ihrem Haus bleiben. Dann verschwinde ich. Sobald es dunkel wird.«

Seine Mutter musterte ihn misstrauisch. »Du bist ein Junkie, nicht wahr?«

Der Junge nickte und zappelte weiter. »Ich schulde ihnen Geld. Deswegen wollen sie mich kaltmachen. Bitte lassen Sie mich eine Weile hier bleiben. Ich komme aus der Siedlung.«

Als meine Mutter das hörte, wurde sie wütend. Sie hatte mehr als zwanzig Jahre in dieser Siedlung gelebt, seit sie als junges Mädchen aus Jalisco gekommen war. Sie hielt sie für ruhig und sicher.

Ohne nachzudenken, packte sie den Jungen am Hemdkragen und rief dem kleinen Morgado zu, es werde nicht lange dauern, sie sei gleich zurück, er solle auf keinen Fall das Haus verlassen.

Der Junge versuchte sich zu befreien, aber es gelang ihm nicht.

»Du sagst, sie warten am Ende der Gasse, nicht wahr? Dann werden wir jetzt dorthin gehen. Wir wollen hier weder Herumtreiber noch Kriminelle.«

Der Junge wehrte sich vergeblich. Der kleine Morgado sah vom Wohnzimmerfenster aus, wie sie sich entfernten. Kurz darauf hörte er weiter weg die brüllende Stimme seiner Mutter, das Heulen des Jungen und tiefe, unbekannte Stimmen. Don Claudio, der Nachbar von gegenüber, kam im Unterhemd heraus, um zu sehen, was los war. Man hörte Schüsse. Don Claudio versteckte sich hinter einer Palme. Schreie und Türenschlagen. Ein roter Mustang raste mit hoher Geschwindigkeit durch die Gasse.

Der kleine Morgado wollte nach draußen und nachsehen, was passiert war, aber er konnte sich nicht einfach den Anordnungen seiner Mutter widersetzen.

Eine Streife kam, als die Nachbarn schon auf ihn und auf das Haus zeigten. Don Claudio kam mit blutbefleckter Kleidung und schreckensbleichem Gesicht zurück. Lencha, Morgados Patin, klingelte, noch mit der Schürze bekleidet, an der Tür. Als er ihr öffnete, drückte sie ihn ganz fest an sich, wie sie es noch nie zuvor getan hatte. Sie wollte ihm etwas sagen, aber die Tränen hinderten sie daran.

Der kleine Morgado versuchte, sie zu trösten. Es half nichts.

Alicia stellte die Blumen mitten auf den Stein. Morgado schloss einen Moment lang die Augen. Es war kein Gebet, sondern ein Gespräch mit den Toten, mit seinen Toten.

20

»Jetzt heißt es abwarten«, sagte Atanasio. Morgado betrachtete die Avenida López Mateos. Sie wurde erleuchtet von den Schildern der Bars, Hotels und Tanzsalons: El Imperial, La Copa de Oro, El R-R, Los Christales, Miramar.

»Schöner Ausblick.«

»Das ist das Café Amarillo. Mit einem zweiten Stockwerk und einer Terrasse zur Straße, zum Vergnügen von Massenpsychologen und Voyeuren wie dir und mir.«

»Es ist faszinierend. Jetzt sitzen wir schon eine halbe Stunde hier, und ich habe noch nicht zwei Leute gesehen, die gleich angezogen waren.«

Atanasio musste grinsen. Es stimmte, was Morgado sagte.

»Das ist das Herz von Mexicali. Ein Vergnügungsort für die Verzweifelten, die Entwurzelten und die Tapferen.«

»Wie auf einer Kirmes.«

»Hör mal die Musik.«

Morgado versuchte, sich zu konzentrieren. »Was aus dem Norden, oder? Ramón Ayala, glaube ich.«

»Und was noch?«

Als er die Augen schloss, vernahm Morgado noch weitere Klänge. »Rock. Auf Englisch.«

»Und was noch?«

»Cumbias und Boleros.«

»Siehst du. Und es nimmt kein Ende. Wir sind ein Durchgangsort, wo alle Arten von Magie und Rhythmen getauscht und gehandelt werden.«

»Jetzt hörst du dich an wie ein Poet und nicht wie ein politischer Aktivist.«

»Mexicali, die Grenze, das hat was Besonderes. Es bringt dich dazu, seine Schönheit zu besingen.«

»Du bist verrückt. Von welchem Ort sprichst du? Von dieser stinkigen, staubigen Stadt? Das Schönste hier sind die Kakteen.«

»Du wirst das noch verstehen, Morgado. Schau dir doch diese vielen Leute an, die hier auf der Suche nach Entspannung und Spaß sind. Das ist unser Alexanderplatz, unser Greenwich Village, unser Soho. Fünftklassig, wenn du willst, aber unser. Erbaut nach unserem Ebenbild. Eine ganz eigene Hölle. Die Beste von allen.«

Das Telefon neben der Registrierkasse klingelte. Die Kassiererin nahm ab und machte Atanasio Zeichen. Als er an den Tisch zurückkam, legte er das Trinkgeld hin. »Ich habe schon gezahlt. Lass uns gehen. Sie ist eben eingetroffen.«

»In Begleitung?«

»Sieht so aus. Aber weil sie den Lieferwagen in der Gasse abgestellt haben, konnte man nicht erkennen, wer bei ihr war.«

Morgado blieb sitzen. Atanasio sah ihn an. »Was ist jetzt?«

»Von jetzt an mache ich allein weiter.«

»Bist du bescheuert? Du wirst doch nicht ohne Begleitschutz ins Treinta-Treinta gehen.«

Morgado schob die 45er unter das Hemd. Das zeigte, dass er nicht viel Erfahrung mit Waffen hatte. »Das reicht. Die hier ist mein Talisman.«

Atanasio verdrehte die Augen. »Damit du auf dem Friedhof landest.«

»Die Sache muss ein für alle Mal geklärt werden. Außerdem haben deine Männer die Bar im Auge.«

»Aber mit Doña Matilde ist nicht zu spaßen. Oder hast du Zamudio vielleicht die Version geglaubt, sie habe mit allem nichts zu tun, sie sei ganz unschuldig, was Heri angehe?«

Morgado schwieg. Als Atanasio sah, wie halsstarrig sein Freund war, gab er auf. »Schon gut. Mach, was du willst. Es ist deine Sache.«

Morgado ging auf die Straße hinaus und verschwand in der Menge. Atanasio verspürte zum ersten Mal Nervosität und Angst. Er hatte die Situation nicht unter Kontrolle. Um sich zu beruhigen, bestellte er noch ein Bier.

An der Eingangstür des Treinta-Treinta standen die Öffnungszeiten des Etablissements. »Dienstag – Sonntag 24 Uhr – 6 Uhr.« Morgado musste mehr als fünf Minuten warten, bevor jemand auf sein Klopfen reagierte.

»Es ist geschlossen. Können Sie nicht lesen?«, schleuderte ihm ein blondes, muskulöses Mädchen unwirsch entgegen. »Wir machen erst in vier Stunden auf.«

»Ich weiß. Ich will mit Doña Matilde sprechen.«

»Die Chefin ist nicht da.«

»Sagen Sie ihr, Morgado will sie sprechen, Señorita.«

Das Mädchen zögerte. Dann schien es ihr zu dämmern. »Gut. Kommen Sie rein.«

Der vordere Teil des Treinta-Treinta bestand aus einem Saal mit Tanzfläche, Tischen und im Hintergrund einer Bühne für Live-Auftritte mit zwei riesigen Verstärkern und diversen Musikinstrumenten. Obwohl niemand zu sehen war, lief die Klimaanlage auf Hochtouren.

»Warten Sie hier. Rühren Sie sich nicht von der Stelle.«

Das Mädchen ging durch eine Seitentür. Sie machte noch einmal kehrt, um Morgado zu kontrollieren. Er versuchte nicht, das Lokal zu inspizieren. Er hielt nur nach möglichen Fluchtwegen Ausschau und berührte die Pistole. Ein abergläubischer Akt, der ihm half, die Nerven zu bewahren. Schließlich tauchte das Mädchen in der Tür auf und bat ihn, ihr zu folgen. »Hier entlang. Die Chefin wird Sie empfangen. Aber nur kurz.«

Die Seitentür führte zu einem großen Patio, über den man zu einer noch luxuriöseren Bar gelangte, in der alle Tische aus edlem Holz waren. Einige hatten ein grünes Tischtuch.

Das Mädchen ging weiter bis zu einer hinteren Tür. Sie klopfte dreimal, und dann öffnete sie sie, um Morgado in ein nüchternes Büro eintreten zu lassen, in dem ihn hinter einem Mahagonischreibtisch eine etwa sechzigjährige, kurzhaarige Frau im Anzug erwartete, aus dessen Brusttasche die Spitzen von zwei Zigarren ragten.

»Ich freue mich, dass du gekommen bist. Bei uns bist du das Thema des Tages. Gestern erst gab es Wetten, wie lange du es wohl schaffst, zu überleben, bevor du Bekanntschaft mit einer Kugel machst.«

Morgado lachte über die dreiste Bemerkung Doña Matildes. Sie war offensichtlich eine alte Füchsin, die ihr Geschäft verstand. Eine Frau, die ihre Spielzüge klug berechnete. Und deren Vorlieben alles andere als konventionell waren.

»Ich bedauere, die nicht glücklich gemacht zu haben, die gegen mich gewettet haben«, sagte er.

»Dafür ist noch Zeit, sei unbesorgt«, gab sie zurück.

Doña Matilde bat Morgado, in einem in der Nähe stehenden Sessel Platz zu nehmen. »Womit kann ich also dienen?«

Morgado fühlte sich wie in der Höhle eines Raubtieres. »Sie kennen den Grund für meinen Besuch, Señora. Ich will wissen, wer Heri umgebracht hat. Und warum.«

»Ist das alles?«, erwiderte Doña Matilde ironisch.

»Das ist alles.«

»Und du glaubst, wenn du hier so lauthals danach fragst, wirst du es herausbekommen?«

»Darauf vertraue ich. Deswegen bin ich hier.«

»Nein, mein Junge. So funktioniere ich nicht.«

»Aber ich. Comandante Zamudio hat mir gesagt, Heri habe viele Schulden gehabt, und Sie hätten deswegen den Auftrag gegeben, ihn zu töten.«

»Dann hat er dir ja auch gesagt, dass man mir zuvorgekommen ist. Das Mädchen, das dich zu mir geführt hat – sie heißt Myriam –, war bei der Army, in San Diego. Sie kann dir das Genick brechen, während sie mit dir vögelt. Das ist ihre Spezialität. Auch wenn sie noch bessere Sachen draufhat. Ich habe ihr befohlen, Heri zu töten. Als Warnung für die säumigen Schuldner. Aber jemand ist uns zuvorgekommen. Es ist hier passiert, nur wenige Schritte entfernt, in der Gasse. Mein Beitrag war, das Ganze ausschauen zu lassen, als handle es sich um einen Mord unter Drogendealern. Aber dann verkomplizierte sich die Sache. Ich wollte nur ein sauberes Verbrechen, ohne Spuren, die mir Schwierigkeiten machen. Leider habe ich das Gegenteil erreicht.«

»Und das soll ich Ihnen glauben?«

Doña Matildes Augen blitzten. Einen Moment lang konnte Morgado nachempfinden, was Heri wenige Minuten vor seinem Tod gefühlt haben musste.

»Es ist mir scheißegal, ob du mir glaubst oder nicht. Ich erzähle dir meine Version der Ereignisse in dem Licht, in dem ich am besten dastehe. Wie du siehst, belaste ich mich dabei selbst. Die Situation gefällt mir gar nicht. Es behagt mir überhaupt nicht, dass mir jemand Tote vor die Tür legt. Auch ich will Klarheit. Und was Heriberto angeht, so ist das, zumindest für mich, völlig undurchsichtig.«

»Ich würde gerne mit Myriam sprechen, wenn es Ihnen nichts ausmacht.«

»Es macht mir etwas aus, mir kommt die Galle hoch, aber bitte.«

Doña Matilde nahm eine Glocke von dem Tisch neben ihr und läutete. Myriam kam sofort. »Kleine, der Herr hier will dir ein paar

Fragen stellen. Man kann ihm trauen. Sag ihm alles, was du weißt.«

Das Mädchen blieb stehen. Morgado musste zu ihr aufblicken. Sie wirkte entspannt und zugleich wachsam.

»An dem Abend, an dem Heriberto González getötet wurde, was hast du da gesehen?«

»Nicht viel. Ich bin auf die Gasse rausgegangen. Es war stockfinster. Ich beeilte mich, denn ich hatte Anweisung von der Chefin, ihn ins Hotel zu locken und flachzulegen.«

»Ihn zu töten.«

»Ihn zu vögeln und zu töten.«

»Und dann?«

»Da stand ein weißes Auto neben dem von Heriberto. Ich hatte es noch nie zuvor gesehen. Und danach auch nicht mehr.«

»Hast du den Fahrer gesehen?«

»Nein. Als die Schießerei anfing, habe ich mich auf den Boden geworfen.«

»Ich dachte, ihr würdet in der Army besser ausgebildet.«

»Es kam überraschend. Ich hatte das nicht erwartet.«

»Das meine ich ja. Ihr werdet doch auf das Unerwartete vorbereitet. Und was hast du noch gesehen?«

»Als ich aufstand, war das weiße Auto nicht mehr da. Ich habe nur den Körper da liegen sehen. Es kamen zwei Bodyguards aus der Bar und dann die Chefin. Weil Montag war, waren keine Gäste da. Niemand hat etwas mitbekommen. Doña Matilde kam auf den Gedanken, Heri in ein Zimmer des Magic Hotel zu bringen, das ihr ebenfalls gehört, und ihm den Koks unterzuschieben.«

»Und wer, glaubst du, hat ihn getötet?«

»Ich weiß nicht, und es ist mir auch egal. Das geht mich nichts an.«

Morgado erhob sich aus dem Sessel. Ein wenig zu genau, dieses Mädchen, dachte er. Ihre Antworten machten den Eindruck, als habe sie ihr jemand diktiert und sie habe sie auswendig gelernt.

»Kennst du die Ranch Los Mezquites?«, fragte er.

»Nein.«

»Gehst du mit Polizisten aus?«

»Was geht dich das an?«

Morgado atmete tief ein. Im Geist hörte er die Stimmen von Harry Dávalos und von Comandante Zamudio. »Weißt du«, sagte er, »ich glaube, du lügst mich an.«

»Es ist mir scheißegal, was du glaubst«, erwiderte sie.

»Und ich glaube außerdem«, fuhr Morgado fort, »dass du Doña Matilde belogen hast. Du hast den Mörder gedeckt.«

»Du spinnst.«

»Denn du hast ganz genau gesehen, wer Heri getötet hat. Nicht wahr? Deshalb war es dir egal, dass man dir den Toten weggeschnappt hat.«

»Lügner!«, schrie Myriam.

»Das glaube ich nicht«, hörte er Doña Matilde sagen. »Im Gegenteil, ich denke, genau wie Señor Morgado, dass ich von einer miesen kleinen Chicana betrogen wurde wie ein naives Schulmädchen. Und das ärgert mich. Das ertrage ich nicht.«

Myriam wich dem Blick ihrer Chefin aus. Ihr regloses Gesicht verbarg die Spannung in ihrem Körper. »Wie Sie meinen. Ich verschwinde«, antwortete sie.

»Ja, Kleine, in die Gruft.«

Doña Matilde zog einen kleinen Revolver aus ihrer Tasche, aber Myriam war schneller. Eine rötliche Blume spross aus der Stirn der Chefin des Treinta-Treinta. Myriam wollte das nächste Ziel ins Visier nehmen, aber sie kam nicht mehr dazu, zu schießen. Getroffen von den Kugeln aus Morgados 45er fiel sie rücklings über den Mahagonischreibtisch. Er ging zu ihr, um sie zu untersuchen. Vorsichtig fasste er an ihre Halsschlagader. Sie lebte noch, aber sie lag im Sterben.

Morgado kniete sich neben sie und versuchte, ihren Lippen ein letztes Wort, irgendeine Botschaft, zu entlocken. »Sag mir, wer es war«, flüsterte er Myriam zu, »sag mir seinen Namen.«

Ein Pistolenlauf bohrte sich in seinen Rücken. »Lass sie in Ruhe.«

Morgado stand langsam auf und drehte sich ebenso langsam um. Dann stand er Trinidad Rodríguez gegenüber. Diese paar Sekunden halfen ihm, seine Nerven unter Kontrolle zu bringen und seine Gedanken zu ordnen. »Da bist du ja«, sagte er mit dünner Stimme. »Ich habe mich gewundert, dass ich dich gestern nicht in Los Mezquites gesehen habe.«

Rodríguez verzog gelangweilt das Gesicht, nahm Morgado die Pistole ab und warf sie in die Ecke. »Du musst dich in alles einmischen, nicht wahr? Wie ein mieser kleiner Schnüffler.«

»Ich war nie etwas anderes«, antwortete Morgado und bemühte sich, seine Muskeln nicht anzuspannen, vertrauenswürdig und locker zu wirken. »Hat man dir nicht gesagt, dass ich Anwalt bin?«

Myriam stöhnte kurz auf, dann hörte sie auf zu atmen. El Cuchupo zuckte nicht mal mit der Wimper.

»Sicher hast du den Hinweis gegeben, Zamudios Truppe kaltzumachen«, sagte Morgado ihm direkt ins Gesicht. »Du siehst aus wie einer, der Leute verpfeift.«

El Cuchupo packte Morgado am Hemdkragen und schüttelte ihn. »So ist es. Und? Die Fallensteller sind in ihre eigene Falle geraten. Das will keiner sehen. Jetzt gibt man mir die Schuld. Sie sagen, ich hätte mich an beide Seiten verkauft. Aber es ist nicht meine Schuld. Nein. Es ist deine, Rechtsanwalt, ganz allein deine. Und vorher war es die von dem Blödmann Heriberto. Ha! Er wollte dicke Backen machen wegen der Sache mit seiner Tochter. Wir haben uns in der Gasse getroffen, und als er mich erkannte, hat er sich auf mich gestürzt. Er habe erfahren, seine Tochter sei ein Flittchen erster Güte. Was für eine Neuigkeit. Und er schrie mich an, es sei meine Schuld. Verstehst du? Ich drückte ihm die Pistole in den Bauch. Ich sagte ihm, er solle mit dem Blödsinn aufhören. Aber nein. Weißt du, was er zu mir gesagt hat? Er wollte mit Comandante Zamudio sprechen, und der würde mich dann fertig machen. Das war zu viel. Drohungen eines betrunkenen Maulhelden. Ich habe dem Schwein das ganze Magazin verpasst. Er verdrehte die Augen, dann fiel er hin wie ein nasser Sack. Myriam hat mich gedeckt.«

Morgado hörte ihm zu, ohne sich zu rühren. Seine ganze Aufmerksamkeit war auf die Pistole gerichtet, die Trinidad gegen seine Brust drückte. Die Erklärung des Polizisten nutzte ihm gar nichts. Es war nur eine Art, das Ende aufzuschieben. Morgado wusste, dass er kurz davor war, die Grenzlinie zu überschreiten, die seine Mutter und Doña Matilde bereits überquert hatten.

El Cuchupo fuhr mit seinem Sermon fort, als hätte er alle Zeit der Welt. »Das Beste kam danach, Rechtsanwalt. Am selben Tag, nach der Untersuchung, ging ich zu Heris Familie, um ihnen die Nachricht zu überbringen, und holte Eloísa mit dem Vorwand irgendwelcher Ermittlungen aus dem Haus. Ich nahm sie mit in ein Hotel, um sie zu trösten, wie man so sagt. Ich hab sie gevögelt wie nie zuvor. Verstehst du? Sie tobte und weinte wegen ihrem toten Vater, und ich hatte ihn in ihr drin. Verstehst du?«

»Verstehe«, sagte eine angespannte, fast hysterische Stimme hinter Cuchupo.

Er versuchte sich umzudrehen, aber es gelang ihm nicht. Der erste Schuss zerfetzte sein Gesicht. Schädelteile flogen in alle Richtungen. Die nächsten Schüsse durchsiebten seine Brust. Trinidad Rodríguez fiel ohne einen Laut. Er schlug auf dem Boden auf, und das wars.

Eloísa hielt die Pistole immer noch fest, obwohl das Magazin leer geschossen war. Morgado ging auf sie zu und nahm ihr sanft die Waffe ab. Eloísa umklammerte ihn und fing an zu schluchzen. »Er hat mir das Schießen beigebracht«, stammelte sie. »Er hat es mir beigebracht.«

»Ganz ruhig, meine Kleine, ganz ruhig.«

Morgado streichelte ihr Haar.

»Ich wusste nicht, dass er … dass mein Papa … dass ich …«

In dem Moment kam Atanasio mit ein paar Brigadisten, und sie sahen das Zimmer voller Leichen.

»Entschuldige die Verspätung«, erklärte Atanasio, »aber diese Bar ist ein einziges Labyrinth. Und sie ist schallisoliert. Wir haben keinen einzigen Schuss gehört. Wir sind nur gekommen, weil die Kleine uns überrascht hat. Sie tauchte einfach auf und öffnete die Tür der Bar, als wäre es ein Kinderspiel.«

Eloísa flüchtete sich in die Arme ihres Paten. »Ich habe eins von Trinis Autos gesehen und gedacht, er wäre hier«, rief sie.

»Und Trinidad? Wie ist der hereingekommen?«, fragte Morgado.

»Der war schon hier. Vielleicht hat die Chicana ihn in ihrem Zimmer versteckt. Die *federales* sind hinter ihm her.«

»Na, dann werden sie jetzt nur noch seine Leiche finden«, sagte ein Brigadist.

»Lasst uns verschwinden«, drängte Atanasio. »Die Angestellten kommen bald.«

Morgado ging in die Hocke, wischte Eloísas Pistole ab und legte ein neues Magazin ein. Dann legte er sie in Trinidads linke Hand und schoss zweimal.

»Besser, seine Spuren sind darauf als die von Eloísa.«

Atanasio schaute ihn mit einer Mischung aus Spott und Dankbarkeit an. »Und ich habe dich für einen Heiligen gehalten. Dabei hast du es faustdick hinter den Ohren.«

Morgado nahm seine Waffe und schob sie unter das Hemd. »Wenn es einen Grund gibt, der es erforderlich macht, betrügen auch die Heiligen«, lautete seine Antwort. »Alles zur Rettung der Seelen.«

Sie gingen in kleinen Grüppchen nach draußen und verteilten sich in der lauten Menge der Nachtschwärmer. Es war zwanzig vor neun.

»Eloísa sollte auf die andere Seite gebracht werden. Das ist sicherer«, sagte Morgado, als er ein paar Straßen weiter ausstieg.

»Pass auf dich auf. Die Wetten laufen immer noch gegen dich. Und die Leute hier wissen noch nicht, dass niemand für deine Leiche zahlt.«

»Sag Teresita, die Ermittlungen sind beendet. Morgen früh wird jeder wissen, was wirklich mit Heri passiert ist.«

Morgado blieb in La Chinesca. Er atmete tief durch. Er beherrschte sich und fasste nicht an seine Seite. Die 45er war nicht mehr länger sein Talisman, sie war eine Last, eine Erinnerung an Schwäche und Lüge. Wie sollte man in einem Land wie diesem von Menschenrechten sprechen? Wie sollte man das menschliche Leben aus dem Blickwinkel eines Mörders verteidigen? Myriam hätte nicht sterben müssen, und doch war sie tot. Eine blitzartige Entscheidung, ein Reflex. Er dachte daran, wie sie auf den Schreibtisch gefallen war. Er dachte an die vielen Menschen, die neben ihm gestorben waren.

Es war offenkundig, aber Morgado bemerkte es erst jetzt: Das Leben in Mexicali – und das hatte nichts mit der extremen Hitze zu tun – war unsicher und flüchtig, überraschend und hektisch. Eine elektrische Entladung. Die Zeit wird hier anders gemessen, intensiver. Diese Stadt hat in einem Jahrhundert eine Entwicklung durchlaufen, für die andere Städte tausend Jahre gebraucht haben. Das ist es. Das ist es. Wir sind darin alle wie Windhunde auf der Rennbahn. Wir rennen hinter einem unerreichbaren Hasen her, und dieser Hase, das sind die Träume jedes Einzelnen: das schnelle Geld, Konsum, Jobs. Trugbilder, die manchmal wahr werden, aber nur selten von Dauer sind. Hier erfüllt alles seinen Zyklus in einem einzigen Augenblick.

Als er an einer Ecke stehen blieb, fühlte Morgado sich als Teil dieser Meute von amerikanischen Touristen, Straßenhändlern, Tacoverkäufern und Huren, bedrohlichen Polizisten und bettelnden Mixteken, lachenden Musikern und blinden Bettlern, furchtlosen Chinesen und Predigern der guten alten Frohen Botschaft. Ein Zirkus aus gezähmten wilden Tieren und ebenso wilden Dompteuren, ein *melting pot*.

Morgado hob die Hand. Ein leeres Taxi hielt neben ihm und brachte ihn direkt in das Zeitungsaquarium, das Federico Lizárraga leitete.

21

Als er zwei Stunden später im Hotel eintraf, entdeckte er in der Lobby Harry Dávalos, der auf ihn wartete. »Du hinterlässt einen Haufen Leichen, wo du hingehst. Ich habe schon Angst, dich zu begrüßen. Hoffentlich bin ich nicht der nächste Tote.«

»Keine Sorge. Es ist alles vorbei. Zumindest, was mich angeht. Du kannst deinen Leuten sagen, dass es keine Toten mehr geben wird. Sie sollen ins Treinta-Treinta gehen und verbreiten, dass es vorbei ist mit den Wetten gegen mich.«

»Das ist schon erledigt. Aber die Sache bleibt komplett unter uns.« Dávalos sah ihn an, er erwartete eine Antwort.

Morgado zuckte die Achseln. »Ja. Es wissen nur du und ich und die Leser des *Diario 29* davon.«

Harry erstarrte einen Moment, aber dann lachte er. »Gerissener Hund. Ich wusste, dass du uns das antust. Du hast ein Faible für Publicity und Ruhm. Wie du meinst. Du bist erwachsen. Du kennst die Konsequenzen deines Handelns.«

»Ja. Ich bin in der letzten Zeit sehr gewachsen.«

Dávalos klopfte mit den Fingern auf Morgados Brust. »Der Stolz. Der Stolz. So seid ihr Latinos. Ob Nicaraguaner oder Mexikaner, *it's the same.* Der Stolz ist der Stein an eurem Hals. Ihr zieht es vor, mit ihm zu ertrinken, anstatt ihn abzunehmen und weiterzuleben. Deswegen kommt ihr nicht voran. Ihr könnt es nicht akzeptieren, eure Seelen ganz zu verkaufen. Ihr seid zu radikal für diese Zeiten.«

»Hast du noch mehr Mythen auf Lager, Harry?«

»Ich sags dir noch mal, Morgado: Das ist ein Krieg, der nie aufhört.«

»Ich weiß. Es hat vor Urzeiten angefangen. Aber denk daran, dass wir viel Geduld haben. Ein altes Erbe.«

»Viel Hoffnung und wenig Früchte.«

»Wir versuchen die Erinnerung am Leben zu erhalten, die Bindung an die Vergangenheit nicht zu verlieren.«

»Wozu, wenn die heutige Welt keine Vergangenheit hat? Sie braucht auch keine. Und wenn doch Bedarf besteht, dann erfindet sie eine. Die Welt befindet sich in einem ständigen Recycling-Prozess, sie verändert ihre Form, es wechseln Moden, Fassaden, Vorlieben und Ängste. Wach auf! Wir Amis sind die echten Kinder dieser Epoche. Wir bewegen uns in ihr wie Surfer, die auf den Wellen dahingleiten. Wir sind die Gewinner.«

»Ja, Harry. Die Herren einer jeden Epoche sind die, die sie am besten zu ihrem eigenen Nutzen zu manipulieren verstehen.«

»Ist auch eine Kunst. Gelingt nicht jedem.«

»Wir zum Beispiel wären gerne wie ihr und hassen uns deswegen. Wir sind die Kinder einer gevierteilten Göttin, einer dunklen Jungfrau, von Idolen hinter den Altären. Heute seid ihr, euer *American way of life,* der Altar, den wir anbeten. Aber unsere Idole sind immer noch dort, verborgen im Dunkeln und warten, bis ihre Stunde gekommen ist.«

»Du bist immer noch ein Idealist, Morgado. Man muss schon ein unverbesserlicher Romantiker sein, um so etwas zu sagen.«

Morgado fuhr sich mit der Hand über die Augen. »Ich verabschiede mich, Harry. Ich gehe schlafen. Bei diesem russischen Roulette habe ich zu viele Leben verspielt.«

»Du hast durch reinen Bluff gewonnen. In Wahrheit haben die anderen die Arbeit gemacht. Sie haben dir den Weg freigeräumt. Du warst nur die Nadel, die ein paar lose Fäden verkettet hat.«

»Kein Widerspruch.«

»Und hat es etwas genutzt? Werden in deinem Land die Menschenrechte jetzt besser respektiert?«

»Nein. Und in deinem?«

»Was macht das? Das ist nicht mein Job.«

»Das ist kein Job, Harry. Es ist eine Notwendigkeit.«

»Über wie viele Leichen bist du hier gegangen? Hast du sie gezählt? Erinnerst du dich an ihre Namen, ihre Gesichter? Kaum. Du bist genau wie wir. Dich interessiert nur das Ergebnis, der Erfolg deines Unternehmens. Jetzt kannst du als Held in die Hauptstadt zurückkehren. Wie viel Applaus wirst du bekommen? Wie viel Anerkennung wird man dir zuteil werden lassen wegen deiner über jeden Zweifel erhabenen Rechtschaffenheit, wegen deiner Klugheit als Spürhund des Guten? Sag es mir! Ich will es aus deinem Mund hören.«

Morgado schwieg, und Harry nutzte das aus, um seinen Angriff fortzusetzen. »Was für eine Heldentat. Sei froh, dass du noch lebst. Du solltest dankbar sein, dass die DEA Druck ausgeübt hat, dass es hier nicht noch größere Wellen in den Wassern gegeben hat, die du aufgewühlt hast.«

»Dankbar sein? Was willst du damit sagen?«

Jetzt hatte er Harry kalt erwischt. »Wie, was ich damit sagen will? Dass jetzt alles vorbei ist. Du hast den Mörder gefunden und ihn ins

Jenseits befördert. Happy End. Applaus und Orden. Alle sind glücklich und zufrieden. Das will ich sagen.«

»Da steckt noch etwas anderes dahinter, nicht wahr?«

Dávalos hob verzweifelt die Hände in die Höhe. »Es ist sinnlos, mit dir zu sprechen. Der Stolz macht dich blind.«

»Ja, Harry. Ich bin ein Blinder, der sieht. Ein Verrückter, der vernünftig denkt.«

»Du hast den Weg sauber gemacht, und jetzt ist alles wieder wie am Anfang«, sagte Harry in ernstem Ton. »Du hast gute Arbeit geleistet, *search and destroy* nennen wir das, und es war großartig. Mein Chef schickt dir Glückwünsche.«

»Sag deinem Chef, ich habe das nicht für ihn getan. Er soll da nichts durcheinander bringen. Ich habe es für meine Landsleute getan und nur für die.«

Harry nickte und musste grinsen. Morgados Entgleisungen amüsierten ihn mehr, als dass sie ihn wütend machten. Das Bild von seinen Vorgesetzten, wenn sie Nachricht bekamen, dass die ganze Sache schon an die Presse durchgesickert war, ließ ihn eine gewisse Solidarität mit seinem sturen Freund empfinden. »Wenn mein Chef das erfährt, befällt ihn Montezumas Rache.«

»Das hoffe ich.«

Und beide lachten einmütig.

Am Ende landeten sie in einer Bar und erzählten sich alte Geschichten aus den Zeiten in Mittelamerika, wie zwei Kriegsveteranen, die auf verschiedenen Seiten gekämpft hatten. Die halb leeren Gläser klirrten in der Luft.

»Wann werdet ihr uns in Frieden lassen?«, fragte Morgado.

»Wer wen?«

»Ihr, die Gringos, uns, die Mexikaner.«

»Nie. Wir sind Nachbarn. Oder hast du das schon vergessen?«

»Wir werden euch auch nicht in Frieden lassen.«

»We know.«

»Und jetzt?«

»Es ist wie eine unglückliche Ehe. Scheidung ausgeschlossen. *From here to eternity.*«

»Wie nervig.«

Der Kneipenwirt dimmte das Licht herunter. Morgado und Harry, die unter den allerletzten Gästen waren, verabschiedeten sich voneinander ohne offene Rechnungen und ohne Zorn. Zwei alte Waffenkameraden, die es vorzogen, sich eine Weile nicht über den Weg zu laufen. Zwei vorübergehend versöhnte Feinde.

22

Der Polizeichef sah sich im Büro von Doña Matilde im Treinta-Treinta um. Fotografen, Spurensicherung und eine Spezialeinheit spazierten zwischen den Leichen herum und bemühten sich, das Geschehene zu rekonstruieren.

»Comandante, ein Gespräch für Sie«, sagte einer seiner Mitarbeiter und reichte ihm das Handy.

»Ja. Ja. Wer? Wann? Ah, gut. Ja. Ja. Ist gut. Schon verstanden. Ich kümmere mich darum. Ja. Kein Problem.«

Er gab seinem Mitarbeiter das Telefon. »Schön, das hätten wir.«

Ein anderer Mitarbeiter zeigte ihm zwei Kugeln. »Das waren die, die Myriam getötet haben. Wir haben sie in der Wand hinter dem Schreibtisch gefunden.«

»Und …?«

»Sie passen zu keiner der hier gefundenen Waffen. Das heißt, irgendjemand muss der Schießerei entkommen sein. Nachdem er Myriam erledigt hat, klar.«

Der Polizeichef nahm die Kugeln und steckte sie in die Tasche seiner Lederjacke. »Von was für Kugeln sprichst du? Ich sehe keine.«

Der Ermittler war irritiert. »Was … was … geht hier vor?«

Sein Chef baute sich vor ihm auf. »Der Fall ist abgeschlossen. Auf Befehl von oben. Das geht hier vor«, sagte der Comandante. Er befahl, die Autopsien abzusagen und auf der Dienststelle in einer Stunde Bericht zu erstatten. »Alle raus hier. Die vom Beerdigungsinstitut sollen die Leichen einsammeln. Wer den Mund aufmacht oder etwas an die Presse weitergibt, den mache ich persönlich kalt. Habt ihr verstanden?«

Mit gesenkten Köpfen eilten alle hinaus.

»Die sind knallhart, die Kerle da oben an den Schalthebeln, nicht wahr?«, flüsterte ihm einer seiner Mitarbeiter zu.

Der Polizeichef schaute noch einmal zu Doña Matildes Büro und den Angestellten des Bestattungsunternehmens hinüber, die die Toten auf Bahren legten. »Sie sind gnadenlos«, erwiderte er.

Morgado wachte am Morgen auf. Alicia schlief nicht neben ihm. Auf dem Telefontischchen lag eine Nachricht: »Ich muss in Ensenada noch was zu Ende bringen. In einer Woche werde ich in Mexico City sein. *Wait for me.*« Unterzeichnet: Alicia Beltrán.

Teresita Sifuentes, verwitwete González, breitete vor ihren Töchtern die Zeitung aus. »Da habt ihrs. Hier. Auf der ersten Seite.«

Die Töchter, Eloísa eingeschlossen, lasen die Schlagzeile des *Diario 29:* »Der Mord an Heriberto González: Streit im Zocker- und nicht im Drogenmilieu.« Und dann lasen sie den restlichen Artikel, in dem die Einzelheiten des Falles bekannt gegeben wurden.

»Die schreiben ja gar nichts über mich!«, rief Eloísa aus.

»Über dich schreiben. Was willst du? Dass alle wissen, dass du für jeden die Beine breit machst?«, erwiderte die Witwe und riss ihr die Zeitung aus der Hand. »Und jetzt lasst mich in Ruhe, ich werde Rechtsanwalt Morgado und Atanasio empfangen.«

»Wenn der Rechtsanwalt kommt, will ich ihm Hallo sagen.«

Die Witwe sah zornig ihre älteste Tochter an. »Was habe ich dir gerade gesagt, Mädchen? Geh auf dein Zimmer, mit deinen Schwestern; und kommt nicht heraus, solange ihr nicht gerufen werdet.«

Die Mädchen eilten davon, die Witwe betrachtete das Foto ihres Mannes von vor etwa zehn Jahren, das wie ein religiöses Bild an der Wand des Wohnzimmers hing. »Sie sind viel schlimmer als du und ich«, klagte sie laut.

Dann lächelte sie still in sich hinein, stolz auf ihre jungen Nachkommen.

In Langley, Virginia, ging bei der CIA der Zugangscode HDG_LAMEX-33688 ein. Sekunden später wurde er akzeptiert und die gewünschte Information über eine sichere Leitung an den Anfragenden übermittelt.

Harry Dávalos sah, wie auf seinem Computer zu Hause die Datei von Miguel Ángel Morgado López auftauchte: »Geboren in Mexicali B.C. Mexiko, am 24. März 1956. Abgeschlossenes Jurastudium an der Universidad Nacional de México. M.A. der Universität Bern, Schweiz, Schwerpunkt Menschenrechte. Kontakt zu subversiven linken Gruppen. Rechtsanwalt für ›politische Gefangene‹ der mexikanischen Regierung seit den Achtzigerjahren. Präsident der Internationalen Kommission für die Aufklärung des Mordes an dem Journalisten Manuel Buendía (1985). Rechtsberater der Sandinistischen Front (1987–1988). Aktives Mitglied von Amnesty International seit 1987. Direktor des Institutes zur Erforschung der Menschenrechte in Lateinamerika seit 1990. Ehrenberater des mexikanischen Kongresses seit 1993. Gehört keiner Partei oder Kirche an. Politische Gesinnung (Annahme): Sozialdemokrat.«

Harry tippte ein paar Worte ein und kontrollierte auf dem Bildschirm, was er Morgados Datei hinzugefügt hatte: »Nicht kooperative Einmischung in den Fall Zamudio-DEA, Daten verfügbar im Archiv ZAM-1881. Psychisch instabil. Sollte ständig überwacht werden.«

Dann gab er einen speziellen Sicherheitscode ein und tat den letzten Zug eines lange aufgeschobenen Spiels: »Alicia Beltrán, Bundesagentin, Codenummer 414B, wird ihn in Mexico City überwachen. Erreichbar über Postfach 1727 Rom Süd.«

Nachdem er überprüft hatte, dass die neue Information gespeichert war, machte Harry den Computer aus und ging in die Küche, um sich eine Dose Bier zu holen.

Seine Frau saß im Wohnzimmer und sah fern.

»Was läuft?«

»*Twin Peaks.* Der Detektiv weiß immer noch nicht, wer der Mörder ist.«

Dávalos blieb einen Moment stehen. »Aber das liegt doch auf der Hand«, sagte er.

Seine Frau sah ihn an. »Im Ernst?«

»Klar, es ist ganz einfach.«

»Schon gut, *Mr. Know it all.* Sag schon, wer ist der Schuldige?«

»Alle sind schuld. In diesem Scheißkaff ist keiner unschuldig.«

»Don't fuck me«, erwiderte seine Frau und wandte ihm wieder den Rücken zu.

Dávalos kehrte in sein Arbeitszimmer zurück und fläzte sich in seinen Lieblingssessel. Er hob die Bierdose zum Gruß. »Bis zum nächsten Mal, Morgado. Bis zum nächsten Mal.«

23

Im Wartesaal des Flughafens von Mexicali konnte Atanasio sich nicht zurückhalten. »Morgado, du bist wirklich gemein. Du hast sie mir nicht einmal vorgestellt.«

»Hätte ich ja gerne, aber es ging nicht. Die Kleine hat sich ohne Vorwarnung aus dem Staub gemacht.«

»Ausreden. Du wusstest, wenn sie mich sieht, verliebt sie sich auf der Stelle in mich. Reine Eifersucht. Gib es zu.«

»Schon gut. Ich gebe es zu. Es war Eifersucht.«

»Klar. Wie heißt sie?«

»Alicia. Alicia Beltrán.«

Als Morgado ihren Namen aussprach, spürte er ihre Abwesenheit umso mehr.

»Das Gute ist, dass alles wieder seinen gewohnten Gang geht. Der alte Sifuentes wird wie immer für die Familie sorgen. Und ich, als guter Samariter, werde mich um die Witwe kümmern.«

Morgado nickte abwesend. Atanasio ließ ihn seinen Gedanken nachhängen und erledigte ein paar Telefonate.

Ein alter Mann, der wie ein gehetztes Tier um sich blickte, setzte sich neben Morgado. Der war sofort auf der Hut. Sie konnten ihn immer noch töten, an diesem letzten Tag in Mexicali, auch wenn die Wetten jetzt zu seinen Gunsten standen.

Der alte Mann fuhr sich mit der Zunge über die Lippen und gab Morgado Zeichen, näher zu rücken. »Ich werde Ihnen ein Geheimnis verraten. Aber Sie müssen mir versprechen, es nicht auszuplaudern, bis ich Ihnen Bescheid gebe, ja?«

Noch ein Verrückter, dachte Morgado, ich scheine sie anzuziehen wie ein Magnet. »Ich verspreche es.«

Der alte Mann sah ihm in die Augen. »Hier spürt man die Hitze nicht wegen der Klimaanlagen. Sehen Sie? Aber man hat diese Apparate nicht nur dafür erfunden. In den Fünfzigerjahren wurden sie hier in Mexicali überall installiert. Und wissen Sie warum?

Weil Mexicali immer ein Versuchslabor der Gringos war. Und die Klimaanlagen waren eines der erfolgreichsten Experimente. Die von der Luftwaffe haben sie hier installiert, um zu sehen, wie die Leute reagieren, wenn sie lange Zeit in geschlossenen Räumen leben und gefilterte Luft mit verschiedenen Gaskonzentrationen atmen. Weil die Leute im Sommer fast nie die Häuser und Büros verlassen, sind die Bedingungen perfekt, um zu testen, wie es ist, in einem künstlichen Klima zu leben und zu atmen. Denken Sie darüber nach! Wir sind die Begründer des Weltraumprogramms der Gringos, die Versuchsratten.«

»Man sollte Ihnen einen Orden verleihen, nicht wahr?«

Die Bemerkung brachte den alten Mann auf. »Nein! Nie! Sehen Sie denn das Problem nicht? Das Experiment wurde ohne unsere Zustimmung gemacht und hat dazu geführt, dass mehrere Generationen von Einwohnern Mexicalis an Allergien, Krebs und allen möglichen Atemwegserkrankungen litten. Das war … das ist … ein Verbrechen. Aber keiner weiß davon. Keiner hat Beweise. Nur ich.«

»Und warum erzählen Sie mir das? Warum wenden Sie sich nicht an die Presse? Warum wollen Sie es noch länger totschweigen?«

Der alte Mann rückte noch näher an Morgado heran und flüsterte ihm zu: »Ich weiß, wer Sie sind. Ich weiß, was Sie hier getan haben. Manchmal hilft die Presse, manchmal stört sie nur. Aber Sie werden niemals vergessen, was ich Ihnen gerade erzählt habe, selbst wenn Sie es wollen. Und früher oder später werden Sie etwas unternehmen müssen. Ja, Sie werden etwas unternehmen müssen. Ich weiß es. Ich weiß es.«

Ohne sich zu verabschieden, ging der alte Mann weg.

Genau in diesem Moment kam Atanasio.

»Sag mal«, fragte ihn Morgado, »glaubst du, dass ich die Durchgeknallten anziehe, oder sind die Flughäfen jetzt öffentliche Irrenhäuser?«

Atanasio wusste nicht, was er sagen sollte.

»Hast du den Alten gesehen, der da gerade gegangen ist?«

»Ja.«

»Er hat mir eine seltsame Geschichte erzählt. Science-Fiction.«

»Über Klimaanlagen, vermute ich.«

Morgado war überrascht. »Woher weißt du das?«

»Dieser Alte ist alles andere als verrückt. Er ist Multimillionär. Er war der Erste, der in das Geschäft mit den Klimaanlagen in Mexicali eingestiegen ist. Er ist ein Exzentriker, aber er ist nicht gaga.«

Morgado verschlug es die Sprache.

Atanasio kümmerte sich nicht darum und übergab ihm ein Buch mit schwarzem Einband. »Ich hatte vergessen, es dir zu geben. Es ist von einem englischen Schriftsteller, Graham Greene. Lektüre für die Reise. Ich hoffe, es gefällt dir. Es heißt *Gesetzlose Straßen.* Es handelt von seiner Reise nach Mexiko, von der Grenze in den Dreißigerjahren.«

»Danke«, stotterte Morgado.

»Ich habe zu danken. Du hast dich vorbildlich verhalten. Was du gemacht hast, kann man nicht mit Geld aufwiegen.«

»Komm, werde jetzt bloß nicht sentimental.«

24

Der Mixteke ging langsam, geräuschlos. Seine Frau folgte ihm ein paar Schritte dahinter. Es war zehn Uhr abends, und sie hatten noch zwei Stunden Weg vor sich, bis sie zu der Ranch in der Nähe von

Browley kamen, wo ein Lieferwagen auf sie wartete, der sie nach Los Angeles bringen würde.

Ihnen blieb kaum Zeit, sich auf den Boden zu werfen, als die Scheinwerfer eines Wagens der *migra* das Luzernenfeld erleuchteten, das sie gerade durchqueren wollten. Sie waren so nah, dass sie die Stimmen der Beamten hören konnten, die Scherze und Flüche, die sie sich auf Spanisch zuriefen. Dann fuhr der Wagen in Richtung Süden.

Der Mixteke hätte sich gern hingesetzt und etwas auf seiner Geige gespielt, aber er hatte sein Arbeitsinstrument nicht mehr. Dank der zweihundert Dollar, die er dafür bekommen hatte, hatte er den Fluchthelfer bezahlen können, der auf sie wartete. Es war kein Mond zu sehen. Sie waren nur von der Musik der Sterne umgeben.

Schweigend setzten sie ihren Weg fort, den Blick starr nach Norden gerichtet.

Der alte Mann erwachte in seinem Zimmer, und das Erste, was er sah, war die Geige auf dem Tisch. »Was ist das?«, wollte er wissen.

Die Krankenschwester legte sie in seine Hände. »Ein Geschenk Ihres Sohnes.«

Der alte Mann schüttelte den Kopf. »Das kann nicht sein. Ich habe keine Kinder, und ich bin auch nicht verheiratet. Ich unterstehe dem Befehl von General Cárdenas.«

»Wie Sie meinen, Don Miguel.«

Der alte Mann richtete sich im Bett auf. »Das hat mir mein Vater gebracht. Ich habe die Grundschule mit einem guten Zeugnis abgeschlossen. Nur eine Zwei, sonst alles Einser.«

»Glückwunsch, Don Miguel. Warum spielen Sie nicht ein wenig? Mal sehen, wie sie klingt.«

Der alte Mann streichelte die Geige. »Ich weiß nicht mehr, wie das geht.«

Die Krankenschwester hatte das Zimmer hergerichtet, aber bevor sie hinausging, schaute sie den Patienten an und sagte: »Versuchen Sie es. Was kostet es Sie?«

Als sie über den Flur ging, lachte sie, und ihre Augen strahlten vor

Freude. Hinter ihr spielte Don Miguel die ersten Takte eines mixtekischen Liedes. Zum Erstaunen ihrer Arbeitskolleginnen fing sie an zu singen.

Wie weit bin ich von dem Himmel entfernt,
unter dem ich geboren ward!
Große Wehmut erfasst meine Gedanken;
Und wenn ich mich so einsam und traurig sehe
wie ein Blatt im Wind,
Möchte ich weinen und vor Trauer sterben.

25

Nach zwanzig Minuten Flug sah Morgado durch das Fenster, wie die ausgedehnte Halbinsel von Baja California und das grüne Mar de Cortés sich in der Ferne verloren. Dann schlug er das Buch auf, das Atanasio ihm geschenkt hatte, und als er die ersten Zeilen las, spürte er, wie sich mit einem Schlag, fast explosionsartig, etwas enthüllte: »Grenze bedeutet mehr als ein Zollhaus, Passkontrolle und eine Wache unter Gewehr. Drüben wird alles anders sein, wenn man einmal seinen Pass gestempelt hat und sich ohne Sprache unter den Geldwechslern befindet. Der Landschaftsenthusiast träumt von unbekannten Wäldern und unbetretenen Gebirgen; der Romantiker glaubt, dass die Frauen jenseits der Grenze schöner und williger sind als daheim; der Unglückliche erwartet zumindest eine andere Hölle und der Selbstmörder den Tod, den er nirgends findet.«

Ein Passagier ging durch den Gang und starrte ihn an. Morgado fühlte sich dem Blick schutzlos ausgeliefert, öffnete hastig seinen Rucksack und atmete erleichtert auf, als er die dunkle Sonnenbrille fand. Er setzte sie auf, ohne darüber nachzudenken. Das wird noch zu einer regelrechten Manie, dachte er. Schlimmer noch, zu einer Lebensform.

Und gut geschützt tauchte er wieder in *Gesetzlose Straßen* ein, in dieses Niemandsland, das schon Teil seines Herzens, seiner Instinkte war: »Die Stimmung an der Grenze ist Aufbruchsstimmung. Menschen, die an der Grenze sterben, sterben einen glücklichen Tod.«

Tijuana City Blues

The law? The law gives us nothing
but a corpse, wrapped in a dirty mantle.
The law is based on murder and confinement,
long delayed,
but this, following the insensate music,
is based on the dance:
an agony of self realization
bound into a whole
by that which surrounds us
I cannot escape
I cannot vomit it up

William Carlos Williams, *The Desert Music*

1

Sosehr er es auch versuchte, Morgado konnte sich nicht auf seine Arbeit konzentrieren. Das Gehämmer und das Geräusch einer unermüdlichen Säge zerrten an seinen Nerven. Das Schlimme war, dass er nichts tun konnte. Es sei denn, er würde alle Papiere aus seinem Büro und dem Aktenschrank zusammenpacken und in das Café an der Ecke umziehen. Also musste die Verteidigung einer Gemeinschaft von Landarbeitern noch einen Tag warten.

»Señor Márquez, wann hört der Lärm endlich auf?«, fragte er, als ihm klar wurde, dass er von dort verschwinden musste oder für immer ertauben würde.

Manuel Márquez, der Tischlermeister, schenkte ihm keine Beachtung. Er hämmerte weiter auf ein noch nicht eingepasstes Holzteil ein.

»Señor Márquez!« Dieses Mal schrie er, und tatsächlich wandte Manuel sich ihm zu.

»Was ist denn?«

»Wie lange brauchen Sie denn noch für das Regal?«

Manuel zog die Mütze mit dem Bild des Subcomandante Marcos ab und betrachtete das hartnäckige Holzteil, mit dem er schon den ganzen Nachmittag kämpfte. »Zwei Tage. Höchstens drei«, antwortete er. »Warum?«

Morgado fand sich damit ab. »Ach, nichts. Tun Sie weiter Ihre Arbeit, ich verschwinde.«

»Endlich«, sagte Manuel, »dann können wir loslegen.«

»Loslegen?«, fragte Morgado ungläubig, der bis zu diesem Augenblick die Dinge nicht aus dem Blickwinkel der Tischler gesehen hatte. »Das müssen Sie mir erklären.«

Manuel setzte die Kappe wieder auf, diesmal mit dem Schild nach hinten.

»Ja, Chef. Wir sind lange genug sanft mit dem Teil umgesprungen.«

»Sanft?«

»Um Sie nicht zu stören, wissen Sie. Um Sie in Ruhe schreiben zu lassen.«

»Mann!«, rief Morgado wütend. »Und wer ist auf diese barmherzige Idee gekommen?«

»El Güero, Chef. Den wir Nägel holen geschickt haben.«

»Wie rücksichtsvoll von ihm.«

Manuel und die beiden anderen anwesenden Tischler lachten. Morgado merkte, dass ihm offensichtlich etwas entgangen war.

»Danken Sie ihm nicht, Chef«, sagte Manuel. »El Güero will Sie um einen Gefallen bitten, eine kleine professionelle Hilfe. Deswegen ist er so nett.«

Morgado versuchte sich an den Tischler zu erinnern, von dem sie sprachen. Ein älterer, grauhaariger Mann zwischen vierzig und fünfzig, groß, schlottrig, wortkarg und mit ausweichendem Blick. Der Fachanwalt für Menschenrechte dachte, bestimmt will er, dass ich einen seiner Verwandten aus dem Gefängnis hole. Was sonst?

Er ging mit zwei Mappen voller Dokumente die Treppen hinunter. Das Gehämmer war immer noch zu hören, als er El Güero traf, der mit einer Tüte Nägel und zwei Stücken Drahtgewebe die Treppe hochkam.

»Gehen Sie schon, Chef?«, fragte El Güero.

»Ich fliehe vor dem Inferno da oben«, scherzte Morgado und wollte schnell weiter, bevor dieser Mann ihm einen Strafprozess aufbürdete.

»Ich möchte mit Ihnen reden, Chef.«

Morgado hielt an. Er wollte weiter und seine Arbeit beenden. Aber der Ton von El Güero ließ ihn zögern. Er legte die Mappen auf den Treppenabsatz. »Ein Problem mit dem Gesetz?«, fragte er.

Anstelle einer Antwort zog der Tischler einen weißen Umschlag aus dem Hemd und steckte ihn in Morgados Jackentasche. »Das ist ein großer Gefallen, um den ich Sie da bitte, Chef. Eine komische Sache.«

»Man bittet mich meistens um komische Sachen, Güero«, erwiderte Morgado. »Darf ich dich so nennen, oder hast du noch einen besseren Namen?«

»Nennen Sie mich Güero. Das passt zu mir.«

Morgado fasste an seine Tasche. »Und dieser Umschlag? Was ist da drin?«

Der Tischler ging mit seiner Last weiter und ließ Morgado auf eine Antwort warten. »Lesen Sie es, Herr Rechtsanwalt, und dann reden wir, wenn Sie wollen.«

Die Stimme von Güero kam schon von weit oben. Nachdem er seine Mappen genommen hatte, ging auch Morgado weiter seines Weges. Er war hin und her gerissen zwischen den Landarbeitern und dem weißen Umschlag. Die Neugier ist eine schlechte Ratgeberin, dachte er, aber sie hält das Leben in Schwung.

»Einen Cappuccino«, bestellte Morgado, während er den Umschlag öffnete und den Inhalt auf einen der Tische des El Péndulo entleerte.

Sowohl die vergilbten, knisternden Papiere als auch die sepiafarbenen Fotos, die aus dem Umschlag fielen, sahen alt aus. Mindestens vierzig Jahre, dachte Morgado, als er die Kleider und die Mienen der Porträtierten ansah. Fünfzigerjahre, mit Sicherheit.

Er nahm aus dem ganzen Haufen eine Fotografie heraus, sah sie sich genauer an, drehte sich um und fragte Mario, den Angestellten der Buchabteilung des Cafés, ob ihm die Gesichter nicht bekannt vorkamen.

»Warum fragst du?«, wollte der Buchhändler wissen.

»Weiß nicht«, antwortete Morgado. »Es scheinen keine gewöhnlichen Gesichter zu sein. Einen Moment lang habe ich geglaubt, eines von ihnen auf einer von diesen Postkarten berühmter Schriftsteller gesehen zu haben, die an der Kasse verkauft werden.«

Der Buchhändler nahm das Foto mit zur Ladentheke und verglich es mit den Postkarten. Er war schnell wieder zurück.

»Du hast ein gutes Gedächtnis, Miguel Ángel. Hier ist es.« Er zeigte ihm das Foto eines dünnen Mannes mit abgezehrtem Gesicht, der einen Anzug trug und in seinen Händen einen Revolver mit langem Lauf.

»Und wer ist die Berühmtheit?«, fragte Morgado.

»William S. Burroughs. Ein amerikanischer Schriftsteller. Man verbindet ihn mit der *beat generation.* Er hat überall auf der Welt gelebt. Er ist bekannt für seine Romane über die Welt der Drogen und wegen diverser Formen sexueller Perversion. Er ist ein Symbol für die Gegenwartsliteratur und -kunst der Gringos. Viele junge Schriftsteller folgen ihm. Und auch viele Rockmusiker.«

»Und für was steht das ›S‹?«

Mario runzelte die Stirn und ging hinüber zu den Regalen mit den Werken ausländischer Romanciers. »Für Seward. Wir haben ein paar Bücher von ihm. *Naked Lunch, Nova Express* und *Cities of the Red Night.*«

Morgado sah sich das Foto an, das El Güero ihm gegeben hatte: Drei Männer und eine Frau standen Arm in Arm vor einer typischen mexikanischen Kneipe: Burroughs, ein junger muskulöser Mann, ein untersetzter Gringo, dem der Anzug zu weit war, und eine blutjunge Mexikanerin, die den jungen Mann umarmte.

»Wo hast du das Foto her?«, fragte ihn der Buchhändler.

»Es gehört zu einem Haufen Zeitungsausschnitte und Papiere, die man mir gerade übergeben hat.«

»Ich dachte, du bist Anwalt und nicht Literaturwissenschaftler. Bist du am Colegio de México oder an der UNAM?«

»Ich betrete gerade unbekanntes Gelände.«

Mario sah sich die anderen Fotos an und war überrascht, was er da sah. »Schau dir die Hübschen an«, sagte er in feierlichem Ton und reichte Morgado ein paar Fotos. »Das sind Allen Ginsberg, der berühmteste Dichter der Beat-Generation, und Jack Kerouac, der *On the Road* geschrieben hat, eine Art Chronik von Vagabunden, die über die Highways der Vereinigten Staaten düsen. Aber dieses Foto sagt mir nichts, ich weiß nicht, wer das ist. Auch wenn sie beide wie Latinos aussehen.«

Morgado sah sich das besagte Foto an. Die zwei Männer sahen unheimlich aus, als wären sie einer Szene aus *Der Pate* entsprungen. Einer war so dürr wie Burroughs, der andere wirkte selbstzufrieden und hatte einen aggressiven Blick. Beide trugen maßgeschneiderte Nadelstreifenanzüge.

»Der sieht aus wie ein streitwütiger Anwalt«, sagte der Buchhändler und nahm Morgado damit den Satz aus dem Mund.

»Und der andere? Sieht nicht wie ein Anwalt aus. Er erinnert mich an die Gangster in den Filmen von Juan Orol.«

Morgado sah sich noch weitere Fotos an. Ein Kunde kam in das Buchcafé, und Mario bediente ihn. Wenige Minuten später kam er wieder mit einem Buch in der Hand. »Hier. Da kannst du dich ein wenig bilden. Es ist eine Biografie von Burroughs. Sie ist alt, aber sie kann dir nützen. Es gibt ein paar Kapitel über seine Reisen durch die Welt und über seinen Aufenthalt in Mexiko.«

»Wann war das?«, fragte Morgado.

»Ende der Vierziger-, Anfang der Fünfzigerjahre.«

Morgado nahm das Buch und blätterte es durch. In der Mitte des Buches waren ein paar Fotos. Auf einem war Burroughs zusammen mit dem Kleinen in dem zu weiten Anzug zu sehen. »Dave Tercerero«, sagte Morgado. »Die Gespenster bekommen allmählich Namen.«

Er drehte die Seite um und sah noch ein Foto: Burroughs auf einem typischen mexikanischen Polizeirevier. Zwei Beamte schauten ihn neugierig an, während er etwas erklärte. Morgado wandte sich wieder dem Buchhändler zu. »In was war er verwickelt? Drogenhandel? Unzucht mit Minderjährigen?«

Der Buchhändler schüttelte den Kopf. »Er hat nur seine Frau mit einem Kopfschuss getötet. À la Wilhelm Tell.«

»Und wie lautete das Urteil?«

»Ich glaube, fahrlässige Tötung oder so ähnlich.«

»Und wie lange war er im Gefängnis?«

»Ich weiß nicht. Deswegen habe ich dir das Buch gegeben. Aber ich glaube, nicht lange. Vielleicht ein paar Wochen oder Monate. Erinnere dich, damals war Miguel Alemán Präsident, und die Bestechung war ein allmächtiger Gott.«

»War das so?«, fragte Morgado.

Diesmal bekam er keine Antwort.

2

Morgado kehrte am Nachmittag in sein Büro zurück. Er hatte den Fall der Landarbeiter gegen einen durch verschiedene Strohmänner gedeckten Großgrundbesitzer geknackt, der Aufseher ohne Vorstrafen einsetzte, um die Landarbeiterführer zu töten, die ihm Probleme bereiteten. Aber das reichte nicht. Die rechtliche Argumentation war eine Sache, die Mühlen der Justiz waren eine andere. Es wird Ärger geben, dachte er, während er die Aktenstapel des Falles auf seinen Schreibtisch legte. Dann bemerkte er die Stille. Die Tischler waren eine Stunde vor der vereinbarten Zeit gegangen. Der Raum gehörte wieder ihm. Er setzte sich in seinen Sessel und betrachtete die Bäume des nahe gelegenen Mexiko-Parks und das Gewusel der in der Ferne spielenden Kinder.

»Darf ich?«, fragte eine Stimme hinter ihm.

Morgado lächelte, als er die Stimme erkannte. »Ja«, erwiderte er.

Es war der Tischler in Not, der mit den alten Fotos und Zeitungsausschnitten. Er setzte sich auf einen Stuhl. »Haben Sie gelesen, was ich Ihnen gegeben hatte?«

Morgado holte den weißen Umschlag aus einer Mappe. »Ich habe die Fotos gesehen. Ich hatte keine Zeit, die Dokumente und die Ausschnitte gründlich durchzugehen. Aber ich habe eine Ahnung, worum es gehen könnte.«

»Dann nehmen Sie den Fall also an?«

Morgado betrachtete den Tischler und wusste nicht, wie er diesen unermüdlichen Arbeiter aus armen Verhältnissen mit den verrückten, durch die Welt ziehenden Dichtern in Verbindung bringen sollte.

»Ich weiß nicht, von welchem Fall Sie sprechen«, sagte er. »Dem Mord an Burroughs' Frau? Dem Drogenschmuggel von Panama nach Mexiko? Der Korruption bei der Polizei in einem Strafprozess, der nie abgeschlossen wurde?«

Der Tischler stand auf und fing an im Büro des Rechtsanwalts umherzugehen. Nervös. Verzweifelt. »Nein! Nein! Nein!«, murmelte er.

»Dann erklären Sie es mir«, sagte Morgado beruhigend.

»Haben Sie die Zeitungsausschnitte gesehen?«

»Flüchtig. Warum?«

»Da steht alles drin.«

»Vielleicht. Aber ich bin kein Hellseher.«

Der Tischler ging zum Schreibtisch und holte einen Zeitungsausschnitt und ein Foto aus dem Umschlag. »Hier steht es.«

Morgado nahm den Ausschnitt und las die Schlagzeile: »Heroinfracht in Tijuana konfisziert. Ein Amerikaner tot, ein weiterer flüchtig.« Dann schaute er sich das Foto an: der muskulöse Mann und die junge Mexikanerin von dem anderen Foto, dem von der Kneipe, in einem Boot in Xochimilco.

»Wer sind die beiden?«, fragte Morgado.

Der Tischler ließ sich auf einen Stuhl fallen, als wäre alle Energie aus seinem Körper gewichen, völlig erschöpft. »Meine Eltern«, sagte er und fing leise an zu schluchzen.

3

Das Bodegón war ein langes schmales Lokal. Morgado hielt es für den besten Aufenthaltsort bei einem Erdbeben. »Wenn das Gebäude über dir einstürzt, hast du schon deinen Sarkophag«, pflegte er zu seinen Freunden zu sagen, wenn er sie an diesem schlecht belüfteten Ort ohne Fluchtwege auf ein Glas einlud. Aber diesmal machte er keine scherzhafte Bemerkung zu seiner Begleitung, Alfonso Keller Padilla, besser bekannt als El Güero.

»Was möchtest du?«

»Einen Tequila.«

»*Hornitos* oder *Conmemorativo?*«

»Hornitos.«

»Dann zwei bitte.«

Während sie die erste Runde Tequila in ihre Kehlen laufen ließen, versuchte Morgado die Puzzleteile des Falles zu sortieren, der sich fast fünfzig Jahre zuvor zugetragen hatte. Die Grundfragen sortierten sich allmählich in seinem Geist, während der Tequila seine Zweifel auflöste oder zumindest wegschob.

»Okay«, rief er aus, als der Kneipenwirt zum zweiten Mal sein Tequilaglas füllte. »Erzähl mir die Geschichte noch einmal, dann werde ich dir ein paar Fragen stellen und ein wenig Licht in diese rätselhafte Geschichte bringen.«

»Aber ich habe sie Ihnen doch schon erzählt«, sagte El Güero.

»Ich meine vernünftig. Du hast mehr geweint als alles andere, und da versteht man wenig. Jetzt mal der Reihe nach. Fang mit deinem Vater und deiner Mutter an. Wie haben sie sich kennen gelernt?«

»Er war aus Kalifornien. Ich glaube aus Berkeley. Er war wegen des Koreakrieges aus der Army desertiert und kam deswegen und wegen der Kommunistenjagd nach Mexiko. Das erzählte meine Mutter. Er sei Pazifist gewesen und habe marxistische Sachen gelesen.«

Morgado hob die Hand, um ihn zu stoppen. »Du wirkst nicht wie ein einfacher Tischler.«

»Ich bin Kunsttischler, das ist etwas anderes.«

»Schön. Was hast du für eine Ausbildung?«

»Ich bin gelernter Möbelrestaurateur. Dann habe ich an der Kunsthochschule studiert, um Restaurationsgehilfe für Kunstwerke zu werden. Ich habe am Nationalen Institut für Anthropologie und Geschichte gearbeitet, aber vor zwei Monaten haben sie Personal abgebaut, und ein Cousin von mir, Manuel Márquez, hat mir angeboten, mit ihm im Akkord zu arbeiten. Ich verdiene mehr Kohle als vorher, und ich habe mehr Zeit, um über die Geschichten nachzudenken, die meine Mutter mir erzählt hat. Vor allem über das Verschwinden meines Vaters … über seine Abwesenheit.«

»Und dann hast du nach Informationen gesucht.«

»All die Fotos stammen aus einem Karton, den mir meine Mutter anvertraut hat, als sie vor drei Jahren gestorben ist.«

»Und die Zeitungsausschnitte?«

»Ein paar stammen auch daraus, aber andere habe ich entdeckt, als ich angefangen habe, auf eigene Faust die Vergangenheit zu erforschen. Ich habe alles zusammengetragen, was ich über diese Zeit finden konnte.«

»1951 und 52«, präzisierte Morgado.

»Ja, genau. Ich bin ins Staatsarchiv gegangen. Der frühere schwarze Palast von Lecumberri, das Gefängnis.«

»Du bist ein guter Detektiv.«

»Ich will etwas anderes sein«, stellte El Güero klar. »Ich will ein guter Sohn sein.«

»Dein Vater kam mit einer Gruppe drogenabhängiger Schriftsteller nach Mexiko.«

Der Kunsttischler schüttelte heftig den Kopf. »Nein. Meine Mutter sagt, er habe keine Drogen genommen und nicht auf Künstler gemacht. Er habe Geschichtsunterricht am Mexico City College gegeben. Und er war normal, verstehen Sie? Er war nicht schwul oder so was. Er sei seinen Pflichten immer nachgekommen.«

»Wie hat er die anderen Amerikaner kennen gelernt? Am College?«

»Ja. An den Wochenenden haben die Ami-Lehrer wohl immer bei einem von ihnen Partys organisiert. Jeder brachte selbst mit, was er konsumieren wollte. Manche Essen, andere Schnaps und wieder andere Marihuana. Ein paar wenige Opium und Heroin. Aber alles ging ganz ruhig vonstatten.«

»Und deine Mutter? Wie haben deine Eltern sich kennen gelernt?«

»Sie war Sekretärin am College. Und dort sind sie sich über den Weg gelaufen.«

»Deine Mutter hieß Carmen Padilla, und dein Vater?«

»Timothy Randolph Keller.«

Morgado hatte eine trockene Kehle und bestellte noch eine Runde Tequila. Der Kneipenwirt schenkte sofort nach.

»Wie ist Timothy in die Geschichte in Tijuana geraten?«

»Durch Burroughs. Dieser verdammte Wichser war an allem Schuld. Meine Eltern hatten im Mai 1951 geheiratet. Dann kamen die Sommerferien und dann, im September, der Ärger. Burroughs tötete seine Frau Joan. Ein Unfall. Aber wer weiß? Es gab viele Versionen, viele Gerüchte.«

»Und wie lautet die Version deiner Mutter?«, hakte Morgado nach.

»Sie war auf dem Fest nicht dabei. Du weißt schon. Diese besserwisserischen Gringos schüchterten sie ein. Außerdem war ihr Englisch nicht besonders. Sie mochte diese Treffen nicht. Sie fühlte sich gehemmt.«

»Aber dein Vater ging schon hin, oder?«

»Ja. Timothy erzählte meiner Mutter, Burroughs sei unerträglich, wenn er den Pistolenhelden gibt. Es gefiel ihm, seine Pistolen vorzuführen. Er glaubte, in Mexiko könne er tun, was er wolle. Und diesmal wollte er Robin Hood spielen.«

»Wilhelm Tell«, korrigierte ihn Morgado.

»Was auch immer. Aber der Schuss ging daneben. Anstatt das Glas auf Joans Kopf zu treffen, traf er sie mitten zwischen die Augen. Sie lebte schon nicht mehr, als das Rote Kreuz eintraf.«

»Und was hat Timothy gemacht?«

»Er rief einen Krankenwagen, als er sah, dass Joan mit dem Tod rang. William stand unter Schock. Er war völlig in Panik. Er sagte immer nur: ›Joan, Joan, sag doch was, Joan.‹ Aber seine Frau lag bereits in den letzten Zügen. Meine Mutter erfuhr eine Stunde später davon und musste zur Polizeiwache gehen, um meinen Vater abzuholen. Alle mussten an diesem Abend und an den folgenden Tagen zum Geschehen aussagen. Burroughs steckten sie in den Bau, und dort blieb er einige Tage, bis sein Anwalt ihn rausholte.«

Morgado holte die Burroughs-Biografie aus der Mappe und suchte eine umgeknickte Seite. »Sieh mal. In dem Buch wird die ganze Sache abgehandelt. Und nirgendwo ist der Name deines Vaters erwähnt.«

El Güero machte eine verächtliche Geste. »Weil er kein Künstler war, taucht er auch nicht auf. Ich habe mehrere Bücher wie das konsultiert, überall dasselbe. Mein Vater ist ein Gespenst.«

Morgado merkte, dass der Kunsttischler melancholisch wurde, und klopfte ihm kameradschaftlich auf die Schulter.

»Manchmal glaube ich, meine Mutter hat die ganze Geschichte erfunden, um mich, als ich klein war, in den Schlaf zu lullen«, flüsterte El Güero, »dass mein Vater ein anderer war … Ich weiß nicht … das alles geschah vor so langer Zeit … in einem anderen Mexiko.«

Morgado las den Abschnitt vor, von dem er wollte, dass sein Mandant ihn verinnerlichte: »Seit der ersten Nacht im Gefängnis wusste Burroughs, dass die Chancen freizukommen gut standen. Bernabé Jurado, sein Anwalt, machte ihm klar, dass Joan tot war, dass er sich um sich selbst kümmern müsse, vor allem darum, möglichst schnell aus dem Gefängnis herauszukommen. Es war für ihn von Vorteil, dass die Mexikaner den Tod als einen alltäglichen Akt ansehen, der sie nicht sonderlich beeindruckt. Deshalb haben die Polizisten, die ihn verhafteten, ihm als Erste Rückendeckung gegeben: ›Machen Sie sich keine Gedanken, Gringo‹, sagten sie zu ihm, ›das kann jedem passieren. Das ist die einzige Form, wie die Frauen kapieren: Schüsse.‹ Das war das Glück unseres Schriftstellers: eine Frau in einem Land ermordet zu haben, in dem das Leben nichts wert ist, und wenn es sich um das Leben einer Frau handelt, umso weniger.«

»Verdammte Gringos«, stammelte El Güero. »Sie sehen uns immer als wilde Rohlinge wie Frito, der Bandit. Und was ist mit ihnen? Die reinsten Heiligen? Nein, keineswegs. Serienmörder, Scheißschwachköpfe.«

Morgado sah das genauso, aber er wollte beim Thema bleiben. »Wie ist dein Vater in die Sache mit dem Heroin geraten?«

Der Kunsttischler packte mit beiden Händen das leere Glas, und Morgado dachte, er könnte es ohne weiteres zerquetschen, wenn er wollte. »Jurado hat Burroughs aus dem Gefängnis geholt. Aber die Nachricht von dem Tötungsdelikt sorgte dafür, dass der größte Teil der amerikanischen Gemeinde sich von ihm abwandte. Er hatte keine Freunde mehr. Nun, fast keine.«

»Timothy hat ihn nicht verlassen, nicht wahr?«

»Mein Vater hatte ein gutes Herz. Ein Idealist. Die Briefe, die er meiner Mutter während der Verlobungszeit geschrieben hat, sind voller Liebe und Großherzigkeit. Und weil er wie ein kleiner Junge an den Kommunismus glaubte, trennte er sich von all seiner Habe, um den Schmerz der anderen zu lindern. Er machte eine Bauchlandung, als Burroughs ihn um einen Gefallen bat, den er nicht abschlagen konnte.«

»Noch einen Tequila?« Morgado stellte die Frage mehr aus Höflichkeit und nicht, weil er wirklich eine Antwort von Güero haben wollte, und hob die Hand wie ein Schiffbrüchiger in einem Meer aus Schnaps.

»Ja, noch einen. Nur so löst sich meine Zunge.«

»Und was war das für ein Gefallen?«

»Burroughs' Anwalt, Jurado, war verschlagen. Aber das trifft wohl auf alle Anwälte zu.« Der Kunsttischler hielt inne, als hätte er etwas Falsches gesagt.

»Schon gut«, sagte Morgado. »Trinken wir darauf.«

El Güero lachte, schon entspannter. Der Kneipenwirt stellte ihnen ein paar Fleisch- und Fischtapas hin und füllte die Gläser.

»In weniger als zwei Wochen hatte Jurado es geschafft, Burroughs aus dem Gefängnis herauszuholen. Aber der musste mehr als zweitausend Dollar abdrücken. Er hatte keinen Cent mehr und musste außerdem noch andere Ausgaben der Kanzlei Bernabés zahlen. Er sollte weitere dreitausend Dollar berappen, damit sie ihn nicht wieder einsperrten. Und weil Timothy einer der wenigen war, die ihn nicht im Stich gelassen hatten, wandte er sich an ihn. Erst bat er ihn, ihm Geld zu leihen, bis welches von seiner Familie aus den Vereinigten Staaten eingetroffen war. Dann versicherte er ihm, er werde eine große Summe für einen Roman bekommen, der bald veröffentlicht werde. Alles Lügen. Seine Familie kam nur wegen Joans Kindern, und der Roman wurde zwar veröffentlicht, aber erst viel später.«

»Hat deine Mutter all das mitbekommen?«

»Ja. Sie war verängstigt. Dieser harsche, getriebene Mann, der immer wirkte, als würde er innerlich zittern, gefiel ihr nicht. Meine Mutter glaubte, alle Gringos, Timothy ausgenommen, seien verrückt. Und William Burroughs war der lebende Beweis, dass ihr Misstrauen gegenüber den Amerikanern berechtigt war.«

»Wie hat er deinen Vater überzeugt?«, wollte Morgado wissen.

»Nun, am Ende bat Burroughs ihn, nach Tijuana zu fahren. Er sagte, dort werde ein Freund meinem Vater das Geld übergeben, das er benötigte. Es war eine unbequeme Reise, aber Burroughs sagte, er werde für alles aufkommen.«

Morgado entschuldigte sich und ging auf die Toilette. Als er zurückkam, hatte Alfonso Keller Padilla sich den Luxus geleistet, eine weitere Runde Tequila zu bestellen.

»Wo waren wir stehen geblieben?«, fragte Morgado, der spürte, wie seine Zunge allmählich schwer wurde.

»Bei dem Gefallen für Burroughs. Der Mistkerl hat meinen Vater überredet und ihn nach Tijuana geschickt.«

»Und warum hat Burroughs Timothy nicht begleitet?«

»Das ging nicht. Er war auf Kaution frei und musste sich jeden Tag im Gefängnis melden. Wenn er einen Tag nicht aufgetaucht wäre, hätten sie ihn wieder eingesperrt.«

»Also hat er deinen Vater zur Grenze geschickt. Um Geld zu holen, sagst du.«

»Zum Teil. Das ist ja, was mich so wütend macht. Die Hinterhältigkeit von diesem Mörder. Denn er gab ihm ein Päckchen für Alan Brod, seinen Freund aus Tijuana, mit. Er sagte meinem Vater, es handle sich um persönliche Gegenstände. Oder so ähnlich.«

»Aber du glaubst, es war etwas anderes, nicht wahr?«

El Güero nickte, das Gesicht vor Zorn verzerrt.

Morgado mahnte ihn zur Ruhe: »Beruhige dich, du hast nichts davon, wenn du dich so in deine Wut hineinsteigerst.«

»Entschuldigen Sie, aber ich kann nicht anders. Ich verstehe nicht, wie mein Vater so blind sein konnte und keinerlei Verdacht schöpfte.«

»Also passierte er alle Kontrollen und kam an die Grenze«, spann Morgado die Geschichte weiter.

»Aber in Tijuana wurden sie geschnappt. So steht es in dem Zeitungsausschnitt. Sie töteten den anderen Gringo, und mein Vater konnte anscheinend fliehen. Aber wir haben nie mehr etwas von ihm gehört. Er kam nie zurück.«

»Wann war das?«

»Im Dezember 1951. Sieben Monate später wurde ich geboren.«

»Und jetzt willst du, dass ich deinen Vater finde«, schloss Morgado.

»Ich will nur wissen«, sagte El Güero mit bewegter Stimme, »was mit ihm passiert ist, wo er begraben ist.«

»Glaubst du nicht, dass er noch lebt?«

»Nein. Das glaube ich nicht. Wenn er noch lebte, hätte er Mittel und Wege gefunden, sich mit uns in Verbindung zu setzen. Meine Mutter hat ihr ganzes Leben im selben Haus verbracht. Ich bin mir ganz sicher, jeden Morgen, wenn sie das Gartentor öffnete, dachte sie, mein Vater würde vor ihr stehen. Früher oder später würde er nach Hause, zu uns, zurückkehren.«

Er sah Morgado eindringlich an. »Übernehmen Sie meinen Fall, Herr Rechtsanwalt?«

Der erhob feierlich das Glas und sagte: »Es ist eine historische Ermittlung, Güero. Und eine literarische. Eine Herausforderung.«

»Was heißt das?«

»Dass ich annehme. Aus reiner Neugier.«

»Wie viel Vorschuss verlangen Sie?«

Morgado nahm einen Schluck und lächelte. »Ein schönes Bücherregal, perfekt gebaut und lackiert.«

»Sonst nichts?«

Morgado zögerte nur ganz kurz. »Und ein Fläschchen Tequila. Fürs Erste.

4

Aidé Grijalva war aufgebracht, aber seit Morgado sie kannte, war das der Normalzustand. Adrenalin war ihre tägliche Droge, ihr Sauerstoff.

»Was für Aufgaben du mir aufbürdest!«, platzte sie heraus.

»Die, auf die du dich verstehst«, erinnerte Morgado sie. »Du bist die beste Historikerin, die ich kenne. Du kennst die Geschichte von Baja California in- und auswendig.«

»Die beste oder die gutmütigste?«, erwiderte die Jüngerin von Klio. »Bei dir weiß man nie, wie es gemeint ist.«

»Verzeih mir«, sagte Morgado, in der Defensive. »Ich werde dich nie mehr um etwas bitten, wozu du nicht bereit bist.«

Morgado wusste, dass das Gewitter sich legte, als Aidés tadelnder Ton nachließ. »Heute will ich mal nicht so sein, Miguelito. Hier sind die Fotokopien. Eine meiner Hilfskräfte im Staatsarchiv hat einen ganzen Tag mit diesem Kram zugebracht.«

Morgado nahm den dicken doppelten Umschlag mit einer Mischung aus Verwirrung und Skrupeln entgegen. »Um welche Zeitungen handelt es sich?«

»*Excélsior* und *El Universal* von September 1951 bis Dezember desselben Jahres. Und *El Nuevo Mundo* von Dezember 1951 und Januar 1952. Nur der Teil Polizeiberichte. Die beiden ersten sind aus D.F., wie du wahrscheinlich weißt. Die letzte erscheint in Baja California, in Tijuana.«

Morgado legte den Umschlag auf ein Tischchen.

»Willst du ihn nicht aufmachen?«, fragte seine Gastgeberin.

»Später. Was mich interessiert, ist: Wie war Tijuana damals, wie lief der Hase?«

»Wie meinst du das? Politisch? Wirtschaftlich? Gesellschaftlich?«

»Alles.«

Aidé streckte die Hand aus und griff nach einem dicken schwarzen Buch auf ihrem Schreibtisch. »Hier findest du die Antworten, die du suchst«, sagte sie schulmeisterlich.

Morgado wiegte das dicke Buch misstrauisch in der Hand. »Seit ich mich auf diesen Fall eingelassen habe, will mich jeder zum Lesen anhalten.«

»Es wurde auch Zeit«, erwiderte die Historikerin. »Wenn es etwas Ungebildeteres gibt als Rechtsanwälte, dann bestenfalls Ingenieure. Und das will was heißen. Aber das Buch wird dir gefallen. Es heißt *El otro México.*«

»Und das ist kein unverdaulicher Schinken?«

»Ganz und gar nicht. Es ist ein Reisebericht. Er stammt von Fernando Jordán, einem Reporter der Zeitschrift *Impacto.* Erschienen 1951. Es wird dir helfen, dich in der Zeit zurechtzufinden.«

»Und wer war Jordán?«

Aidé wandte Hilfe suchend den Blick zum Himmel. »Einer, der auf die Halbinsel von Baja California reiste und so fasziniert von Land und Leuten war, dass er dort blieb.«

»Lebt er noch?«

Aidé seufzte. »Nein. Er hat sich umgebracht. Oder man brachte ihn um, weil er ein Verhältnis mit einer verheirateten Frau hatte. Wer weiß, was davon wahr ist. Aber laut denen, die ihn kannten …«

Morgado schob das Buch in seine Aktentasche. »Sprich nicht weiter«, flehte er. »Wenn ich noch so ein Verbrechen unter Literaten ertragen muss, dann lege ich die Ermittlungen nieder. Ich schwöre es dir.«

»Du bist einfach nicht belastbar«, versicherte ihm Aidé. »Unsere Halbinsel ist voll mit ungeklärten Verbrechen. Von Literaten und Nicht-Literaten.«

»Es muss am Tequila-Kater liegen«, sagte Morgado, »aber mein Magen verträgt keine weitere Geschichte mehr.«

»Dann leg dich hin. So nützt du mir nichts. Ich wollte dir meine Doktorarbeit vorlesen, über Bewässerung und internationale Politik in der Ebene von Mexicali in der Ära Carranza unter besonderer Berücksichtigung der Frage von Grenzen und Gewässern im Kontext des Ersten Weltkrie…«

Morgado flüchtete stolpernd über den Flur. Die Geschichte spukte weiter in seinem Kopf, rasselnd wie eine Klapperschlange vor dem Zuschlagen, und ließ die Kopfschmerzen immer schlimmer werden.

5

Es war schon Mitternacht, und Morgado war immer noch in den Stapel Fotokopien vertieft. Sie hatten ihn bei seinen Ermittlungen nicht sehr viel weitergebracht. Die Sache mit Burroughs stand nur ein paar Tage im Schlaglicht der Presse. Morgado vermutete, dass Bernabé Jurado genügend Geld verteilt hatte, damit die Journalisten den Fall nicht hochspielten. Und dass er dasselbe mit den Richtern und Gefängniswärtern gemacht hatte. Das Beste: Jurado hatte Burroughs gegenüber seinen Teil des Deals erfüllt. Er hatte ihn mit Lichtgeschwindigkeit aus dem Gefängnis geholt und sich in bar für seine Dienste entlohnen lassen, so dass der Schriftsteller mittellos dastand. Burroughs musste sich in tiefster Depression befunden haben. Frau weg. Geld weg. Freunde weg. In einem fremden Land. Da war es klar, dass er sich an den Erstbesten klammerte, der ihm über den Weg lief. Wie Timothy. Aber wenn er kein Geld hatte, wie war er dann an das Heroin gekommen? Wer hatte ihm das Geld dafür gegeben?

Morgado sah sich noch einmal die Fotos an und konzentrierte sich auf das mit Allen Ginsberg. Auf der Rückseite stand ›Fotos Alameda‹ und das Datum: 1954. Dann nahm er das von Kerouac. Es war aus dem Jahr 1952. Sie nützten ihm nichts. Schließlich blieb er bei dem Foto mit dem Gangsterduo hängen. Die hätten Burroughs durchaus die Drogen beschaffen können. Ohne dass sie dafür extra jemanden hätten anheuern müssen.

Morgado nahm sein Handy und wählte die Nummer des Kunsttischlers. Die Fragen drängten sich in seinem Kopf wie summende Wespen in ihrem Nest. »Habe ich dich auch nicht geweckt, Güero?«

»Nein, Herr Rechtsanwalt. Sie haben mich nur bei den ehelichen Pflichten im Dienste des Vaterlandes unterbrochen.«

»Dann rufe ich später noch einmal an.«

»Nein! Das war ein Scherz! Womit kann ich Ihnen dienen?«

Morgado hob das Gangsterfoto hoch und betrachtete es. »Wer sind die beiden Latinos auf einem der Fotos, die du mir gegeben hast? Ich kann sie nicht identifizieren.«

»Ich auch nicht. Meine Mutter sagte, es seien keine Mexikaner. Es seien Panamesen.«

»Und was machten sie?«

»Keine Ahnung. Es waren Kumpels von Burroughs und Bekannte meines Vaters. Sie waren in Chapultepec und haben Timothy an dem Tag verabschiedet, als er nach Tijuana aufbrach. Ich glaube, einer bat ihn, eine Puppe für seine Tochter mitzunehmen, die an der Grenze lebte. Meine Mutter hatte sie nie zuvor gesehen. Als mein Vater weg war, tauchten sie bei uns zu Hause auf und fragten nach Timothy. Sie warteten wohl auch auf ihn. Burroughs, glaube ich, hat sie zu dem Zeitpunkt schon nicht mehr begleitet. Er musste sich das benötigte Geld wohl anderweitig besorgt haben. Meine Mutter hatte nicht viel Kontakt zu ihm. Aber als Kerouac und Ginsberg kamen, ging sie, obwohl sie sie nicht kannte, zu ihnen, um sie nach ihrem verschwundenen Mann zu fragen.«

»Und was haben sie gesagt?«

Am anderen Ende der Leitung herrschte eine ganze Weile Schweigen.

»Der eine sagte, er habe ihn irgendwo in Kalifornien lebend gesehen. Der andere behauptete, ihn nicht zu kennen.«

Morgado schrieb in sein Notizbuch: »Lebend oder tot? Ist er vor der mexikanischen Justiz oder vor seiner mexikanischen Frau geflohen?«

»Wer hat gesagt, er habe ihn lebend gesehen?«

»Ich glaube, Ginsberg. Ich weiß es nicht. Meine Mutter sollte hier sitzen und mit Ihnen sprechen. Sie hatte ein besseres Gedächtnis für diese Dinge als ich. Außerdem war sie dabei, sie hat alles gesehen. Ginsberg hat ihr Hoffnungen gemacht. Ich weiß nicht, ob falsche, aber sie haben ihr geholfen weiterzuleben.«

»Noch etwas, Güero. Was ist mit dem Kleinen, mit Dave Tercero?«

»Der ist auch verschwunden, ungefähr zur selben Zeit, als mein Vater die Reise nach Tijuana gemacht hat. Er war immer bei William. Er war sein Schoßhündchen. ›Den kleinen Chihuahua‹ hat meine Mutter ihn genannt.«

Morgado schrieb: »Gleichzeitiges Verschwinden. Zufall oder geplant?«

»Wann hat deine Mutter Burroughs zum letzten Mal gesehen?«

»Ein Jahr später. Sie hatte ihren Job als Sekretärin am College gekündigt. Ich war noch ein Säugling. Sie lief Burroughs zufällig über den Weg. Er wollte auf sie zugehen und etwas zu ihr sagen, aber meine Mutter hat sich abgewandt. Sie hat in ihm immer den Verursacher ihres Unglücks gesehen, den, der ihr meinen Vater entrissen hatte.«

Morgado fügte den Notizen noch hinzu: »Harry Dávalos kontaktieren. Überprüfung von Timothy Keller vor und nach 1952. Dokumente. Verwendung von Pässen. Polizeiberichte. Feste oder zeitweilige Wohnsitze. So schnell wie möglich anrufen.«

»Sag mal, Güero, hältst du es für möglich, dass dein Vater möglicherweise … du weißt schon … sich unter Druck gesetzt gefühlt hat … dass ihm die familiäre Bürde zu viel war … und dass er die Reise genutzt hat, um sich aus dem Staub zu machen?«

Die Antwort kam sofort. »Nein, das glaube ich nicht. Die Fotos. Schauen Sie sich die Fotos an! Sie sind ein glückliches Paar. Meine Mutter sagte immer …«

Morgado musste ihn unterbrechen. »Deine Mutter wollte das Offenkundige vielleicht nicht wahrhaben. Vielleicht hat sie sich immer geweigert, der Wahrheit ins Auge zu sehen. Vielleicht wird dir nicht gefallen, was ich herausfinde, Güero. Womöglich war dein Vater nicht der Held, wie deine Mutter behauptete. Könntest du das ertragen? Oder soll besser alles so bleiben, wie es ist?«

»Nein! Auf keinen Fall!«

Morgado atmete erleichtert auf.

»Wann werde ich etwas Konkretes erfahren?«, wollte der Tischler wissen.

»Bald. Erst muss ich Freunde um Hilfe bitten, und dann werde ich nach Tijuana reisen, um die Vergangenheit zurückzuholen. Die deines Vaters und deine.«

»Alles, was Sie herausfinden, ist gut«, rief El Güero aus. »Was auch immer.«

»Du kannst zufrieden sein, wenn ich einen Teil der Wahrheit ans Licht bringe.«

Als er das Handy hinlegte, hatte er weniger Skrupel. Wenigstens waren die Regeln zwischen ihm und seinem Mandanten klar definiert. Jetzt musste man die Köder auswerfen und geduldig warten. Irgendwann würden die Fische anbeißen.

6

»Hast du das Fax bekommen?«, fragte Morgado.

»Es liegt vor mir. Ohne Übertragungsfehler.«

Harry Dávalos' Stimme klang wie die eines Boxers, der es sich nicht leisten kann, die Deckung herunterzunehmen. Morgado verstand das. Aber ihm war klar, dass er bei diesem Unterfangen die Zeit, die menschlichen Ressourcen und das Material des FBI benötigte. Und die Hilfe Harrys.

»Ich werde dir einen offiziellen Brief schreiben, damit du keine Probleme bekommst.«

»Probleme bekomme ich auf jeden Fall, wenn du beteiligt bist«, unkte Dávalos.

»Wenn du irgendeine Information hast, schick sie an diese Nummer. Aber ich sage dir gleich, ich komme noch in dieser Woche nach Tijuana. Vielleicht können wir ja zusammen essen und über die schlechten alten Zeiten reden, mein Freund.«

»Welches Hotel?«, fragte Harry sofort.

»Im Lucerna. Zona del Río.«

»Ich melde mich«, lautete der Abschiedsgruß des FBI-Agenten.

»Was für eine Ehre, solche Freunde zu haben oder ein solcher Freund zu sein«, sagte Morgado in die tote Leitung.

Nachdem er aufgelegt hatte, nahm er sich die Fotos vor und ging sie zum hundertsten Mal durch. Er wählte drei aus: das von Timothy, Burroughs, Tercerero und der Mutter von Güero; das von den panamesischen Gangstern und das von Ginsberg. Mit ihnen ging er auf den Flur hinaus und klingelte an der Tür seines Nachbarn, eines Profi-Fotografen.

»Womit kann ich dienen?«

»Rogelio, ich brauche Vergrößerungen. Erstklassige Abzüge. Es sind alte Fotos.«

Rogelio Cueva sah sich das Bilderterzett an. »Wie hübsch!«, rief er begeistert aus. »Geschniegelte Schriftsteller und Könige der Unterwelt.«

Morgado war überrascht vom Scharfblick des Fotografen. »Hast du sie schon mal gesehen?«

Rogelio nickte wie ein Kind mit einem neuen Spielzeug. »Die beiden sind Gringos, oder? Beats oder so etwas. Sie haben sich alle natürlichen oder künstlichen Drogen reingezogen, die sie bekommen konnten. Es waren die ersten Hippies, als das noch keine Mode und María Sabina noch kein Star des New Age war.«

»Und die Gangster?«, fragte Morgado erwartungsvoll.

»Was für Gesichter! Als hätten sie zu viele Filme von Edward G. Robinson gesehen. Es fehlt nur die Narbe im Gesicht. Oder das Glasauge.«

»Aber ...«, stotterte Morgado, »hast du eine Idee, um wen es sich handeln könnte?«

»Nein. Du?«

7

Seit das Flugzeug in Mexico City gestartet war, hatte Morgado alle Dokumente zu dem Fall noch einmal durchgesehen.

Burroughs' Biografien zeichneten nicht dasselbe Bild, das El Güero von dem amerikanischen Schriftsteller hatte. Die Biografen hielten ihn für die Vaterfigur der künstlerischen Avantgarde des Landes: für einen Schriftsteller, der alle Regeln brach und dabei keinen Schiffbruch erlitt. *Successful* war das meistgebrauchte Adjektiv bei der Beschreibung des Werks. Ein achtzigjähriger

Jim Morrison, der noch schrie: *I want the world and I want it now.*

Aber der alte Mann war kein *love-and-peace*-Idealist. Die Romane, die Morgado angelesen hatte, offenbarten seine Faszination für Gewalt, Sex als Machtspiel und Feuerwaffen. Er war, wie viele Amerikaner, ein mächtiger Prediger, ein Hypnotiseur, der ständig neue Opfer brauchte. Opfer wie Joan, seine Frau. Wie Timothy.

Morgado drückte auf die Knöpfe, um zu sehen, was an Filmen geboten war; weil keiner ihm zusagte, legte er die Kopfhörer wieder an ihren Platz und schaltete den Bildschirm aus. Er wollte einen Blick in das Buch werfen, das ihm seine Freundin Aidé Grijalva geliehen hatte, *El otro México.* Er ging das Inhaltsverzeichnis durch und begann mit dem Tijuana gewidmeten Kapitel.

Er war überrascht von der Fähigkeit des Autors, Fernando Jordán, das Leben an der Grenze einzufangen. »Von Tijuana sieht man nur eine Straße, die nächtliche Straße, wo auf ein Cabaret eine Bar folgt, auf die Bar ein Geschäft mit gefälschten Antiquitäten, auf dieses ein weiteres Cabaret, auf dieses eine Bar, auf dieses ein Hotel und dann ein weiteres Cabaret und eine weitere Bar ... Wenn man rauskommt, will man nichts mehr sehen, und wenn man nicht rauskommt, kann man nichts anderes sehen ... das Leben ist teuer, und das Geld zirkuliert unvorstellbar schnell.«

Die Stewardess fragte ihn, ob er sich wohlfühle, ob sie ihm etwas aus der Bar anbieten könne. Morgado war dankbar für die Aufmerksamkeit, aber als er an den Kater von vor ein paar Tagen dachte, bestellte er lediglich eine Flasche Mineralwasser. Wie schnell ich alt werde. Nicht mehr lange, und ich tausche den Tequila gegen Pfefferminztee ein – ein makabrer Gedanke.

»Stewardess!«, rief er.

Die junge Frau kam wieder zu seinem Platz. »Haben Sie Ihre Meinung geändert?«, fragte sie mit der Flugerfahrung vieler Jahre.

Morgado nickte, sichtlich aufgemuntert. »Einen Wodka Tonic«, bestellte er.

Als er ihn bekommen hatte, las er weiter in Jordáns Buch. Dort stand, Tijuana sei 1951 eine kleine Stadt mit sechzigtausend Einwohnern gewesen, die Bevölkerung habe sich in weniger als einem Jahrzehnt vervierfacht. Für Timothy Keller, so ahnte Morgado, war diese Reise nicht die erste in diese schillernde, gewalttätige Stadt gewesen, die so aufregend ist wie keine zweite. Wenn er ein waschechter Kalifornier war, war Tijuana bestimmt sein Spielplatz, sein Lieblingserlebnispark gewesen. Das Gegenteil von Morgados eigener Sichtweise.

Für ihn war Tijuana eine Brücke, eine Autoschlange, der unvermeidliche Weg Richtung Parque Balboa und Sea World in San Diego. Ein Teil seiner Kindheit. Die Oster- oder Sommerferien. Die bekannten Familienausflüge im klapprigen Plymouth. Ein anderes Klima. Die Meeresbrise. Der Strand. Das Panorama der Isla Coronado. »Sie gehört zu Mexiko«, sagte sein Vater immer, »aber die Gringos haben sie uns abgenommen. Das alte Spiel. Eines Tages wird sie wieder uns gehören. Eines Tages wird die mexikanische Flagge auf ihrem Gipfel wehen, ganz oben.«

Aber das war San Diego. Tijuana war in seiner Erinnerung ein Flecken mit Gipfeln und sich schlängelnden Straßen. Menschen beim Einkaufen. Viele Secondhand-Läden. Riesige Neonreklamen und schlammige Straßen. Leute, die japanisches Spielzeug, das nicht eine Woche hielt, auf den Lieferwagen des Vaters gepackt hatten und ihre Schnäppchen anpriesen. Das war der tiefste Eindruck, den die Stadt hinterlassen hatte, zu der er jetzt unterwegs war: Alles in ihr war Betrug, man konnte niemandem vertrauen, wenn man vermeiden wollte, bestohlen zu werden. Hier wurde man übers Ohr gehauen.

»Sehr verehrte Passagiere, auf der rechten Seite können Sie jetzt den Hafen von Mazatlán sehen«, verkündete der Flugkapitän. »Die geschätzte Flugzeit nach Tijuana beträgt etwas weniger als zwei Stunden.«

Morgado nahm einen Schluck Wodka und widmete sich wieder *El otro México.* Ich fliege mit neunhundert Stundenkilometern in die Vergangenheit, dachte er. Geschätzte Flugdauer: ein paar Jahrzehnte. Und dann las er: »Tijuana ist eine *play-box,* ein Schaufenster, ein *hot spot.* Der Ort, an dem deine verdorbensten Wünsche am besten erfüllt werden.« Das war Jordán. Präzise und überzeugend.

8

»Ist das hier nicht eher eine Arbeit für Archäologen als für einen Detektiv, Herr Rechtsanwalt?«, fragte der junge Mann am Computer. »Hinter alten Verbrechen herzujagen, ist eine Aufgabe für alte Männer, die in jedem Knochen einen Wert entdecken.«

Morgado dachte nach zwei Tagen fruchtloser Suche im Stadtarchiv von Tijuana, Abteilung Verbrechen, dasselbe. Es war nichts verzeichnet über den Kampf gegen den Drogenhandel an der Grenze in den Fünfzigerjahren.

»Nur nicht aufgeben«, sagte Morgado und machte ihm Mut wie der Kapitän einer abstiegsgefährdeten Mannschaft. »Sollte etwas herauskommen, geben Sie mir im Hotel Bescheid.«

Der junge Mann machte nur eine leichte zustimmende Geste mit der Hand und studierte weiter die Daten auf dem Bildschirm: Strafzettel, Unfallberichte, Kautionsformulare, Sterbeurkunden. Nicht ein einziger Hinweis auf die Razzia vom 8. Dezember 1951 und die nachfolgende Schießerei, bei der ein amerikanischer Drogenhändler namens Alan Brod ums Leben kam und nach der sein Komplize Timothy Keller spurlos verschwand.

Morgado nahm ein Taxi in der Nähe des Rathauses und bat den Fahrer, ihn zu den Büros von *Tijuana Metro* zu bringen, der Zeitschrift, die sich mit dem Leben und den Wundern in der Metropole befasst, die der von Jordán beschriebenen so glich und doch wieder so verschieden war. Chaos zieht Chaos an, dachte Morgado.

Im Aufzug, der ihn in den vierten Stock brachte, musste Morgado wieder an die Worte von Aidé Grijalva denken: »Ich empfehle dir Leobardo, den Chefredakteur von *Tijuana Metro.* Wenn jemand etwas über diese Stadt weiß, dann er. Und außerdem ist er Spezialist für Kriminalliteratur. Er kann dir jedes Verbrechen, das dort geschehen ist, von vorne bis hinten erläutern.« Als Morgado jetzt die Glastür des Büros öffnete, hatte er die Hoffnung, dass er vielleicht ein paar ganz allgemeine Antworten bekommen würde. Oder zumindest eine kleine Orientierung, wie er in einer Stadt weiterermitteln konnte, die zwar in Baja California lag, in der er sich aber trotzdem als Fremder fühlte, als Eindringling, den alle misstrauisch beäugten.

»Ist da jemand?«, fragte er laut.

»Gehen Sie bis ganz hinten durch!«, rief ihm eine Frau zu.

Der Anwalt für historische Fälle ging durch einen leeren Raum, in dem mehr als ein Dutzend Computer an der Wand aufgereiht auf dem Boden standen. Das nächste Zimmer war voller alter Zeitungen, die fast bis zur Decke reichten. Im letzten Zimmer, dessen großes Fenster einen fantastischen Ausblick auf die Stadt bot, redigierten ein junger Mann und eine junge Frau gerade einen Text am Bildschirm. Der ganz in Schwarz gekleidete Mann tippte weiter. Die junge Frau, lebhaft und mit großen Augen, kam direkt auf Morgado zu.

»Ich bin Ava Ordorika«, stellte sie sich vor. »Und Sie müssen Miguel Ángel Morgado, der mexikanische Ombudsmann, sein.«

»Hin und wieder war ich das«, erwiderte Morgado. »Manchmal bin ich auch nur als Belastungszeuge aufgetreten.«

»Aidé Grijalva hat so von Ihnen geschwärmt. Und das kommt äußerst selten bei ihr vor. Sie hat uns erzählt, wonach Sie suchen, und Leobardo hat die passenden Informationen schon beschafft.«

»Die eher spärlichen«, fügte Leobardo hinzu, drückte Morgados Hand und führte ihn zu einem Sofa voller Videokassetten, die er auf den Boden schieben musste, damit der Rechtsanwalt Platz fand.

»Haben Sie so viel zu tun mit der Redaktion von *Tijuana Metro?*«, fragte Morgado, als er die herrschende Unordnung sah.

»Ein neues Büro«, erklärte Ava. »Wir sind gerade umgezogen und sind erst einen Monat hier.«

Leobardo holte ein Bündel Zeitungen aus einer Schreibtischschublade und gab es Morgado.

»Einen Kaffee?«, schlug Ava vor.

»Gern. Schwarz und ohne Zucker.«

Ava ging den versprochenen Kaffee holen, und Leobardo fuhr mit seinem Stuhl zu dem Sofa, auf dem Morgado die Ausschnitte durchsah. Mehrheitlich waren es dieselben, die Aidé Grijalva im Nationalarchiv gefunden hatte.

»Sehen Sie«, sagte Leobardo mit finsterem Gesichtsausdruck. »In Tijuana sind die Überfälle, die Vendettas, die Abrechnungen, die Verbrechen aus Leidenschaft oder die Bandenkriminalität immer an der Tagesordnung gewesen. Es ist keine Sache von gestern. Seit dieser Flecken gegründet wurde, den wir so lieben, war es so. Aber wie Sie wissen, gibt es Verbrechen und Verbrechen. Die, die ans Licht der Öffentlichkeit kommen, und die, bei denen das nicht der Fall ist, von denen aber jeder weiß und über die man heimlich spricht. Können Sie mir folgen?«

»Ja. Warum, glauben Sie, bin ich hier? Ich brauche jemanden wie Sie, der mir in diesem Labyrinth aus Halbwahrheiten und verwirrenden Gerüchten eine Orientierung geben kann.«

»Also gut«, fuhr Leobardo fort, »die Schießerei, in der Sie ermitteln, ereignete sich am 8. Dezember 1951. Die Zeitungen haben so wenig wie möglich berichtet, denn das Ganze geschah bei Tageslicht mitten auf der Avenida Revolución. Es war nicht zu verheimlichen, aber man konnte tonnenweise Erde darauf schütten, damit es keine negativen Auswirkungen auf den Tourismus hatte. Nur das zählt hier. Und genau das tat man. Die Zeitungen von Tijuana blieben zwei Tage am Ball, dann schwiegen sie. Sie wissen, was berichtet wurde, oder?«

»Die Namen der Beteiligten«, antwortete Morgado wie aus der Pistole geschossen. »Alan Brod, der Tote, der Widerstand leistete, und Timothy Keller, der Flüchtige, der die mexikanische Justiz austrickste und spurlos verschwand. Man hatte sie beide mit dem Zeug geschnappt. Heroin. Beste Ware. Die Polizei Tijuanas erklärte, Timothy sei damit geflohen. Und Brod sei in den Vereinigten Staaten einschlägig vorbestraft. Beide Drogenhändler. Erste Liga. Das ist die offizielle Geschichte.«

»Aber in den Zeitungen von San Diego steht noch mehr: Es seien drei Leute darin verwickelt gewesen. Alan Brod, ein bekannter Mafioso aus Los Angeles, Dave Tercerero, ein *pusher,* der auf mexikanischem Territorium arbeitete, und Timothy Keller, ein unbeschriebenes Blatt im Drogenhandel. Die amerikanische Presse hielt ihn für einen Touristen oder einen Heroinsüchtigen, der sich nur seine

Tagesdosis beschaffen wollte und zufällig in den Schusswechsel geriet. Die Presse von San Diego hat Keller praktisch entlastet.«

Leobardo zeigte Morgado den Zeitungsausschnitt, aus dem er die Information hatte, und der las ihn von Anfang bis Ende durch.

»Ich sehe schon. Die Gringos sind eng zusammengerückt, ihr einziges Interesse bestand darin, ihre Bürger zu schützen. Die Ehre stand auf dem Spiel.«

»Schauen Sie sich den an«, forderte Leobardo ihn auf. »Dort werden Sie eine Information finden, die sonst nirgendwo erwähnt ist: Am Ort der Schießerei hat die Polizei eine Puppe gefunden. All das geschah in einer wenig bekannten Kneipe: El Tecolote. Man muss hinzufügen, dass sie von Gringos eigentlich nicht oft besucht wurde. Es gingen dort eher verzweifelte Arbeiter und Tagelöhner hin, die auf ihren Zutritt ins Paradies auf der anderen Seite warteten.«

»Existiert sie noch?«

»Nein. Ich habe sie schon nicht mehr kennen gelernt, und ich lebe von klein auf in Tijuana. Sagt Ihnen das mit der Puppe etwas?«

»Timothy hatte sie bei sich. Zwei Panamesen mit Verbrechergesichtern, die er aus der Hauptstadt kannte, hatten ihn gebeten, sie für die Tochter von einem von ihnen mitzunehmen, die hier in Tijuana lebte. Eine unglaubliche Geschichte, nicht wahr?«

»Hat er sie mitgenommen?«

»Ja. In seinem Koffer, vermute ich.«

Leobardo nickte, er schmunzelte. »Wie Fernando Jordán«, sagte er.

»Der von *El otro México?*«, fragte Morgado.

»Ja. Juan Rulfo sagte einmal, wo immer er hinreiste, Jordán habe immer seine Puppe dabeigehabt.«

»War er schwul?«

»Nein. Fetischist. Er behauptete, sie bringe ihm Glück. Eine Art Amulett. Abergläubisch, wie er war.«

Morgado ging die amerikanischen Zeitungsausschnitte durch. »Gibt es irgendeine Theorie zu diesem Fall?«, wagte er sich mutig vor.

Leobardo übergab ihm eine vergilbte Zeitschrift. »Das ist ein Exemplar von *Detective Internacional,* der kriminalistischen Zeitschrift, die damals Joaquín Aguilar Robles herausbrachte, ein erstklassiger Ermittler und Schriftsteller. Diese Ausgabe ist vom Februar 1952. Auf Seite fünfzehn gibt es eine anonyme Notiz zu dem Fall.«

Morgado las: »Die Heroinhändler stehen mit dem Rücken an der Wand. Seit im Dezember letzten Jahres im El Tecolote zwei Kilo des Rauschgifts beschlagnahmt wurden, drängen sich die Drogenabhängigen um die Dealer ihres Vertrauens. Vergebens. Die Droge ist vom Markt verschwunden, und den Verkäufern und Konsumenten bleibt nichts anderes übrig, als sich zu krümmen und zu leiden. Amerikanischen Quellen zufolge ist es zum ersten Mal seit Jahren gelungen, den Heroinfluss aus Panama zu stoppen. Der Fall der mit Heroin gefüllten Puppe ist ein internationaler Erfolg für die mexikanische Polizei. Und das ist erst der Anfang.«

»Eine seltsame Geschichte, finden Sie nicht?«, bemerkte Leobardo.

»Äußerst seltsam. Aber jetzt wird mir vieles klar. Die Story bestätigt, dass Timothy als unfreiwilliger Kurier benutzt wurde, um das Heroin hierher zu schaffen. Aber die Fracht war in der Puppe und nicht in Burroughs Päckchen.«

»Ist der Name des berühmten Schriftstellers dadurch reingewaschen?«, fragte Ava, während sie Morgado den Kaffee reichte.

»Zum Teil. Obwohl mir mein Gefühl sagt, dass Burroughs etwas mit dem Geschäft der Panamesen zu tun hatte. Zumindest musste er als Konsument und Dealer in der amerikanischen Gemeinde in Mexico City gewusst haben, wie das Geschäft lief.«

Morgado kostete von dem Kaffee und lächelte. Ava konnte ihn auf den Punkt genau zubereiten. »Schmeckt wunderbar, danke.«

»You are welcome«, antwortete sie.

»Wir wissen nicht, was mit Dave Tercerero und mit Timothy, dem Vater Ihres Mandanten, passiert ist.«

»Sie sind in eine Falle geraten. Wie es in der Notiz steht. Alan Brod wurde mit Sicherheit von der Polizei beider Länder überwacht. Und die Puppe erweckte bestimmt Verdacht. Es war zu offensichtlich. Ich verstehe nur nicht, wie Timothy entkommen konnte. Ein Deserteur ist jemand, der immer darauf achtet, wie viele Fluchtwege der Ort hat, an dem er sich aufhält. Aber selbst so …«

Leobardo holte das Telefon und wählte. Während er darauf wartete, dass jemand abhob, sagte er zu Morgado: »Nun, genau das hat er mit seiner mexikanischen Familie getan. Sobald er erfuhr, dass er Vater wurde, hat er den nächstbesten Notausgang gesucht.«

»In diesem Fall würde ich eher sagen, den am weitesten entfernten«, sagte Morgado. »Die Hauptstadt und Tijuana liegen ein gutes Stück auseinander.«

»Hallo, hallo«, sagte Leobardo ins Telefon. »Wissen Sie, ob Professor Vizcaíno schon da ist? Ja. Ah. Nein! Stören Sie ihn nicht. Danke.« Damit legte er auf. »Das ist Ihr nächster Schritt: ein Gespräch mit Professor Rubén Vizcaíno Valencia, Mister Tijuana. Das wandelnde Handbuch über alles, was Sie schon immer über unsere Stadt wissen wollten und nie zu fragen wagten. Er ist gerade in die Cafeteria des Centro Cultural Tijuana gekommen.«

»Ich habe schon von ihm gehört. Aidé sagte mir, der Schriftsteller Federico Campbell und dieser Professor könnten mir die komplette Geschichte von Baja California, von der Entstehung des Universums bis heute, erzählen.«

»Das und mehr. Er kann ununterbrochen reden. Als junger Mann war er Führer der PRI. Ein geborener Redner.« Leobardo machte den Computer aus und gab Ava einen Kuss. »Wappnen Sie sich mit Geduld!«, warnte er Morgado, während sie im Aufzug herunterfuhren. »Sie werden sie brauchen.«

»Ich werde es mir merken«, lautete die vorsichtige Antwort.

Sie gingen beide in das nächtliche Tijuana hinaus, mit eisigem Wind und bedrohlichen Wolken.

9

»Was für eine Freude, dich zu sehen, Leobardo! Was hast du getrieben? Wo hast du gesteckt? Hast du die Ausstellung der Maler von der Grenze gesehen? Sie ist toll. Diese Jungs sind verrückt, verrückt, sage ich dir. Teufelskerle im Fieberwahn der Fantasie. Der reinste Wirbelwind von Bildern! Du musst unbedingt hingehen, dir ihre Bilder und die komischen Multimedia-Sachen ansehen, Installationen und so. Und was sie da präsentieren! Ohne Schamgefühl. Ohne jemanden um Erlaubnis zu fragen. Sie sind …«

»Maestro, ich wollte Ihnen …«, versuchte Leobardo ihn zu unterbrechen.

»Propheten in der Wüste. Wie ich sie beneide, Leobardo. Sie sind, wie soll ich es sagen, der lebendige Beweis dafür, lebendiger geht es kaum, dass José Vasconcelos sich geirrt hat. Der Norden ist nicht so, wie er behauptet. Wir sind nicht im Geringsten die Kultur der Grillsteaks und der Tortillas. Wir sind sensibel, wir denken. Wir sind ein neues Mexiko, die Zukunft der mexikanischen Nation, der modernisierende Spiegel des Vaterlandes. Tijuana ist das vortrefflichste Symbol für das Mexiko des kommenden Jahrhunderts. Die anderen Mexikaner müssen nur ihre Vorurteilsbrillen absetzen und uns sehen, wie wir wirklich sind: ein Schmelztiegel von Rassen und Völkern, eine Metropole, die mit riesigen Schritten auf eine reine, diamantene Zukunft zuschreitet, wie der große Seher Ramón López Velarde sagte, den …«

»Maestro Vizcaíno!«, unterbrach ihn Leobardo laut und schüttelte ihn dabei an der Schulter, um den Redefluss zu stoppen. »Ich möchte Ihnen Rechtsanwalt Miguel Ángel Morgado vorstellen. Er kommt aus Mexico City, um das Tijuana der Fünfzigerjahre zu erforschen.«

Professor Vizcaíno drückte daraufhin seinen Besuchern fest die Hand und lud sie ein, an seinem Tisch Platz zu nehmen. »Entschuldigen Sie. Manchmal geht der Gaul mit mir durch. Was möchten Sie wissen, Señor Morgado? Ich bin in den Fünfzigerjahren nach Baja California gekommen. Erst war ich in Mexicali, und dann hatte ich genügend gesunden Menschenverstand, nach Tijuana überzusiedeln. Ich habe es nie bereut. Das versichere ich Ihnen.«

»Nun, ich komme aus Mexicali.«

Professor Vizcaíno blickte betroffen drein. »Das tut mir Leid. Mein aufrichtigstes Beileid«, sagte er, betont traurig.

»Jetzt lebe ich in Mexico City«, erklärte Morgado. »Aber ich sehe nicht viele Unterschiede zwischen Mexicali und hier. Nur dass man in Tijuana das zirkulierende Geld sieht: an den Gebäuden, den touristischen Angeboten, den Dienstleistungen in den verschiedenen Gewerben.«

»Womit wir wieder beim Thema wären, der schwarzen Legende von Tijuana«, klagte Professor Vizcaíno. »Reiner Mythos. Auch wenn ich gestehen muss, dass ich zum Teil zu diesem düsteren Bild beigetragen habe. In einem Gedicht, das ich damals schrieb, sagte ich, Tijuana sei ›Beton-Kind / Kleinhandel mit Marihuana / betäubende Injektion … / Höhle der Fledermäuse … / durchgehendes Pferd / Hund, vergeblich / einen elektrischen Hasen / in der Nacht Mexikos / verfolgend‹. Und dann bat ich, dass unter allen …«

»Dazu wollte ich Sie befragen«, fiel ihm Morgado ins Wort. »Erinnern Sie sich an eine Kneipe in der Avenida Revolución namens El Tecolote?«

Professor Vizcaíno schaute gen Himmel und bemühte Erinnerung und Fantasie. Von einem Thema zum anderen zu springen, war seine Spezialität, solange es mit Tijuana zu tun hatte. »Ich kann mich an jede einzelne Kneipe erinnern, inklusive derjenigen, die Sie gerade genannt haben. Was wollen Sie wissen?«

»Was für Leute verkehrten da im Dezember 1951? Wer arbeitete dort? Wer könnte mir das Ambiente von damals und die Gäste beschreiben?«

»Nun«, antwortete Mister Tijuana, »zu dieser Zeit habe ich zwar noch nicht in Baja California gelebt, aber als Handlungsreisender war ich des Öfteren in diesen Gefilden unterwegs. Ich mochte es, mit den Mädchen zu tanzen, mir an der längsten Theke der Welt einen hinter die Binde zu gießen und über die Revo zu ziehen. El Tecolote zählte nicht zu meinen Lieblingskneipen. Es war ein drittklassiges Lokal mit billigen Getränken und einem Pianisten, der richtig guten Jazz spielte. Ich meine, für die damalige Zeit. Die Kneipe war immer voller Landarbeiter und Gringos. Viele Drogenabhängige. Dünn, ausgezehrt, mit blasser Haut und hervorstehenden Augen. Und viele Tagelöhner oder solche, die es werden wollten. Ich ging wegen der Musik hin. Und weil ich mir hin und wieder eine Amerikanerin an Land ziehen wollte.«

»Waren Sie bei der Schießerei am 8. Dezember 1951 dabei?«

Professor Vizcaíno schüttelte den Kopf. »Da haben wir es. Schon wieder die schwarze Legende. Nein. Gott sei Dank war ich nicht dabei. Aber ich habe davon erfahren, weil ich zwei Tage später in Tijuana angekommen bin, am Tag der Jungfrau von Guadalupe, den entsprechend zu feiern man hier nie verstanden hat. Und in Mexicali noch weniger, wenn Sie mich fragen.«

»Im Moment, Professor, interessiere ich mich für Tijuana. Wer hat Ihnen von den Ereignissen erzählt?«

»Wer? Nun, daran kann ich mich nicht erinnern. Wahrscheinlich habe ich in der Zeitung davon gelesen.«

»Am 12. Dezember haben die Zeitungen bereits nichts mehr über die Schießerei geschrieben. Es muss Ihnen einer aus Ihrem Kundenkreis erzählt haben.«

»Nein. Über solche Sachen wurde mit meinen Käufern nicht gesprochen. Das waren Leute, die in ihrer eigenen Welt lebten: Bücher, Zeitschriften, Lexika. Es müssen andere Freunde gewesen sein.«

»Die von der Revo?«, hakte Morgado nach.

»Ja. Ich werde mich schon noch erinnern. Seien Sie unbesorgt. Ich weiß sehr wohl noch, dass der Gringo, der häufig ins Tecolote ging und dem ich ein Lexikon Englisch-Spanisch verkauft hatte, der Tote war.«

»Haben Sie eine Idee, was mit den anderen Gringos passiert ist, die anwesend waren, als die Polizei kam?«, fragte Leobardo.

»Ideen habe ich viele, aber in diesem speziellen Fall nicht. Aber jetzt weiß ich, wer mir die Geschichte erzählt hat: der Pianist Cesarín Osuna. Er hat alles gesehen.«

»Lebt er noch?«, wollte Morgado sofort wissen.

»Unkraut vergeht nicht. Und gutes auch nicht. Schauen Sie mich an. Sie finden ihn mit seiner Mundharmonika an der Ecke Avenida Revolución und Cuarta. Er ist zuckerkrank. Er hat beide Beine verloren. Sie werden ihn leicht erkennen. Er fährt in einem gelben Rollstuhl herum. Sie können ihn nicht verfehlen. Auch wenn er ein alter Wüterich ist – immer wenn ich ihn treffe, gebe ich ihm ein Almosen. Wegen der alten Zeiten. Wegen Charlie Parker und dem unsterblichen guten Jazz. Wenn Sie ihn suchen, gehen Sie nach sieben Uhr abends dorthin. Vorher taucht er nicht auf. Und fassen Sie ihn mit Glacéhandschuhen an.«

»Hat er ein gutes Gedächtnis?«, fragte Leobardo misstrauisch.

»Für die Vergangenheit, ja. Für die Gegenwart, nein. Aber Sie beide interessiert doch die Vergangenheit. Für Cesarín sind die Fünfzigerjahre das goldene Zeitalter. Er lebt in dieser Zeit. Immer noch. Wie viele alte Männer aus Tijuana, die immer noch von den Hollywoodstars träumen. Von der Nacht, in der sie einen dieser Stars ins Bett gekriegt haben. Der Mythos. So einer ist Cesarín.«

»Und an wen denkt er da?«, fragte Leobardo, der sich für alles interessierte, was mit Hollywood-Babylon-Tijuana zu tun hatte. »An Rita Hayworth?«

»Um ehrlich zu sein«, erwiderte der Professor. »An Montgomery Cliff.«

»Jedem das seine«, sagte Morgado und dachte, dass Tijuana wirklich eine Kiste voller Überraschungen war.

»Und warum interessieren Sie sich so für El Tecolote?«, wollte Mister Tijuana wissen. »Da ist doch schon viel Wasser den Bach hinuntergeflossen, finden Sie nicht?«

»Und es wird noch weiteres fließen«, schloss Morgado, bevor er die Geschichte von Timothy Keller, dem flüchtigen Gringo, dem Phantomvater, erzählte.

10

Auf der Avenida Revolución herrschte reger Verkehr. Zwischen den Straßenhändlern und Kunsthandwerkverkäufern bewegten sich die amerikanischen Touristen nicht im Pulk, sondern in versprengten Grüppchen grölend und tanzend von einer Diskothek in die andere, von einer Bar in die nächste. Es hatte den Anschein, als wollten Alte wie Junge alle Hemmungen und Schüchternheiten ablegen. Sie sprangen herum wie Tänzer in einer heiligen Prozession, wie hypnotisierte Teilnehmer einer nächtlichen Zeremonie namens Vergnügen.

Leobardo verabschiedete sich vor dem Denny's in der Avenida Revolución von Morgado. »Ich habe noch ein Arbeitsessen«, erklärte er.

Morgado sah eine ungeduldig wartende Ava im Inneren des Restaurants, also sagte er nur: »Vielen Dank für alles. Sie waren ein exzellenter Stadtführer.«

»Wenn Sie noch etwas brauchen, rufen Sie mich morgen im Büro an. Ich bin dann dort.«

Morgado ging weiter seines Weges und musste feststellen, dass Professor Vizcaíno wusste, wovon er sprach. An der genannten Ecke saß ein Mann in einem Rollstuhl und spielte Mundharmonika.

»Mein Name ist Ángel Morgado«, stellte er sich ihm vor.

»Und meiner *give me the money.*«

Morgado blieb nichts anderes übrig, als einen Zwanzig-Dollar-Schein aus der Tasche zu ziehen und in das Kistchen zu werfen, das ihm der Musiker hinhielt. »Ich will mit dir sprechen.«

Der Musiker begutachtete den Schein von allen Seiten. »Bist du Polizist?«

»Nein. Ich komme von Professor Rubén Vizcaíno Valencia.«

»Dieser Mistkerl! Was willst du? Ich habe nichts für dich. Ich bin ein durch und durch ehrenwerter Mann. Lass mich arbeiten!«

Morgado legte seine Hand auf den Rollstuhl, um zu verhindern, dass der Musiker abhaute. »Ich will, dass du mir etwas erzählst, was vor langer Zeit geschehen ist. 1951, im Dezember 1951, im El Tecolote. Du hast dort Klavier gespielt. Du warst bei der Schießerei dabei und hast gesehen, wie sie einen Gringo getötet haben. Alan Brod war sein Name. Du ...«

Der Musiker schaute ihn mit weit aufgerissenen Augen an, so als wäre die Vergangenheit, seine Vergangenheit, aus einem verfallenen, verlassenen Grab gestiegen, um ihn mit alten Erinnerungen zu konfrontieren. »Ja, ja«, sagte er. »Ich war da. Und? Ich war an vielen Orten. Ich habe viele Kämpfe gesehen. Viele Waffen und viele Tote. Und?«

»Erzähl mir von dieser Schießerei. Erinnerst du dich?«

»Vielleicht«, stammelte der Musiker, Morgados Blick ausweichend.

Dieser zog einen Fünfzig-Dollar-Schein aus der Tasche. »Der gehört dir, wenn du mir eine glaubwürdige Geschichte erzählst.«

»Was hast du davon?«, fragte der Musiker.

»It's my business, brother«, erwiderte Morgado. »Und deins ist es, fünfzig Mäuse zu verdienen, indem du den Mund aufmachst ... und mir die Wahrheit sagst.«

Neben Morgado ertönte eine Stimme. »Irgendein Problem, Cesarín?« Sie gehörte einem korpulenten Jungen im gestreiften Hemd, der den Hotdog-Stand an der Ecke betrieb.

»Nein«, sagte der Musiker, »alles unter Kontrolle. Pass auf meinen Platz auf! Ich bin gleich wieder da.« Und zu Morgado sagte er laut: »Bring mich zum Parkhaus an der Cuarta, einen halben Block von hier. Dort reden wir.«

Morgado schob den Rollstuhl, auf dessen Rücken stand: *Cool, Man, Cool.* Das Parkhaus war geschlossen, aber über die Fußgängerrampe gelangte man in den Kassenraum.

»Hier ist es gut.«

Morgado hörte auf zu schieben.

»Rauchst du?«, fragte Cesarín kokett.

»Nein.«

»Das ist schlecht. Bei uns ist ein Musiker, der nicht raucht, alles, aber kein Musiker.«

»Kommen wir zum Punkt. Erinnerst du dich an die Sache im El Tecolote oder nicht?«

»Ich erinnere mich, *amigo.* Warum so eilig?«

Morgado sah sich um. Der Ort gefiel ihm nicht. »Wenn ich etwas nicht habe, dann Zeit«, erwiderte er.

»Und ich noch weniger. Ich bin fünfundsiebzig Jahre in diesem Geschäft, und schau mich an! Jetzt bin ich die Hälfte von dem, was ich war. Mit hundert werde ich nur noch ein Viertel sein.« Cesarín lachte über seinen eigenen Scherz. Morgado schaute sich erneut um. Er konnte keinen anderen Fluchtweg als die Rampe entdecken. »Schon gut. Wie du meinst«, sagte der Musiker. »Aber das war nicht wichtig. Eine ganz gewöhnliche Schießerei. Ich spielte gerade etwas von Gershwin, da kamen die Gringos und setzten sich neben Alan. Der arme Junge. Er hatte mir neue Jazz-Platten aus Kalifornien mitgebracht.«

»Was machte Alan?«

»Das solltest du eigentlich wissen. Alles und nichts. Schmuggel im kleinen Stil. Drogen, wenn er Glück hatte. Dieses Mal hatte er keins. Die beiden Gringos, die dazukamen, waren ganz anders. Einer sah total verlebt aus. Der andere nicht. Der wirkte wie ein Fremdkörper. Sehr formell. Sehr steif. Man sah ihm an, dass ihm das Lokal nicht gefiel. Und ich spielte weiter Gershwin. Der Verlebte, high, holte aus einer Schachtel, die er unter dem Arm trug, eine Puppe hervor und gab sie Alan. Ich hörte, wie er sagte: ›Die ist für die Tochter von Omar, dem Panamesen.‹ Und Alan freute sich. Seine Augen strahlten, der Arme. Der andere wollte ihm noch eine kleinere Schachtel geben, aber Alan hörte nicht auf, die Puppe zu tätscheln. Der Steife wurde ungeduldig, und damit er nicht weiter störte, gab Alan ihm die Schlüssel seines Autos, das hinter dem El Tecolote abgestellt war. Ich weiß es, weil er immer neben meinem parkte, einem weißen Cadillac, Baujahr 1948. Ja, ich hatte Cadillacs, *amigo.* Damit du dir ein Bild machen kannst.«

»Und dann?«, fragte Morgado ungeduldig.

»Soll ich dir die ganze Geschichte erzählen? Also, der Steife geht durch die Hintertür, ich glaube, um die Schachtel ins Auto zu legen, und währenddessen umarmten sich die beiden Gringos da vor aller Augen, mit der Puppe dazwischen. Umso schlimmer. Aber niemand, nicht einmal ich, der ich damals so aufgeweckt war, kapierte, was das war: ein vereinbartes Zeichen, damit die Polizei den naiven Alan schnappte. Der Dummkopf wollte mit allem fliehen. Sie umzingelten ihn. Und dann tat er das Dümmste, was er machen konnte: Er zog die Pistole, die er am Gürtel trug, und ließ sich von drei Polizisten niedermähen. Wenn du das Blutbad gesehen hättest! Sie brauchten zwei Tage, bis sie die Lache entfernt hatten. Und ich spielte weiter Gershwin, *Rhapsody in Blue.* Ein Trauerspiel.«

Morgado kramte Timothys Foto hervor und zeigte es dem ehemaligen Pianisten. »Ist das der steife Gringo, von dem du sprichst?«

Cesarín zwinkerte im Halbdunkel. »Ich kann ihn kaum erkennen. Aber ja. Das ist er.«

Da hielt Morgado ihm das Gruppenfoto mit Dave Tercerero hin und zeigte mit dem Finger darauf. »Und ist das der fertige Gringo?«

»The same.«

»Und was ist mit dem Judas passiert? Was tat er, nachdem die Polizei Alan getötet hatte?«

»Er schickte sie hinaus, um den Steifen zu schnappen. Aber der war nicht dumm und machte sich mit Alans Auto aus dem Staub, als er die Schüsse hörte. Wir haben nie erfahren, was aus ihm geworden ist. Mit dem Verräter war das anders. Alans Leute haben ihm Wochen später den Garaus gemacht.«

»Und die Puppe?«

»Hochschwanger. Voll mit panamesischem Heroin. Sogar ich hatte was davon.«

»Hast du sie nach der Schießerei aufgehoben?«

Der Musiker lachte schallend auf. »Bist du blöd? Nach drei Tagen haben die Polizisten das Heroin in Tijuana unter die Leute gebracht. Es war der Hammer. Es haute richtig rein.«

»So wie das«, sagte dieselbe dröhnende Stimme, die Morgado zuvor schon gehört hatte.

Der Detektiv konnte dem ersten Schlag ausweichen, aber der zweite traf ihn an der Schulter. Der Knüppel des Hotdog-Verkäufers war lang genug, dass Morgado nicht an ihn herankam, es sei denn, er riskierte, verletzt zu werden.

»Los! Schaff ihn dir vom Hals!«, schrie der Musiker.

Morgado fasste an seinen Gürtel und trat in das Innere des Parkhauses zurück. Der Junge stürzte sich auf ihn und versuchte ihn in der Dunkelheit nicht aus den Augen zu verlieren. Morgado ließ ihn vorbei und versetzte ihm mit dem Metallteil, das er aus seinem Gürtel geholt hatte, einen Schlag auf den rechten Arm. Der Junge ließ den Knüppel fallen. Morgado nutzte die Gelegenheit, gegen seine Beine zu treten und ihn zu Fall zu bringen. Ohne seinen Verfolger kehrte er zu Cesarín zurück.

»Verdammter Schwachkopf!«, rief der Musiker. »Er taugt nicht einmal für eine Abreibung.«

Morgado ging an ihm vorbei und verließ das Parkhaus. Auf der Straße hörte er Cesaríns Stimme: »Und meine fünfzig Dollar? Scheißhauptstadtprolet, ich habe meinen Teil erfüllt.«

Morgado hielt am Hotdog-Stand an. Ein kleines Mädchen bediente ihn ein wenig linkisch. »Wo ist denn der Besitzer?«

»Ist kurz weg. Kommt gleich zurück.«

»Und der Mann im Rollstuhl?«

»Ist auch kurz weg. Er muss gleich wieder da sein.«

Er holte den Fünfzig-Dollar-Schein wieder hervor und reichte ihn dem Mädchen. »Einen Hotdog, bitte.«

»Ich habe kein Kleingeld.«

Morgado kümmerte das nicht. Er nahm seinen Hotdog und packte genau die Menge an Ketchup, Senf, Tomaten und Zwiebeln drauf, die er schon als kleiner Junge gerne gemocht hatte.

»Behalt das Wechselgeld«, sagte er und marschierte fröhlich von dannen, wie ein Tourist unter den blinkenden Lichtern der Avenida Revolución.

11

»Wie geht es dir, Gringo?«

»Besser als dir, Morgado«, erwiderte Harry Dávalos, FBI-Agent, Ex-Agent der DEA, Freund und Feind.

In der Cafeteria des Hotel Lucerna zeigte die Uhr zehn nach neun abends an.

»Und wie läuft es in Mexico City?«

»Gut. Wir sind kurz davor, den ersten Platz für öffentliche Demonstrationen im Guinness-Buch der Rekorde zu erobern. Und in Los Angeles?«

Harry Dávalos machte eine Geste mit der Hand, die besagen sollte, wie immer. »Weder gut noch schlecht«, antwortete er.

»Und die Erdbeben?«

»Die weißen Herrenmenschen sagen, noch drei Beben dieser Größenordnung, und das Problem der Illegalen in Kalifornien hat sich erledigt. Viele Mexikaner sind geflohen.«

»Auch viele Weiße.«

»Komm, Morgado. Heute komme ich mit der weißen Fahne. In friedlicher Mission.«

»Das haben sie auch zu Geronimo gesagt, und du siehst, wie es ihm ergangen ist.«

»Und ihr Mexikaner sagt das zu den Indios von Chiapas«, konterte Harry, »und du siehst, wie es ihnen ergeht. Ihr lernt auch nichts dazu. Und du am allerwenigsten, nicht wahr?«

Morgado musste anerkennen, dass dem so war. Für jede Lektion, die er gelernt hatte, fiel er in drei anderen durch. Also wechselte er schnell das Thema. »Magst du Tijuana, Harry?«

»Mehr als dein Mexicali, ja. Aber ich würde hier nicht arbeiten wollen. *Schlipfriges* Terrain.«

»Schlüpfriges.«

»Meine ich ja. Du kannst niemandem vertrauen. Und die Lage gerät hier leicht außer Kontrolle. Tijuana ist Wasser zwischen den Händen. Du versuchst es zu fassen, und es läuft dir davon.«

»Man hat mir versichert, die Stadt sei auf dem aufsteigenden Ast, ein Industrie- und Wirtschaftszentrum, die Stadt der Zukunft.«

»Ja. Aber man hat dir nicht gesagt, welche Industrien hier am meisten blühen. Nur ein paar: Industriespionage und Giftmüll, Religionen und Kulte, von der Kirche des gekreuzigten Außerirdischen bis hin zum kosmischen Vampir. Dazu Organhandel, Waffenschmuggel und Mietkiller und natürlich die ehrwürdigsten von allen: Fluchthilfe, Drogenhandel und Prostitution im ganz großen Stil. Das alles macht Tijuana zu einem gewichtigen Faktor auf dem weltweiten Kapitalmarkt. Das musst du sehen. Tijuana ist das Las Vegas der Dritten Welt. Das erste Experiment dieser Art, zusammen mit Shanghai und Marseille. Hier wird dir nie langweilig.«

»Und unsere Geschichte, Harry?«

»Unsere? Es ist wohl eher deine.«

Harry holte ein Papier hervor und übergab es Morgado. Der faltete es auf und las die Informationen: »Alan Brod Jenkins, geboren in Tucson, Arizona, 19. Januar 1916. Gestorben bei einem Schusswechsel in Tijuana, am 8. Dezember 1951. Kleindealer. Bagatelldiebstähle. Verbindung mit radikalen Gruppen im Gebiet San Francisco. Gehörte nicht der Kommunistischen Partei an. War Teil des panamesischen Heroinringes. Von 1949 bis 1951.«

»Das ist aber spärlich.«

»Man kann dir nur das geben, was du sehen darfst. Und nur weil ich ein gutes Wort für dich eingelegt habe.«

»Bestell noch ein Bier, Harry. Für den großzügigen Gefallen, den du mir getan hast.«

Morgado las weiter: »Dave Tercerero. Händler und Verteiler in den Vereinigten Staaten, Mexiko und Mittelamerika. Gehörte zum panamesischen Heroinnetz. Informant der mexikanischen Polizei und des FBI. Er starb am 20. Dezember 1951 in Tijuana. Ermordet in seinem Hotel. Der Täter wurde nie ermittelt. Schleuste sich in den Vierzigerjahren in radikale Gruppen ein.«

Und schließlich tauchte das Gespenst auf: »Timothy Keller. Geboren in San Francisco 1924. Aus der Army desertiert. Des Raubes überführt. Steht in Verbindung mit dem Tod von Alan Brod und Dave Tercerero. Wurde 1951 zu zwanzig Jahren Gefängnis wegen Drogenhandels verurteilt. Das Urteil wurde in eine zehnjährige Haftstrafe umgewandelt, nachdem er zuvor mit dem FBI zusammengearbeitet hatte. Derzeitiger Wohnsitz: 547 Magnolia Street, La Jolla, Kalifornien. Heutiger Name: Thomas Kaul. Alle vorhergehenden Daten sind vertraulich.«

Harry zog Morgado den Zettel aus den Händen und zerriss ihn in tausend Einzelteile. »Ich hoffe, du hast ein gutes Gedächtnis«, sagte er.

»Du kannst ganz beruhigt sein.«

»Bist du mit dem FBI-Express-Heimlieferservice zufrieden?«

»Das bin ich. Mein Phantom ist ein Informant der Regierung, ein Spion. Ganz schön viele Masken, nicht wahr?«

»Die üblichen, Kollege.«

Harry setzte sein freundlichstes Lächeln auf. Morgado tat dasselbe. Zwei einsame Steppenwölfe vor ihrem Bier. Zwei Freunde, die vergeblich versuchten, aufrichtig zueinander zu sein.

12

Es war ein ruhiges Gebiet, mit riesigen Häusern hinter hohen Mauern. Nur wenige Fußgänger waren auf den sauberen, gepflegten Bürgersteigen unterwegs. Dafür sah man umso mehr Fahrräder und langfellige Hunde. Kein Einkaufszentrum in der Nähe, und auch keine Fastfood-Restaurants. Morgado fühlte sich hilflos, als er keinen Jack in the Box und keinen McDonald's ausmachen konnte. Er hätte sich ja auch mit einem Wendy's zufrieden gegeben. Anscheinend hatte hier die Privatsphäre die Schlacht gegen den Kommerz gewonnen. Aber das sah nur so aus. Überall waren winzig kleine, auf exotische Speisen spezialisierte Restaurants: thailändisch, indisch, jemenitisch, jüdisch oder persisch.

Leobardo fuhr sein Auto, das ebenso mit Zeitungen, CDs, Videokassetten und Zeitschriften voll gestopft war wie sein Büro, zur Nummer 547 der Magnolia Street. Das Haus war beeindruckend. Ein Holztor und eine zwei Meter hohe, schneeweiße, kahle Mauer. Morgado stieg aus und klingelte an der Festung. Leobardo gesellte sich zu ihm, und da standen sie nun wie zwei Obdachlose in Erwartung eines Aktes der Barmherzigkeit.

Das Wunder schien konkret Gestalt anzunehmen, als ein blonder junger Mann mit langen Haaren und einem Surfbrett unter dem Arm durch das Tor kam. Als er die beiden sah, ging er in Verteidigungsstellung und hielt das Surfbrett wie einen Schutzschild hoch. »*What do you want?*«, fragte er gespielt wütend.

Leobardo überraschte den Surfer ebenso wie Morgado, als er in feinstem Oxford-Englisch antwortete: »*We are members of the* Tijuana Metro *magazine. We'd like to talk to Mister Thomas Kaul. He is waiting for us. Could we pass, please?*«

Der Surfer schaute ein wenig unentschlossen, trat dann aber zur Seite. »*The old man is in the swimming pool. In the south corner of the house*«, instruierte er sie im Hinausgehen.

Morgado und Leobardo betraten den äußerst gepflegten Garten und folgten den Anweisungen. Aber noch bevor sie zum Pool kamen, hatten sie plötzlich freie Sicht auf die Bucht von San Diego. Sie blieben einen Moment stehen und betrachteten das silbrige Meer mit den hohen, gefährlichen Wellen, dem Magellan trotzig den Namen Pazifik gegeben hatte.

Als sie sich vom Zauber des Ozeans losreißen konnten, gingen sie über einen Betonweg zum Pool hinunter: ein bläuliches Oval, an dem ein alter Mann in einem schwarzen Bademantel und Sandalen saß.

»*Are you Mister Thomas Kaul?*«, fragte Leobardo.

Der Mann hob die Hand zum Gruß, als wären sie uralte Freunde.

»*Do you speak Spanish, Mister Kaul?*«, fragte Morgado, und ging auf ihn zu.

»Ja«, erwiderte der alte Mann, und als sie fast vor ihm standen, zielte er mit einer Pistole auf sie. »Keine Bewegung. *Don't move, amigos.*«

Drei ebenfalls bewaffnete Männer kamen aus dem Haus und filzten sie sorgfältig von Kopf bis Fuß.

»Echte Profis«, stellte Morgado fest.

»*Nothing, Mister Kaul*«, sagte der Kräftigste von den Bodyguards. »*They are clean.*«

Der alte Mann nahm die Pistole herunter und setzte sich wieder hin. »Wer hat Sie ins Haus gelassen?«, fragte er.

»Ein Surfer«, sagte Leobardo.

»Mein Sohn!«, explodierte der alte Mann, als hätte er sich das schon gedacht. »Mein dummer Sohn!«

Morgado holte seine Brieftasche heraus und zeigte ihm die mitgebrachten Fotos. »Erkennen Sie diese Leute, Mister Keller?«

Der alte Mann schaute auf und blinzelte verwirrt. Aber seine Selbstbeherrschung sorgte dafür, dass er nicht die Deckung herunternahm. Es zitterten ihm nicht einmal die Hände, als er die Fotos eines nach dem anderen ansah. »Der da bin ich«, flüsterte er, »vor langer, vor allzu langer Zeit.«

»Deshalb sind wir hier«, erklärte Morgado. »Um von anderen Zeiten zu sprechen.«

Der alte Mann nickte. Aber in seinem Blick lag immer noch Argwohn. »Wie sind Sie auf mich gekommen? Wie haben Sie mich gefunden?«

»Die Regierung Ihres Landes hat mir geholfen. Das FBI.«

Diesmal war Mister Kaul wirklich erstaunt. Er musterte den Rechtsanwalt voller Respekt. Morgado war jetzt kein Eindringling mehr, sondern Teil einer verschworenen Bruderschaft. »Sie sind ein sehr wichtiger Mann in Ihrem Land, oder?«

»Nicht gerade sehr wichtig. Aber sehr neugierig.«

Der alte Mann forderte sie mit einer Geste auf, sich zu ihm ans Becken zu setzen. »Trinken. Was wollen Sie trinken?«, fragte er.

»Wodka«, sagte Leobardo.

»Zwei Wodkas«, fügte Morgado hinzu.

»Womit kann ich dienen? Wie kann ich helfen?«, fragte der alte Mann.

»Ich bin Rechtsanwalt«, hob Morgado an.

»Offensichtlich.«

»Ein Sohn von Ihnen, ein Sohn aus Ihrer Ehe mit Carmen Padilla, hat mich angeheuert, um Ihren Aufenthaltsort herauszufinden. Alles, was ich wusste, war, dass Sie im Auftrag des Schriftstellers William Burroughs nach Tijuana gekommen waren und dass …«

»Schön langsam, *amigo*«, stoppte ihn der Alte, als der Diener mit den Getränken kam.

»Und dass Sie nach einem Schusswechsel im El Tecolote in Tijuana im Dezember 1951 verschwunden sind«, fuhr Morgado fort. »Und dass Sie sich nie mehr bei Ihrer Familie in Mexiko gemeldet haben.«

»Er, dieser Sohn, hat lange gebraucht, mich zu finden.«

»Sie haben Ihre Spuren sehr gut verwischt, Mister Keller.«

Der alte Mann schüttelte heftig den Kopf. »Mister Keller war einmal. Nennen Sie mich Mister Kaul. Ich bin Thomas Kaul. So heiße ich jetzt.«

Morgado schwieg einen Moment. Erst als er bemerkte, dass der alte Mann sich beruhigt hatte, sprach er weiter: »Ihre mexikanische Frau und Ihr Sohn hatten nicht das Geld, um großartig Ermittlungen anzustellen.«

»Und jetzt haben sie es? Sie sind jedenfalls hier, nicht wahr?«

»Nein. Meine Arbeit wird sie nicht viel kosten.«

»Wie? Keine Kohle?«

»Neugier. Der Wunsch, die Wahrheit herauszufinden. Das ist mein Lohn. Ich bin gekommen, um Ihnen eine einzige Frage zu stellen: Warum?«

»Warum ich von jetzt auf nachher abgetaucht bin? Ist das Ihre Frage?«

»Ja. Was ist geschehen, dass Sie eine so radikale Entscheidung getroffen und Ihre Familie zurückgelassen haben?«

Der alte Mann tauchte einen Fuß in das Wasser des Schwimmbeckens und schüttelte ihn in der Luft aus. Er will Zeit gewinnen, dachte Morgado. »Ich wusste nicht … ich wusste nicht, dass ein Kind unterwegs war. Sie hat mir nichts gesagt. Für mich war sie eine Freundin, eine Geliebte auf Zeit. Sie verstehen das, oder? *Beautiful*, das Fräulein. Ich habe nie vorgehabt, in Mexiko zu bleiben. Nur ein paar Monate, so lange wie ich brauchte, um das Geschäft anzuleiern.«

»Was für ein Geschäft?«, fragte Leobardo argwöhnisch.

»Ich war Alan Brods Partner. Ich gab vor, Lehrer am Mexico City College zu sein, aber in Wahrheit war ich Drogenverteiler. Ich war damals jung, und alles erschien mir leicht, so leicht, dass ich die Gefahr nicht erkannte.«

»Dave Tercerero?«

»*Yes. Son of a bitch.* Ich habe ihn über meine panamesischen Freunde kennen gelernt.« Die Stimme des Alten war deutlich von Zorn und Bitterkeit geprägt.

»Und Burroughs?«, fragte jetzt Leobardo.

»Er schuldete uns viel Geld, und er war prominent, nachdem er seine Frau getötet hatte. Er hätte nach Tijuana gehen sollen. Er wollte eine Ranch an der Grenze kaufen und wie ein Mexikaner leben.« Der alte Mann hatte jetzt abgehoben und lebte wieder ganz im Jahr 1951. »Burroughs konnte nicht aus der Hauptstadt weg. Und ich musste die Reise machen. Mein Pech. Dave wartete an der Grenze auf mich. Ich sollte der Partner sein. Was er nicht wusste, war, dass Alan und ich schon vorher Partner waren. Und Alan hat die Falle gerochen. Deswegen hat er mir seine Autoschlüssel gegeben. Wissen Sie das? Wie ich aus dem El Tecolote fliehen konnte? Wie sie ihn getötet haben?«

»Ja. Das weiß ich«, sagte Morgado.

»*Good.* Er starb. Ich lebte. Aber im Gefängnis. Eine Woche nachdem ich die Grenze überschritten hatte, haben sie mich geschnappt. Sie haben mich zu zwanzig Jahren verurteilt. Ein Urteil, das zum Himmel stank. Aber ich legte Berufung ein. Sie verkürzten die Strafe auf vierzehn Jahre. Nach zehn Jahren war ich draußen. Ich kam mit hundert Dollar ins Gefängnis und mit drei Millionen wieder hinaus. Das Gefängnis ist die beste Geldanlage von allen. Ich bin der Beweis. Noch Fragen, *Mister Lawyer?*«

Morgado ließ die Eiswürfel in seinem Glas klirren. »Wer ist auf den Gedanken mit der Puppe gekommen?«, fragte er.

»Dave. Wer sonst? Er hatte was übrig für solche Sachen. Und ich, jung und dumm, wie ich war, sah nicht, dass sie bei dem Hinterhalt das Zeichen war. Damals habe ich viele Dinge nicht gesehen. Jetzt ist das anders.«

»Und Burroughs' Päckchen für Alan? Was war darin?«

Der alte Mann starrte auf das friedliche Wasser seines Schwimmbeckens. Das Blau schien ihn zu beruhigen. »Burroughs' Päckchen«, murmelte er vor sich hin. »Da habe ich gar nicht mehr dran gedacht.

Alan hat es gar nicht zu Gesicht bekommen. Es war ihm wichtiger, dass ich gerettet wurde. Danach hat Dave nicht lang genug gelebt, um zu … wie heißt es?«

»Prahlen«, bemerkte Leobardo.

»Ja. Prahlen.«

Dann wandte er sich an einen seiner Leibwächter: »Bring mir die blaue Schachtel aus der Bibliothek. Neben der Apollostatue. Schnell!«

»Die Zeitungen berichteten, es sei ein harter Schlag für den Drogenhandel gewesen und es habe monatelang kein Heroin in Tijuana gegeben«, fuhr Morgado fort. »Aber ein Mann, der an jenem Abend im El Tecolote war, behauptet, die mexikanische Polizei habe es verkauft, direkt, ohne Strohmänner.«

»Sie haben es über Tercerero verkauft«, erinnerte sich der Alte sofort, »darin war er Experte. Aber während er seinem *business* nachging, haben ihm Freunde von mir meine Botschaft überbracht.«

»Eine sehr finale Botschaft«, bemerkte Morgado.

»Ich habe ihn nur für seine Dienste bezahlt. Ein Geschenk.«

Der Leibwächter kam mit einer kleinen Schachtel und übergab sie Mister Kaul.

»Hier ist sie«, sagte er und reichte sie Morgado.

»Kann ich sie aufmachen?«

»*Yes.* Hin und wieder habe ich einen Blick hineingeworfen.«

Morgado hob den Deckel und legte ihn auf den Boden, dann untersuchte er den Inhalt. Ein ganzer Stoß vergilbter, mit Maschine geschriebener Seiten. Auf der ersten stand der Titel eines Werks: *Junkie.* Und darunter der Name des Autors: William S. Burroughs. Und ein Spitzname: *The Outlaw.*

»Ich habe die Geschichte oft gelesen«, sagte der Alte mit einem Hauch von Wehmut. »Immer wenn die Geschäfte schlecht liefen oder ich Probleme hatte, habe ich das gelesen, und dann fühlte ich mich besser. Jetzt läuft alles gut.«

»Warum?«, fragte Morgado.

»Weil ich genau das hätte werden können: ein Junkie. In diesem Geschäft, wenn so viel Ware durch deine Hände geht, ist die Versuchung groß. Die Gefahr, genauso zu werden wie deine Kunden, steigt mit jedem Verkauf, den du tätigst. Es ist ein enormer Druck. Eine Last. Und zu lesen, wie es ist, in dieser Hölle zu leben, hilft dagegen.«

»Aber Höllen verkaufen, das können Sie, Mister Kaul«, attackierte Morgado ihn.

»Nicht mehr. Jetzt sind all meine Geschäfte legal. Gute Investitionen. Nichts mit Drogen. *Nothing.* Das ist vorbei.«

Morgado glaubte nicht ein Wort von dem, was der alte Mann erzählte. Dieser Puritaner, der billiges Vergnügen verkaufte, das man am Ende nicht selten mit dem Leben bezahlte.

»Aus dem *business* bin ich draußen«, fügte der Alte hinzu. »Ich schenke Ihnen diese Schachtel samt Inhalt.«

Morgado wollte das Angebot zurückweisen, aber Leobardo kam ihm zuvor. »Danke. Sehr freundlich von Ihnen.«

»Wars das?«, fragte Mister Kaul und zeigte offen, wie ihn die Anwesenheit der beiden Besucher langweilte.

»Waren Sie mal Kommunist?«, fragte Morgado, als er sich erinnerte, was ihm Güero von seinem Vater erzählt hatte.

Der alte Mann lächelte verschlagen. »Fragen Sie doch das FBI, zu dem Sie so gute Beziehungen unterhalten. Noch was?«

»Ja«, sagte der Rechtsanwalt. »Wollen Sie Ihrer Familie in Mexiko etwas ausrichten?«

Der alte Mann stand auf und winkte den Kellner zu sich. Der kam mit einem Klapptischchen mit Papieren und Scheckheften auf ihn zu. Der alte Mann schlug eines davon auf und nahm einen goldenen Füllfederhalter. »Sind hunderttausend Dollar in Ordnung?«, fragte er.

Als der Scheck unterzeichnet war und er wieder aufsah, sah er, wie die beiden Mexikaner über den Betonweg auf das Tor zugingen.

»What's wrong, Mister Lawyer?«, rief er.

Morgado machte sich nicht einmal die Mühe, stehen zu bleiben und ihm eine Antwort zu geben.

»Scheiß-Mexikaner!«, klagte der Alte. »Ich mag die Kerle nicht.«

Und als er an die von Morgado überbrachten Informationen dachte, platzte es aus ihm heraus: »Ich habe keine mexikanische Familie! Lügen, alles Lügen!«

Nachdem er sich beruhigt hatte, fand Mister Thomas Kaul, ehemals Timothy Keller, die Fotos aus seiner Jugend, die Morgado neben seinem Wodkaglas liegen gelassen hatte. Sofort zerriss er sie mit schmerzlicher, unbezwingbarer Wut. »Ich bin das nicht«, krächzte er. »Ich bin nicht Timothy! Nein!«

»Was willst du mit der Schachtel?«, fragte Morgado.

»Es ist ein Original von Burroughs«, erwiderte Leobardo, überrascht von der Frage des Rechtsanwalts. »Es ist sehr wertvoll. Wie eine Inkunabel.«

»Was ist so toll an der Geschichte eines Drogensüchtigen?«

Leobardo setzte das Gesicht eines Professors vom Ibero-Institut auf, der sich die albernen Reden eines geistig zurückgebliebenen, aber aus reicher Familie stammenden Jünglings anhören muss. »*Junkie* ist, damit dus weißt, der erste Roman, den Burroughs 1952 veröffentlicht hat. Es war ein voller Erfolg. Zum ersten Mal wird in der Literatur der Versuch gemacht, das Leben eines Drogensüchtigen ohne erhobenen Zeigefinger oder Schuldzuweisungen zu schildern. Es ist wie die Geschichte eines journalistischen Beobachters, der in die Hölle geht und notiert, was er dort sieht und erlebt.«

»Eine Art ›So bin ich eben, und?‹«

»Darin war Burroughs ein Pionier, aber so einfach ist es nicht. Er war einer der Ersten, die das Leben als Horrortrip betrachteten und nicht wegschauten, und er hat auch nicht klein beigegeben, als er unter der Knute seiner eigenen Dämonen leben musste.«

»Sehr poetisch, was du da sagst«, erwiderte Morgado. »Du hattest ja auch kein Wasserglas auf dem Kopf und einen Schuss mitten in den Schädel bekommen wie Joan, seine Frau.«

»Nein, aber …«

Morgado ließ sich nicht unterbrechen: »Wie schön deine Worte klingen: Horrortrip, Gewalt, Dämonen. Aber die Worte bleiben nicht immer auf dem Papier, verschlossen in einer Schachtel. Ich habe gesehen, wie diese Ideen in Männern und Frauen leibhaftig wurden. Die einen töteten, und die anderen wurden getötet. Ich selbst habe die Stimme dieser Dämonen vernommen, mein Freund, und du weißt nicht, wie aufregend es ist, zu tun, was sie verlangen. Die Lust, der Schmerz, der Ekel, den man empfindet, alles auf einmal.«

Leobardo hielt am Taxistand vor dem Hotel Lucerna. »Das Perverse ist auch ein Teil der menschlichen Natur«, sagte er. »Aber das ist nicht das Entscheidende. Burroughs war ein echter Bahnbrecher, ein Mann ohne Verstellung und Heuchelei. Kein verlogener Geschäftsmann wie Mister Kaul, sondern ein Christoph Kolumbus, der die verbotenen Territorien des menschlichen Geistes entdeckte. Er hat sich dorthin aufgemacht und ist zurückgekehrt, um davon zu erzählen. Das ist das Positive an ihm.«

»Kein Zweifel«, sagte Morgado. »Und ich zweifle auch nicht am literarischen Wert von Burroughs. Außerdem hat er in diesem Fall niemandem etwas Böses getan. Er wollte nur eine Kopie seines fertigen Romans an einen Freund schicken. Und dieser Freund hatte nie Gelegenheit hineinzuschauen. Denk daran.«

»Aber ich werde diese Gelegenheit haben. Es ist eine Ehre, ihn im Original lesen zu können.«

Morgado stieg aus dem Auto und drückte dem Chefredakteur von *Tijuana Metro* die Hand. »Grüß mir Professor Vizcaíno und die gute Ava. Sag ihnen, mit Leuten wie euch gibt es Rettung für Tijuana.«

»Auch ohne uns gibt es Rettung für Tijuana. Sei nicht so pessimistisch, wir Tijuaner können schon auf uns selbst aufpassen. Und was machst du jetzt? Was ist mit deinem Mandanten?«

Morgado wollte keine passende Antwort einfallen. »Ich weiß nicht«, sagte er. »Ich werde ihm wohl die Wahrheit sagen müssen. Das ist das wenigste, was ich für ihn tun kann. Ich werde ihm auch die Adresse seines Vaters geben, falls er ihm schreiben oder das Geld haben will. Weißt du, das Schlimmste von allem ist, dass dieser alte Gringo nicht einmal nach dem Namen seines Sohnes gefragt hat oder danach, wie er ist, was er so macht. Nichts. Nicht ein Funken Interesse für seine *Mexican family.*«

»Glaubst du wirklich, dass der Sohn dieses verdammte Almosen annehmen wird?«, fragte Leobardo.

Morgado dachte an Alfonso Keller Padilla, einen erstklassigen Kunsttischler, und ihm wurde klar, dass El Güero auch ohne den

Schutz der Legende vom Vater leben konnte. Er wird im Freien stehen. Er ganz allein, mit seiner verletzten Würde. Aber er ist kein kleines Kind mehr und kann vom Boden aufstehen und sein Leben selbst in die Hand nehmen. Ohne den Schatten seines Vaters.

»Die Wahrheit lässt sich nicht aushandeln«, erwiderte er. »Er wird wissen, wie er damit umzugehen hat.«

Morgado sah auf die Uhr an der Empfangstheke. Den Abendflug könnte er noch erwischen. Wenn er gleich packte, könnte er noch am selben Abend in Mexico City landen.

Das Mädchen an der Rezeption übergab ihm eine Nachricht, als er um seinen Zimmerschlüssel bat. Sie kam von dem Jungen aus dem Stadtarchiv: »Kein Dokument gefunden. Nach Informationen des ältesten Angestellten des Archivs wurden alle Dokumente vor mehr als zehn Jahren verbrannt. Auf Anordnung von oben. Tut mir Leid.«

Die Schiffe verbrennen wie Cortés, dachte Morgado, die Vergangenheit einäschern, um sie nach unserem Gusto neu zu erschaffen, damit das Verbrechen in Vergessenheit gerät und die Geschäfte weiterlaufen. Erde auf unsere Toten zu schütten, zu begraben, was uns unangenehm ist, darin sind wir Spitze.

13

»Wohin solls denn gehen?«, fragte der Taxifahrer des Hotels beflissen.

»Zum Flughafen«, antwortete Morgado.

Sie waren kaum ein paar Blocks gefahren, als sie Sirenengeheul vernahmen.

»Wozu all die Streifenwagen?«, wollte der Rechtsanwalt wissen.

»Irgendein Streit unter den Cholos. Das kommt ständig vor. In den Slums hier gibt es viele Prügeleien. Oder der Kandidat ist auf Tour. Was weiß ich.«

Morgado betrachtete die von Blechhütten und kaputten Autos bedeckten Hügel, die ungleichen Reihen von Reifen, die als Treppen dienten, die Wände mit den politischen Parolen und den frommen

Wünschen von Wohlstand und Demokratie. Das wahre, vielfältige Gesicht von Tijuana, »der Schrecklichen«, wie Aidé sie nannte, war dort für alle zu erkennen. Ohne Make-up und ohne Kontaktlinsen. Ohne gepanzerte Wagen und ohne Jacuzzis.

»Das nimmt kein Ende«, sagte der Taxifahrer, seinen eigenen Sorgen nachhängend. »Neulich bin ich in eine verdammte Schießerei unter Drogenhändlern in Mesa de Otay geraten. Und ich bin in diesem Monat schon fünfmal überfallen worden.«

Noch mehr Streifenwagen und offizielle Autos mit blinkenden Lichtern verschafften sich hupend Platz. Drei Pick-ups mit bewaffneten Männern an Bord fuhren auf die andere Spur und wären beinahe mit einem Reisebus zusammengestoßen. Ein Krankenwagen zwang das Taxi zu halten, damit er vorbeifahren konnte.

»Der arme Kerl, den es diesmal erwischt hat«, seufzte der Taxifahrer. »Wir zählen überhaupt nicht. Sie schlagen dich, und niemand reicht dir die Hand. Sie töten dich, und es interessiert niemanden.«

Das Geheul der Polizeiautos wurde immer lauter. Morgado blickte noch einmal zu den Hügeln und konsultierte dann die Uhr: Es war 17.15 Uhr. Ein Frühlingstag in Tijuana.

»Wo sind wir?«, fragte Morgado, der sich in diesen Hügeln verloren fühlte und nicht zu spät zum Flughafen kommen wollte.

»Wo sollen wir sein?«, antwortete der Taxifahrer, gleichermaßen erbittert. »Am Arsch der Welt, im Hintern von Amerika. Da sind wir, mein Freund, und da werden wir bleiben.«

Loverboy

1

Ein verschwommener Baum. Eine abschüssige Straße. Ein weißer Zaun. Ein sich durch eine Staubwolke schlängelnder Pick-up. Letzte gleißende Sonnenstrahlen. Die Karosserie eines Lieferwagens im Schatten. Karge, sich wild im Wind wiegende Pinien. Das Armaturenbrett eines Autos mit grünen und roten Lichtern. Ein kahler Hügel. Ein Chaos. Ein schwer zu erkennender Pick-up, hell- oder dunkelrot. Ein grüner Fleck. Weiße Lichter in der Ferne. Vielleicht ein Dorf. Ein Gut. Allmählich einbrechende Dunkelheit. Eine Hupe, die zwei-, dreimal ertönt. Das Geräusch eines bremsenden Wagens.

Die Kamera trifft auf den Rückspiegel. Wieder verschwommene Bilder, und zum ersten Mal gelingt es demjenigen, der versucht, mit der Kamera einzufangen, was er sieht, etwas zu den künftigen Hörern zu sagen. Die Stimme eines Gespenstes, der Adrenalinpegel am Anschlag:

»Sie haben ihr Ziel erreicht … Ich kann sie von hier sehen … Sie sind vielleicht zweihundert Meter entfernt … Ich stehe im Schutz von ein paar Bäumen … Ich glaube, sie kommen von der Cheyenne herunter … Dort müssen sie die Kinder hinbringen … Es ist eine Ranch … Aber ich weiß nicht welche … bei dem ganzen Gekurve weiß ich nicht mehr, wo ich bin … Wenn ich mich nicht irre, befinde ich mich in der Nähe der Straße nach San Felipe … Aber ich weiß nicht, ob östlich oder westlich … ich sehe Lichter von Lampen … ich werde nachschauen, was los ist …«

Das Video geht weiter: Dunkelheit, unruhiges Treiben. Ein erleuchtetes Fenster und eine Gestalt von hinten. Die Stimme des Gespenstes ist jetzt nur mehr ein Raunen.

»Ich werde die Kamera jetzt hier zurücklassen und nachsehen, was Sache ist …«

Ein Geräusch. Nahe Schritte. Der auf und ab suchende Schein einer Lampe. Eine Flucht. Bilder ohne Ton. Der trockene Klang einer rauen Stimme. Dann deutlich das Geräusch von zwei Schüssen. Die Bilder werden unscharf. Die letzten Sekunden sind nur noch Schatten, Schläge, Stille.

»Das ist alles«, sagte Rechtsanwalt Ismael Contreras zu Morgado.

»Wie, das ist alles?«, erwiderte er. Ihm war noch ganz übel von dem, was er gerade gesehen hatte.

Der kleine Contreras hob die Arme wie Pontius Pilatus. »Das ist alles. Das heißt: Es ist nichts.«

»Erzählen Sie mir, wie Sie an das Video gekommen sind.«

Ismael schaltete den Videorekorder aus und forderte Morgado auf, ihm in ein benachbartes Büro voller Akten zu folgen. »Einen kleinen Whisky, Kollege?«, fragte er zuvorkommend.

»Einen Kaffee mit Brandy, wenn es nicht zu viele Umstände macht.«

Contreras' Sekretärin machte sich sofort auf den Weg. Jetzt waren sie allein. Morgado dachte völlig zu Recht, dass jetzt der Moment der vertraulichen Informationen und der gegenseitigen Gefallen gekommen war.

»Dieser Fall hat bereits zur Absetzung des Gouverneurs des Staates Baja California und eines Comandante der *federales* geführt. Und alles ist immer noch absolut rätselhaft. Deshalb sind Sie hier. Das heißt …«

»Das heißt, deshalb sind wir beide hier«, unterbrach ihn Morgado.

Contreras lachte gezwungen. »Die Wahrheit ist, das Video, das Sie gerade gesehen haben, ist absolut nichts wert. Ganz anders als bei dem, das sie von Rodney King in Los Angeles gemacht haben. Dort sieht man alles klar und deutlich. Diese Prügelei ist schon ein Klassiker. Sie zeigen es auf der Polizeischule. Um die Technik zu verbessern, Sie wissen schon.«

Morgado nahm den Scherz hin. Es blieb ihm auch nichts anderes übrig, wenn er in Erfahrung bringen wollte, was es mit dem Video dieses Hobbyfilmers auf sich hatte. »Aber ich vermute, Sie haben mich nicht eingeladen, um über Rodney King zu sprechen.«

»Nun, da vermuten Sie einmal in Ihrem Leben richtig.«

Die Sekretärin trat ohne Ankündigung ein und stellte die Getränke auf den Mahagonitisch. Sobald sie den Raum verlassen hatte, eröffnete Contreras das Spiel. »Als Vertreter der Regierung des Staates Baja California in Mexico City«, hob er schwülstig an, »hat man mir freie Hand gegeben, Sie zu kontaktieren und Ihnen einen Spezialauftrag für diesen Fall zu erteilen, der bis heute ungeklärt ist. Was denken Sie?«

»Dass ich immer noch keinen blassen Schimmer habe, worum es eigentlich geht«, erklärte Morgado. »Erst zeigen Sie mir ein Video ohne viel Sinn. Dann wollen Sie mich anheuern. Und alles, was ich bis jetzt sehe, ist irgendwas Politisches. Ein heißes Eisen, wie man so schön sagt.«

Contreras lächelte und setzte die Miene eines kämpferischen Anwaltes auf, der das Verfahren dank eines Asses im Ärmel schon gewonnen hat. »Man sieht, Sie lesen keine Zeitungen aus Mexicali, Ihrer Heimat.«

Und ohne die Antwort abzuwarten, reichte er Morgado ein Exemplar von *La Voz de la Frontera.*

»5. April«, las Morgado laut. »Das ist gerade mal eine Woche her.«

»Schauen Sie auf Seite drei im ersten Teil nach. Die Meldung ist rot unterstrichen.«

Morgado las stillschweigend den Artikel. Der Titel sagte alles: »Doktor Fidel Chacón, Ehrenpräsident der Kommission für die Rechte der Kinder, ermordet.« Sie hatten seinen notdürftig begrabenen Leichnam in der Nähe von San Felipe gefunden, nachdem drei Tage zuvor eine Vermisstenanzeige aufgegeben worden war. Man glaubte – oder zumindest schrieb das der Reporter –, dass er von Kinderhändlern ermordet worden war. Frau Doktor Guadalupe Esparza, die Assistentin der Kommission, der der Getötete vorstand, behauptete, dieser wäre den Entführern von Andresito Jiménez auf der Spur gewesen. Im letzten Gespräch habe er ihr versichert, er stehe kurz vor der Lösung des Falles.

»Wer ist Andresito Jiménez?«

Contreras schaute zur Decke ob Morgados Unwissenheit, was die

Dinge in Baja California anging. »In Mexicali ist das Tagesgespräch. Und das, obwohl der Fall bereits seit drei Wochen läuft.«

»Nun, ich lebe in Condesa, gegenüber dem Parque México, und die entferntesten Nachrichten, die ich bekomme, sind aus Coyoacán und der Ciudad Universitaria. Also gehen Sie mir nicht auf den Zeiger und erklären Sie mir, was mit diesem Andresito passiert ist.«

»Sie haben ihn mitten auf der Plaza Cachanilla vor aller Augen entführt. Mitten am Tag und mit mehr als zwanzig Polizisten und Wachleuten drumherum. Eine Frau hat ihn der Mutter in einem unachtsamen Moment entrissen. Die Einwohner Mexicalis haben sofort reagiert. Die Entführung wurde als öffentlicher Affront gegen die gesamte Bevölkerung gesehen. Und die Sache mit Andresito war der Tropfen, der das Fass zum Überlaufen brachte. Es hatte eine ganze Welle von Entführungen gegeben, und niemand hat herausfinden können, was mit diesen Kindern geschehen ist. Binnen weniger Tage hatten die Polizeibehörden, Gruppen von Zivilisten und Hilfsorganisationen eine Suchkampagne auf die Beine gestellt. Ohne Erfolg.«

»Ich hoffe, es war keine Hexenjagd.«

»Fast. Weil die Entführerin indianisch aussah, wurden viele Indiofrauen oder solche mit ähnlichen Zügen festgenommen und befragt. Wenn ein neues Kind in der Nachbarschaft auftauchte, nahm die Polizei die Eltern in die Zange, bis sie ihre Elternschaft zweifelsfrei bewiesen hatten. Noch heute sind die Straßen fast menschenleer, weil die Mütter ihren Kindern verbieten, draußen zu spielen.«

»Eine kollektive Psychose.«

»Eine unkontrollierbare kollektive Panik. Viele Sekretärinnen und berufstätige Mütter wollen ihre Kinder nicht mehr in den Hort lassen. Die Leute misstrauen einander. Es gibt eine hohe Fehlquote in den Fabriken, Firmen und öffentlichen Einrichtungen.«

»Aber das ist es nicht, was die Regierung des Staates am meisten beunruhigt, stimmts?«

Contreras schloss die Augen und legte die Hände auf sein rundliches Gesicht. »Nein. Das Schlimme ist der öffentliche Druck. Da ist an erster Stelle die Forderung, Andresito zurückzuholen. Was uns bis jetzt nicht gelungen ist. Nur falsche Fährten. Zweitens gibt es die dringliche Forderung seitens der Parteien und der Menschenrechtsorganisationen, die Ermordung von Doktor Fidel Chacón aufzuklären. Und was das angeht, wissen wir absolut nichts.«

»Und das Video? Wo kommt das her?«

»Die Polizei hat es gefunden, als sie die Umgebung des Leichenfundortes durchkämmt hat. Anscheinend wollte Doktor Fidel Chacón sich als Videofilmer betätigen. Er wollte vielleicht einen Dokumentarfilm drehen. Er hatte die Kamera bestimmt dabei, um aus vorsichtiger Distanz den Ort und die Gesichter der Entführer zu filmen.«

»Aber dann war er doch nicht so vorsichtig«, bemerkte Morgado.

»Nein. Die Ermittler gehen davon aus, dass er nicht genau wusste, wie die Kamera zu bedienen war. Und so hilft uns das Gefilmte nicht viel weiter.«

»Und die Aussage, er befinde sich in der Nähe der Straße nach San Felipe?«

Contreras nahm einen großen Schluck von seinem Whisky, bevor er antwortete. »Das Wichtigste zuerst. Nehmen Sie den Fall an?«

»Das mit Andresito oder die Ermordung des Docs?«

»Weil es fast sicher ist, dass die Fälle miteinander zu tun haben, kümmern Sie sich um beide zum Preis von einem, nicht wahr? Die Regierung des Staates Baja California will, dass Sie nach Mexicali reisen und unsere Ermittlungen überwachen. Dass Sie uns öffentlich das Vertrauen aussprechen.«

»Vergessen Sies. Meine Antwort ist nein.« Morgado stand auf und ging zur Tür.

»Schon gut. Schon gut. Ich wollte Sie nur testen.«

Morgado ging schnurstracks zurück, packte Contreras am Revers seines englischen Jacketts, hob ihn hoch und drückte ihn gegen die Wand des Büros. »Mich testen? Für wen verdammt noch mal hältst du dich? Für Gottvater?«

Contreras hob die Arme und ergab sich. »Verzeihen Sie! Verzeihen Sie! Niemand stellt Ihre Ehrenhaftigkeit in Frage. Wir alle wissen, dass Sie Experte in Menschenrechtsfragen und nicht käuflich sind. Entschuldigen Sie, wenn ich Ihnen zu nahe getreten bin!«

Morgado sah Contreras fest in die Augen; der zitterte. Dann ließ er ihn mit zerknittertem Anzug und schweißgebadet stehen. »Sagen Sie Ihrer Regierung, sie kann sich ihre Probleme sonst wohin stecken.«

»Ist ja gut«, sagte eine weibliche Stimme hinter ihm. »Aber was ist mit dem entführten Kind? Welches Signal geben Sie denen, die sich an der Grenze über die Menschenrechte hinwegsetzen, wenn Sie sich weigern einzugreifen? Wollen Sie, dass Doktor Chacóns Opfer umsonst war?«

Die Frau trug ein graues maßgeschneidertes Kostüm und sah ihn mit ihren ein Meter neunzig streng von oben herab an. Morgado fühlte sich wie eine Gestalt im *Land der Riesen,* der Fernsehserie, die er mit zehn in Mexicali immer gesehen hatte, als er noch glücklich und unbekannt war. »Und was zum Teufel haben Sie hier zu melden? In wessen Horn blasen Sie?«, stammelte er, immer noch indigniert und wütend.

»In Ihres nicht, Herr Rechtsanwalt. Dabei weiß ich noch nicht einmal, ob das gut oder schlecht wäre.«

Morgado blieb vor Staunen der Mund offen, und er musste erst mal tief Luft holen, bevor er losprustete.

»Ich bin Doktor Guadalupe Esparza. Ich hoffe, Rechtsanwalt Contreras hat Ihnen schon von mir erzählt.«

»Nein, das wollte ich gerade tun«, sagte dieser mit seinem falschesten Lächeln und rückte seine Krawatte zurecht.

Morgado wollte die Situation retten. Ihm fiel nichts anderes ein, als Doktor Esparza einen Stuhl anzubieten.

»Danke«, sagte sie angesichts dieser verspäteten Geste eines Kavaliers alter Schule, »aber ich stehe lieber.«

»Ein taktischer Vorteil, vermute ich«, murmelte Morgado.

»Ich freue mich, Sie kommen genau zur rechten Zeit«, sagte Contreras. »Wir waren gerade dabei, den Deal abzuschließen.«

»Hör auf, Contreritas. Du warst gerade dabei, unsere einzige Trumpfkarte zu verspielen.«

»Und was für eine Karte bin ich? Ass oder König?«, fragte Morgado ironisch.

»Der Joker«, erwiderte Doktor Esparza. Ohne Contreras weiter zu beachten, hakte sie sich bei Morgado unter und zog ihn aus dem Büro. »Laden Sie mich zum Essen ein. Sie werden bestimmt ein gutes Restaurant hier in der Nähe kennen. Man sieht, dass Sie aus der Stadt kommen und nicht hinterm Mond leben.«

Morgado versuchte, ein letztes Mal Widerstand zu leisten. »Sie werden mich nicht überzeugen«, sagte er so bestimmt, wie er konnte, während der Aufzug nur mit ihnen beiden abwärts fuhr.

Doktor Esparza lächelte vor sich hin und legte ihre Hand auf Morgados Hosenschlitz. »Wetten?«, flüsterte sie ihm ins Ohr.

Morgado, getrieben von einem Instinkt, der aus den wilden Studentenzeiten in den Siebzigerjahren an der UNAM kam, gab keine Antwort. Doktor Esparza küsste ihn auf die Wange und berührte noch einmal Morgados Penis. »Ist das ein Ja?«, hauchte sie wie eine hilflose Nymphe.

»Ja«, raunte Morgado, »das ist ein Ja.«

2

Im sauberen, hellen Operationssaal unterhielten sich die Ärzte in Kitteln und mit Mundschutz, während sie sich die Hände und die Arme wuschen. Der Chefchirurg hob seine bereits getrockneten Arme und ließ sich von seinem Assistenten die Gummihandschuhe überstreifen.

»Ready?«, fragte er das übrige Team, das sich um den Operationstisch versammelte.

»Los gehts, Ralph«, sagte als Startsignal der Anästhesist, der den Puls des Patienten auf dem Tisch kontrollierte.

»Die Werte?«, fragte der Assistent, während eine Krankenschwester ihm die Handschuhe überstreifte.

»Normal«, antwortete der Anästhesist. »Er gehört ganz Ihnen, *gentlemen.*«

Die Herren Chirurgen ließen sich nicht lange bitten. Das Skalpell öffnete einen Spalt in der dunklen Haut des Patienten, zu beiden Seiten trat das erste Blut zutage.

»*Nice and slow,* so geht das«, murmelte der Chefchirurg und legte weiter Schicht für Schicht Gewebe frei.

»Vorsicht mit der Arterie«, sagte sein Assistent warnend.

»Ich bin nicht blind, *dreamer*«, erwiderte der Chirurg und änderte geschickt die Schnittrichtung des Skalpells.

Eine OP-Schwester tupfte den Schweiß von seiner Stirn.

»Thanks, July«, sagte er, doch seine Aufmerksamkeit war ganz darauf gerichtet, die Verbindungen der Niere zu kappen, die gerade unter der letzten Fettschicht aufgetaucht war.

»Wunderschön, nicht wahr?«, lautete sein Kommentar, als er sich zu seinen Kollegen umdrehte. Sein Assistent und der Anästhesist beugten sich herunter, um sich selbst zu überzeugen, und lächelten.

»Irgendwelche Anzeichen einer Erkrankung zu sehen?«

»Nein, nichts«, antwortete sein Assistent.

»Ist die Kühleinheit bereit?«

Die Krankenschwester fuhr ein Wägelchen mit einer geöffneten Metallbox heran, aus der eisiger Dampf aufstieg. Eine Reihe grüner Zahlen blitzten an einer Seite.

»Now!«, rief der Chefchirurg aus, trennte die Arterien ab, die die Niere versorgten und die bereits mit Klemmen verschlossen waren, holte vorsichtig das Organ aus dem Körper und legte es in die Metallbox, die sofort von der Krankenschwester verschlossen wurde, bevor sie aus dem Operationssaal gebracht wurde.

»Du bist dran«, sagte der Chirurg und zog, zufrieden mit seiner Arbeit, die Handschuhe aus.

Der Assistent trat an seinen Platz und begann die Arterien zu verbinden und den Schnitt zu vernähen. Wieder Schicht für Schicht, bis zur dunklen Haut.

»Good job, gentlemen«, befand der Anästhesist.

»Wir verschwinden von hier«, befahl der Chefchirurg.

»Was ist mit der Feier?«, fragte sein Assistent.

»In Calexico. Nicht in Mexico City. Ich hab keine Lust auf Montezumas Rache.«

Mit lautem Türenschlagen trat die Gruppe auf einen hell erleuchteten Flur, wo sie von einer schlanken Frau mit gefärbtem Haar erwartet wurde, die nervös eine Zigarette rauchte. »Alles klar? *All right?*«, fragte sie mit kubanischem Akzent das Arzttrio.

Der Chefchirurg öffnete theatralisch die Arme und legte die Hände auf die Schulter seiner Kollegen. »Sie wissen doch, die drei *amigos* sind die Besten.«

Die Frau holte einen weißen Umschlag aus einer winzigen Umhängetasche und gab ihn dem Chirurgen. »Fünfzehntausend Dollar. Ohne Steuern.«

»*Thanks, madam.* Wann geht es weiter?«

»In einer Woche. Aber nicht hier. Ich rufe Sie an.«

»Es ist eine Freude, mit Ihnen zu arbeiten, Molly«, sagte der Assistent schmeichlerisch.

»Es ist eine Freude, sich das Geld zu schnappen und abzuhauen«, gab die Frau zurück.

»See you later, alligator«, scherzte der Chirurg und machte sich auf den Weg zum Ausgang der Klinik.

»Und das Kind?«, wagte sich der Anästhesist später kühn vor, als sie in der Schlange standen, um die Grenze in die Vereinigten Staaten zu überqueren. »Was passiert mit ihm?«

»Das ist nicht dein Problem, Mann«, würgte ihn der Assistent ab. »Das ist ein mexikanisches Problem.«

»Ich weiß, aber ...«

»Schau her, Partner«, erklärte ihm der Chirurg, »das war dein erstes Mal bei dieser Art von Job. Freu dich über dein Geld und stell keine Fragen nach dem Kind. Molly zahlt der Familie *muchos dólares,* und alle sind glücklich und zufrieden. Fertig.«

»Glücklich, aber mit einer Niere weniger.«

»Was willst du eigentlich?«, fragte der Assistent enerviert. »Das ist das Gesetz des Westens: Das Leben ist billig, das Leben ist grausam. *Live and let die,* Mann, so wie Billy the Kid.«

»Ich mag Billy the Kid nicht«, sagte der Anästhesist.

»Dafür mag ich Bier, und zwar jetzt«, sagte der Chirurg und erklärte damit die Diskussion für beendet.

3

Am Tag nach seinem Gespräch mit Rechtsanwalt Ismael Contreras, na ja, man konnte es auch Streit nennen, sah sich Morgado mit zwei beunruhigenden Faktoren konfrontiert. Mit der nackten Frau, die immer noch in seinem Bett schlief, was eigentlich kein Anlass zur Sorge war. Und mit dem Gefühl, sich im Verlauf der Nacht zu einer Ermittlung verpflichtet zu haben, die mindestens eine Nummer zu groß für ihn war. Das ließ sich mit Hilfe gewisser Freunde lösen. Aber Kopfzerbrechen bereitete ihm die Tatsache, dass er den Namen der Frau nicht mehr wusste, die jetzt ihre blauen Augen aufschlug und ihn anlächelte. So muss es auch dem armen Adam gegangen sein, als er zum ersten Mal außerhalb des Paradieses aufwachte. Wer ist diese Frau? Wie heißt sie? Wo habe ich sie kennen gelernt?

Als Doktor Esparza Morgados zweifelndes Gesicht sah, sagte sie mit rauchiger Stimme: »Mach dir keine Gedanken. Das passiert so zerstreuten Männern wie dir ständig. Ich heiße Guadalupe Esparza. Ich habe dich gestern verführt, und ich gedenke, dich bis auf den letzten Peso zahlen zu lassen, was ich glaube wert zu sein.«

»Wenn du willst, stell ich dir einen Blankoscheck aus«, versuchte Morgado zu scherzen.

Doktor Esparza sprang auf und ging ins Bad. »Hast du noch nie von einem Pakt mit dem Teufel gehört, Kollege?«

»Du wirst mir doch jetzt nicht sagen wollen, dein wahrer Name sei Mephisto?«

Morgado hörte, wie die Dusche lief.

»Mach bitte Kaffee. Das ist doch keine Art, eine Dame zu behandeln.«

»Und wie wäre die?«, wollte Morgado wissen.

Diesmal bekam er keine Antwort. Da fiel ihm etwas anderes wieder ein. Während seines unruhigen Schlafes waren zwei der Bilder aus dem Video immer wieder aufgetaucht: der weiße Zaun und der abgestellte Pick-up. Aber wie das bei Träumen so ist, als er aufwachte, konnte er ihnen keine Bedeutung mehr zuordnen. Er musste diese Bilder noch einmal sehen, sie ganz aufmerksam durchgehen.

Der Kaffee war fertig, bevor Doktor Esparza in Morgados kleiner Küche auftauchte.

»Bitte sehr. Da stehen Milch und Zucker.«

»Willst du mir nicht Gesellschaft leisten?«

»Ich werd schnell duschen, und dann frühstücken wir in einem Buchcafé hier in der Nähe.«

»Buchcafé?«

»Ja. Eine Mischung aus Café und Buchladen. Es heißt El Péndulo.«

»Werde ich da richtige Intellektuelle treffen?«

»Immer noch besser als richtige Anwälte.«

Nach dieser überzeugenden Antwort stellte die Rechtsanwältin keine Fragen mehr. Nachdem sie zwei Blocks weit gegangen waren, saßen sie vor Brot und Kaffee in besagtem Buchcafé.

»Wenn ich jetzt schon an dem Fall beteiligt bin, darf man wissen, wie hoch die Honorare sind und ob ich die Möglichkeit habe, Kollegen hinzuzuziehen?«

»Du nennst einen Betrag, und natürlich kannst du einstellen, wen du für notwendig hältst. Nur eines ist begrenzt: die Zeit. Wenn in einer Woche keine Ergebnisse vorliegen, wird der Vertrag aufgelöst und jemand anderes gesucht.«

»Ihr wollt, dass ich euch so schnell wie möglich die Kastanien aus dem Feuer hole, nicht wahr?«

»Oder es gibt einen Mordsaufstand. Die Mütter sind vollkommen hysterisch. Und das aus gutem Grund.«

»Als Erstes brauche ich eine Kopie von dem Video. Ich will es ganz genau untersuchen. Im Büro deines Freundes Contreras habe ich nicht auf die Details geachtet. Wie habt ihr es bekommen?«

Zum ersten Mal, seit er sie kennen gelernt hatte – vor zwanzig Stunden irdischer Zeit –, bemerkte Morgado, dass Guadalupe Esparza im Fall der Entführung und Ermordung von mehr als beruflichem Ehrgeiz getrieben wurde. Am Ton ihrer Stimme hörte man eine emotionale Verbundenheit mit dem ermordeten Doktor heraus.

»Ich selbst habe es gefunden, wenn es dich interessiert. Knapp eine halbe Stunde nachdem die Bundespolizei an den Tatort gekommen war. Eine Freundin, die dort arbeitet, rief uns an und gab uns den Tipp. Als wir dort ankamen, eine andere Rechtsanwältin und ich, hatten sie den Leichenfundort nicht einmal abgesperrt. Wir begannen, nach Reifenspuren und Patronenhülsen zu suchen.«

»Hattet ihr kein Vertrauen in die offiziellen Ermittlungen?«

Guadalupe Esparzas Blick machte Morgado deutlich, wie dumm seine Frage war.

»Entschuldige«, stammelte er.

»Entschuldigt. Wir haben nichts gefunden. Man hat gesehen, dass sie den Ort gesäubert hatten und dass die Stelle, wo man Chacón notdürftig begraben hatte, nicht der Tatort war. Wir fanden keine Spuren von den Mördern, aber in etwa zehn Meter Entfernung sahen wir eine Blutlache. Bestimmt hatten sie ihn dort abgelegt, während sie die Schaufeln holten. Und dort in der Nähe, bei ein paar Büschen, fanden wir ein paar seiner Habseligkeiten. Unter anderem die Videokamera, voller Fußabdrücke. Ich glaube, die Mörder haben nicht gemerkt, dass sie lief. Meine Begleiterin und ich sahen sie zur gleichen Zeit, und ein Blick genügte und wir beschlossen, sie den Behörden nicht auszuhändigen. Zumindest nicht, bis wir versucht hatten, die Kassette zu retten und uns den Inhalt anzuschauen.«

»Warum haben die Experten sie nicht untersucht, um herauszufinden, wo der Mord stattgefunden hatte?«

»Die Behörden wissen erst seit zwei Tagen von ihrer Existenz. Weil wir den Polizeibehörden nicht trauen, habe ich die Kamera samt Inhalt dem Gouverneur persönlich übergeben und ihn gebeten, sie von einem kompetenten Ermittler untersuchen zu lassen.«

»Deinem Diener.«

»Von dir.«

»Ganz schön heißes Eisen.«

»Mach dir nicht ins Hemd. Das heiße Eisen bin ich. Und was werden wir als Nächstes tun?«

Morgado zahlte die Rechnung. Auf der Straße dachte er über seine künftigen Honorare und die gegenwärtige Ehre nach. »Ich brauche eine Kopie von dem Video.«

»Kein Problem. Ich habe hier eine für dich.«

Guadalupe Esparza übergab ihm das Video. »Ich vertraue dir, Morgado, auch wenn du glaubst, dass ich das im Scherz sage.«

Morgado zögerte, bevor er antwortete. »Und ich vertraue darauf, dich nicht zu enttäuschen.«

»Versprich das nicht mir oder der Regierung, die dich anheuert. Versprich es Doktor Fidel Chacón. Er ist für etwas gestorben, das da irgendwo auf diesen Bildern ist.«

Damit drehte sie sich um und verschwand zwischen den parkenden Autos. In diesem Moment wurde Morgado klar, dass er wirklich zwei Probleme hatte: ein geschlechtliches und ein geschäftliches. Dann fiel ihm ein, dass für ihn der Name Sergio Ortiz, genannt Checo, ein Synonym für Video war. Er holte sein Telefonbuch heraus. Die Ermittlungen nahmen ihren Anfang.

4

Die Frau mit dem kubanischen Akzent und den rosa gefärbten Haaren schaute auf, als der Mann mit dem arzttypischen Stethoskop um den Hals plötzlich vor ihr stand. Als sie das Gesicht des Doktors sah, war Molly klar, was passiert war, und sie hörte sich geduldig die Predigt über Verantwortung und Schuld an, die sie seit einem Monat zu hören bekam.

»Ich ertrage das nicht, Señora Garduño.«

Die Stimme des Arztes zitterte. Molly rief sich in Erinnerung, dass das völlig normal war, wenn Doktor Aguilera sich zu beherrschen versuchte und ihm das nicht ganz gelingen wollte. Es wird Zeit, ihn auszuschalten, dachte sie. Noch ein Toter, und er geht zur Polizei und singt.

»Was wollen Sie damit sagen?«, fragte die Frau, als ob sie die Antwort nicht kennen würde.

»Das Kind, das die Gringos gestern operiert haben, ist tot. Ich vermute, die Anästhesie war zu stark. Bis heute Morgen war sein Zustand stabil. Es war noch nicht aufgewacht, aber seine Werte waren für einen frisch Operierten seines Alters normal.«

Molly tat, als ob sie in den Papieren auf ihrem Schreibtisch etwas suchen würde. Schließlich hielt sie ein Blatt mit Patientendaten in der Hand. »Meinen Sie Samuel Orozco, männlich, neun Jahre?«

»Genau den.«

»Den man wegen eines Tumors an der rechten Niere operiert hat?«

»Ja. Den.«

Molly sah ihn an. Auf dem Papier war er der Klinikchef. Hinter dem nervösen Ton erkannte sie Zweifel, Verzweiflung, Fluchtinstinkt. Er wirkt wie ein Hase, kurz bevor es ihn erwischt.

»Grämen Sie sich nicht, Doktor. Ich kümmere mich darum. Schicken Sie mir die Krankenakte, und ich reiche sie an das Staatsministerium weiter, falls es das ist, was Ihnen Sorgen bereitet.«

Der Arzt versuchte zu widersprechen, er öffnete zweimal den Mund und nickte dann, durch den zornigen Blick der Frau in die Knie gezwungen. »Ich schicke sie Ihnen sofort, Señora Garduño.«

Und dann zog er sich ohne jeden weiteren Kommentar aus Mollys Büro zurück. Sie hatte kaum das Blatt mit den Patientendaten weggepackt, da kam der nächste Besucher. Ein junger Mann in Krankenpflegeruniform, der im Rhythmus der Musik aus seinem Walkman durch das Büro tänzelte.

»Stell sofort diesen Mist aus und hör mir zu!«, schrie Molly. Man hörte nicht mehr die Spur eines kubanischen Akzents.

Der junge Mann setzte sofort die Kopfhörer ab und steckte sie in die Tasche seines strahlend weißen Kittels.

»Setz dich und hör mir ganz genau zu.«

Der Junge gehorchte. Er wirkte jetzt nicht mehr wie ein flippiger Jugendlicher, sondern wie ein umsichtiger Mann, der wusste, wo er stand und zu was er taugte.

»Der Kleine ist tot. Das weißt du schon, oder?«

Er lächelte und holte eine Spritze aus der anderen Tasche des Kittels. »Gott hat ihn sich geholt«, erklärte er.

»Das ist der Dritte in diesem Monat und der Achtundzwanzigste in diesem Jahr.«

»Und das heißt?«, fragte der Junge.

»Genug für deine und meine Vorlieben, Loverboy.«

Der Junge lächelte wieder, aber seine Augen glänzten nicht, sie blieben wachsam, berechnend.

»Zeit auszuwandern, findest du nicht?«

»Und wohin?«

»Eine andere Grenze. Was ist dir lieber: Ciudad Juárez oder Matamoros?«

»Matamoros nicht. Dort kennt man mich. Gefährlich.«

Molly nickte, als würde sie sich an etwas Schönes aus ihren besten Tagen erinnern. »Ja. Ich erinnere mich. Du hast zu den *Satanic Majesties* gehört, oder? Vudú und Babalú.«

»Old stories, old wounds.«

»Dann also Juárez.«

»Wann?«

»Sobald du den Kleinen begraben und noch einen Toten dazugelegt hast.«

Der Junge streckte sich. Diesmal glänzten seine Augen. »Den Doktor?«

»Genau den. Wir brauchen ihn nicht mehr. Mach es schön theatralisch. Alle Beweise sollen auf ihn deuten.«

»Kann ich …?«, flüsterte er, und in seiner Stimme lag etwas mehr als ein einfacher Wunsch.

Molly begann die Papiere zu zerreißen, von denen ihr Schreibtisch überquoll, als hätte sie nichts gehört.

»Darf ich oder nicht?«, fragte der Junge noch einmal.

»Die Leichen gehören dir, oder?«

»Ja. Ja«, stammelte er dankbar.

Molly ließ die Papiere liegen, ging zu ihm und küsste ihn lange, bevor sie wie eine strenge Mutter zu ihrem schwierigen Sohn sagte: »Mach mit ihnen, was du willst, aber *safer sex,* okay?«

5

»Du gehst mir auf die Nerven, Morgado.«

Checo Ortiz schaute ihn mit roten Augen und aschfahlem Gesicht an. »Wer hat dir gesagt, dass du mich um neun Uhr wecken sollst?«

»Einmal im Jahr schadet das nichts«, verteidigte sich Morgado.

»Du weißt genau, dass ich immer um fünf Uhr morgens ins Bett gehe. Sobald ich den ersten Hahn krähen höre, lege ich mich aufs Ohr.«

»Red keinen Blödsinn! In Mexico City gibt es keine Hähne.«

Checo lachte leise. Aus einer Schublade seines Schreibtischs holte er eine selbstgedrehte Zigarette. »Hähne nicht, aber für was hältst du das?«, fragte er.

Morgado fühlte sich wie in den alten Zeiten an der UNAM, als alle in dem heruntergekommenen Institut die Lieder von John Lennon sangen: *Imagine, there's no countries. It isn't hard to do. Nothing to kill or die for. And no religion too.*

»Du hast schon ein richtiges Yuppiegesicht«, tadelte ihn Checo, der den Joint angezündet hatte und ihn wie eine zwischen seinen Fingern gefangene Libelle ansah.

»Wehmütige Erinnerungen, Kumpel, wehmütige Erinnerungen.«

Checo legte den Joint auf den Metallaschenbecher und nahm die Kassette, die Morgado ihm gebracht hatte. »Wegen diesem Mist weckst du mich auf?«

»Wegen diesem Mist wurde ein Mann umgebracht.«

»War wohl ein Student der Filmwissenschaften«, überlegte Checo Ortiz.

»Er wollte Beweise über eine Entführung sammeln, und dabei hat man ihn getötet.«

Checo sah die Kassette mit mehr Respekt an. »Und warum bringst du sie zu mir?«

»Damit du mir mit all den Maschinen und Computern, für die du dein Geld ausgibst, ein paar Szenen deutlicher machst.«

»Verstehe. Du gehörst zu denen, die *Blade Runner* gesehen haben und den Film glauben.«

»Harrison Ford war der Detektiv, oder?«

»Und in einer Szene legte er ein Video in seinen Computer ein und entdeckte in der Spiegelung einer Spiegelung das Bild eines der flüchtigen Androiden. Und jetzt willst du, dass ich dasselbe mache.«

»Der Joint muss es in sich haben. Du hast selten so viele zutreffende Dinge auf einmal gesagt.«

Checo Ortiz erhob sich vom Sofa und legte die Kassette in den mit seinem hochauflösenden Bildschirm verbundenen Player. Erst da sagte er: »Du müsstest mich erst mal unter der Wirkung von Peyotl erleben.«

Dann vertiefte er sich in die chaotischen Bilder des Videos von Doktor Fidel Chacón. Morgado setzte sich neben ihn und sah sich die verworrenen Szenen ebenfalls noch einmal an. Sie schauten sich das Ganze, ohne ein Wort zu wechseln, insgesamt dreimal an und machten sich Notizen.

»Jetzt gehen wir abschnittweise vor«, sagte Checo. »Wir werden jetzt die Zeit und die Räume skizzieren. Ich habe sieben Schnitte entdeckt. So wie der Doc vorgegangen ist, hat er ein paar Mal den Aufnahmeknopf nicht gedrückt. Ich schätze, die reale Zeit zwischen der ersten und der letzten Aufnahme dürfte vierzig Minuten nicht überschreiten.«

Checo verband seinen Computer mit dem Videoplayer und markierte bestimmte Szenen mit der Maus. Eine Stunde später hatten sie bereits siebzehn verschiedene markante Details herausgearbeitet und versuchten, sie zu situieren.

»Wenn wir etwas Besonderes, Einzigartiges finden, das es uns erlauben würde, den Tatort zu identifizieren«, stöhnte Checo frustriert, »das würde ja schon reichen.«

Morgado blinzelte. Ein Fetzen aus seinem Traum kam für einen Moment an die Oberfläche seines Bewusstseins. »Der Hügel! Zeig noch mal den Hügel!«

Checo suchte in seinen Notizen. »Das ist die Szene fünfundzwanzig. Welchen Teil des Bildes?«

»Seitlich oben. Schnell, sonst vergesse ich es.«

»Hier hast du ihn. Man kann fast nichts erkennen. Nur die Umrisse. Es könnte irgendwo in der Umgebung von Mexicali sein.«

Aber Morgado spürte intuitiv, was er suchte. »Weiter links. Da, wo so eine Art Glanz zu sehen ist.«

»Das?«

»Ja, ich glaube, ja.«

»Ich werde es markieren und zehn zu drei vergrößern.«

Das Bild wurde dreimal ganz körnig, bevor sich eine dunkle, schräge Linie im unteren Bereich zeigte sowie eine vorstehende Spitze, weiß und dunkelblau.

»Siehst du das?«

»Das ist ein Felsen, nicht? Die gibt es in deiner Heimat doch in Hülle und Fülle.«

»Und ein Schriftzug. Siehst du ihn nicht?«

»Ich brauche neue Kontaktlinsen, Morgado.«

Aber Morgado ließ sich nicht ablenken. »Es ist ein Felsen mit politischer Propaganda. Ich kann nichts entziffern. Du?«

Checo lachte. »Bin ich blöd? Wir vergeuden unsere Sehkraft umsonst. Dieser verdammte Computer kann diese Aufschrift ohne unsere Hilfe lesen. Warte einen Moment. Ich gebe den Befehl ein, dann haben wirs.«

Es passierte nichts. Morgado schaute Checo fragend an. Der lächelte, als wäre das alles ein Spiel. »Wie sein Besitzer braucht der Computer Kontaktlinsen.«

Genau in dem Moment erschienen auf dem Computer die Worte, aus denen der Schriftzug bestand: »Antonio Castañeda: Für ein freies, souveränes Mexiko. IV. Distrikt. PPS.«

»Da hast du dein Detail«, sagte Checo.

»Die erste Spur«, erwiderte Morgado.

6

Kaum waren sie die Treppen des Flugzeugs der Mexicana hinuntergestiegen, kam auch schon Hilda Romero, eine der Helferinnen des Komitees für die Rechte der Kinder, auf sie zu, um ihnen das Gepäck abzunehmen. Weder Guadalupe Esparza noch Morgado hatten Zeit, mit ihr zu sprechen, weil eine Gruppe Männer in Kampfanzügen und Sonnenbrillen sie umstellten, noch bevor sie den Flughafen verlassen hatten.

»Willkommen in Mexicali, Herr Rechtsanwalt. Ich bin Comandante Absalón Ramos von der Bundespolizei.«

Morgado versuchte, den Sprecher der Gruppe ausfindig zu machen. »Kenne ich Sie?«, fragte er.

Der Angesprochene nahm die Brille ab, als wolle er zeigen, dass er unbewaffnet war. »Ich hoffe nicht. Es gibt hier eine Legende, nach der die Polizisten, die mit Ihnen zu tun haben, vom *chahuistle,* vom bösen Blick, getroffen werden.«

»Seien Sie nicht abergläubisch, Comandante.«

»In meinem Beruf muss man allen Heiligen huldigen.«

»Und den Jungfrauen, nicht wahr?«, mischte Doktor Esparza sich ungefragt ein.

»Ich kann hier keine entdecken«, lautete die trockene Antwort des Polizisten.

»Was wollen Sie von uns?«, fragte Morgado angesichts des Polizeiaufmarsches.

»Genau das wollte ich auch fragen«, sagte Doktor Esparza. »Wir haben einen langen Arbeitstag vor uns.«

»Wir sind gekommen, um Ihnen mitzuteilen, dass wir dank Ihrer Information den Ort identifizieren konnten, an dem der Mord passiert ist. Es ist eine offensichtlich verlassene Ranch. Wir haben sie umstellt, aber wir sind noch nicht hineingegangen, weil wir auf Sie warten wollten.«

»Wie höflich von Ihnen«, sagte Doktor Esparza frech.

»Wollen Sie uns begleiten?«, fragte Comandante Ramos.

»Ja. Aber wir folgen Ihnen in unserem Wagen«, sagte Hilda Romero, die mit dem Gepäck aufgetaucht war. Alle schauten sie an. Die Polizisten voller Wut, Morgado und Guadalupe Esparza erleichtert.

»Wie auch immer. Die Entführer warten nicht.«

Die Fahrt ging in den Süden der Ebene von Mexicali, weniger als einen Kilometer von der Straße entfernt, die zum Hafen von San

Felipe führt. Die Ranch war ein Haus aus Lehmziegeln mit fünf Zimmern, an den Seiten und auf der Rückseite von einer anderthalb Meter hohen Mauer umgeben. Der vordere Teil des Gebäudes war durch einen Stacheldrahtzaun geschützt. Der Hügel lag auf der rechten Seite, und der Schriftzug war deutlich zu erkennen.

»Wer ist Antonio Castañeda?«, fragte Morgado.

»Ein Sozialist und dank seiner Buchläden Multimillionär. Ein guter Mensch und Freund«, informierte ihn Hilda Romero.

»Er muss aus dem Norden sein«, dachte Morgado laut nach. »Ein Widerspruch in sich, mit Cowboyhut und Stiefeln vermute ich.«

»Keine Scherze«, tadelte ihn Doktor Esparza. »Wir befinden uns an dem Ort, an dem ein Verbrechen begangen wurde. Und das Opfer war ein Freund von uns. Ein guter Freund.«

»Verzeihen Sie«, sagte Morgado. »Ich habe es noch nie verstanden, mich gegenüber dem Tod, gegenüber den Toten, angemessen zu verhalten.«

Zwei Polizeitrupps drangen gleichzeitig durch ein rückseitiges Fenster und die Vordertür in die Ranch ein. Ein paar Sekunden verstrichen, und dann kamen alle aus der vorderen Tür wieder heraus und hielten sich die Hand vor den Mund. Zwei Polizisten fielen auf die Knie und mussten sich übergeben.

Comandante Ramos hielt es nicht länger aus und ging zwischen seinen Männern hindurch in das Haus. Er kam wieder heraus. Ohne jede Scham holte er ein Taschentuch aus seiner Jacke, öffnete den Reißverschluss an seiner Hose und urinierte zum Schrecken der Anwesenden darauf. Dann bedeckte er sofort Nase und Mund damit und ging wieder hinein.

Die Polizisten sahen sich an, und dann taten sie unter Gelächter und unflätigen Bemerkungen dasselbe. Comandante Ramos war Morgado sympathisch, vor allem weil er es geschafft hatte, Doktor Esparza und der Helferin Hilda die Sprache zu verschlagen. Eine theatralisch wirkende, aber spontane Aktion. Unverzüglich nahm er sein Taschentuch und wiederholte die Operation. Aber seine gute Laune verging ihm schlagartig, als er in das Haus kam und die vielen Fliegen und das Blut sah.

Drei Stunden später in der Badewanne seines Hotels war Morgado klar, dass der Gestank dieses makabren Ortes ihn den Rest seines Lebens verfolgen würde. Seine Haut war schon ganz rot, weil er den Geruch nach Tod und Verwesung wegzurubbeln versucht hatte. Aber weder Seife noch Shampoo, noch alles Eau de Cologne der Welt konnten ihn von ihm nehmen. Das Schlimmste aber war, dass ihn jetzt niemand mehr daran hindern würde, dieses Verbrechen aufzuklären. Nicht einmal er selbst. Was er an diesem Tag gesehen hatte, dafür gab es keine Worte. Es war ein Gräuel, eine Blasphemie, eine Riesensauerei, dachte er, und die Bilder von der Ranch kehrten zurück, und mit ihnen die Übelkeit. Einen Moment lang war er kurz davor, ohnmächtig zu werden. Halt durch, Morgado! Der, der das getan hat, wird dafür zahlen. Ich weiß noch nicht wie. Aber er wird zahlen.

Die Badezimmertür ging auf, und in den Dampfschwaden tauchte der nackte Körper von Guadalupe Esparza auf. »Darf ich?«, fragte sie mit ausgesuchter Höflichkeit.

»Wenn du mich trotz meines Gestanks erträgst.«

»Nach Urin?«

»Nein«, sagte Morgado bitterernst, »nach Tod.«

7

»Keine Spuren, Loverboy?«

Der Krankenpfleger stand nackt unter der Dusche. Er schien über den Dingen zu schweben. Zu seinen Füßen vermischten sich Wasser und Blut mit organischem Material.

»Wie ich sehe, hast du deine Arbeit an den Leichen genossen. Und was bleibt für mich? *Nothing about us? Nothing for making love?*«

Der Junge lächelte. Auf seinem Gesicht lag der Ausdruck absoluter Ekstase. »Der Tod ist schön, Molly«, sagte er, ohne sie anzusehen. Er sah in sein persönliches Paradies, in das strahlende Gesicht seines Dioskuren.

»Der Tod ist ein Geschäft, *little boy.* Hast du sie gut zerstückelt? Hast du auch keine Spur hinterlassen? Ich will nicht, dass sie auf uns kommen. Wenn sie herausfinden, wer dieser verstümmelte Arzt ist, stoßen sie auf die Klinik. Und wir müssen noch eine Entführung durchziehen. Noch eine, und wir haben unsere erste Million Dollar.«

»Der Tod ist die Glückseligkeit«, rief der Junge aus.

»So langsam verstehst du meine Sprache, *lovermonster.* Es ist nicht alles nur Blut und Sauerei.«

»Der Tod ist ein Kind, verloren im Wald.«

»Schau einer an. Du bist ja ein richtiger Poet.«

Der Junge kam aus der Dusche und umarmte Molly.

»Mmmmm«, raunte sie, »wie gut du riechst. Nach Leiche.«

8

Das Telefon klingelte erneut. Die ersten beiden Male hatten sie es klingeln lassen, bis der Anrufer es aufgab, mit einem von ihnen beiden sprechen zu wollen. Aber als es jetzt zum dritten Mal in weniger als fünfzehn Minuten klingelte, war klar, dass derjenige deutlich mehr Geduld hatte als Doktor Esparza und Morgado zusammen.

»Ja, ja. Wer ist da?«, meldete sich der Verteidiger der Menschenrechte.

»Hilda Romero, Herr Rechtsanwalt. Ich habe dringende Nachrichten. Erstens, Comandante Ramos möchte, dass Sie und Doktor Esparza umgehend in sein Büro kommen. Ach so, Sie wissen nicht zufällig, wo ich Doktor Esparza finden kann? Ich habe versucht bei ihr anzurufen, aber wie es aussieht, hat sie die Nacht nicht zu Hause verbracht.«

Doktor Esparza, die das Gespräch mitgehört hatte, nahm ihm den Hörer aus der Hand. »Lass das, Hildita, ich habe ihn zuerst gesehen. Und du weißt ganz genau, wo ich die Nacht verbracht habe, mein kleines Mauerblümchen.«

»Tut mir Leid, Lupita. Aber du weißt: Über Geschmack lässt sich nicht streiten.«

»Aber über ganz andere Dinge, Schneewittchen. Noch was?«

»Ein Anruf aus Mexico City. Ebenfalls dringend. Für deinen Traumprinzen. Von Sergio Ortiz, Werbefilmregisseur. Die Nachricht lautet: ›Fensterszene. Neue Spur. Setz dich so bald wie möglich mit mir in Verbindung.‹ Das ist alles.«

Morgado wollte nicht warten. Er rief Checo an, aber es war nur der Anrufbeantworter dran: »Ich bin in einer Stunde wieder da. Sayonara.«

Die Ungewissheit quälte ihn, und so bat er Guadalupe Esparza um ihre Kopie des Videos und ging in das Büro des Geschäftsführers des Hotels, wo er sich noch einmal die Fensterszene anschaute. Er sah sich die Sequenz insgesamt dreimal an, und er konnte nur mutmaßen, dass die schemenhafte Gestalt, die man von hinten sah, ein Mann oder ein Geist war. Das Weiße an ihm war verstörend, und die Bewegungen der Kamera ließen nichts Genaueres erkennen. Was hatte Checo wohl gefunden? Einen neuen Hinweis, der ihnen aus diesem Sumpf heraushelfen konnte?

»Los«, rief Guadalupe Esparza. »Die Polizei wartet auf uns.«

»Hast du mit Comandante Ramos gesprochen?«

»Ja. Wir müssen dort sein, bevor die Journalisten Wind davon bekommen.«

Morgado setzte sich in den Wagen der Kommission für die Rechte der Kinder. »Was war das für eine Nachricht?«, fragte er, während Doktor Esparza das Gaspedal durchtrat.

»Sie haben einen von ihnen gefasst.«

»Von den Entführern?«

»Ja.«

»Und wer ist es? Jemand mit Vorstrafen?«

Doktor Esparza fuhr über eine rote Ampel und genoss wie ein Teenager die Flüche der anderen Fahrer, die beinahe mit dem Geländewagen zusammengestoßen waren. »Nein. Eine Mixtekin.«

Morgado fühlte sich schlecht. Er dachte an die Lynchjustiz in

Oaxaca, an den Zapatisten-Aufstand in Chiapas. Und John Lennons Worte kamen ihm in den Sinn: *Woman is the nigger of the world.* »Ach, soll mich doch der Teufel holen!«, rief er wütend aus.

»Das wird er.«

9

Die Frau ging nervös mit festen Schritten durch den großen Wartesaal des Krankenhauses. In dem dunklen Seidenkostüm erweckte sie den Eindruck von eiserner Selbstbeherrschung und höchster Anspannung. Ein älterer, etwa fünfzigjähriger Mann beobachtete besorgt, wie sie auf und ab ging. Manchmal blätterte er zerstreut in seinem Exemplar der *Los Angeles Times.* Hin und wieder kamen auch ein Arzt und eine Schwester in den Wartesaal und versuchten die beiden mit ein paar Worten zu beruhigen. In diesen Momenten schwiegen beide, der Mann und die Frau, und hörten sich erwartungsvoll den Bericht an.

»Wie steht es?«, fragte der Mann den Arzt, der ihm in diesem Moment zulächelte. »Sagen Sies mir: Wie geht es ihm?«

»Keine Sorge. Ihrem Kind geht es gut. Die Niere ist in hervorragendem Zustand. Sie können Ihren Sohn in wenigen Minuten sehen. Warten Sie hier.«

Der Mann und die Frau umarmten sich.

»Endlich wissen wir«, sagte der Mann mit strahlendem Gesicht, »dass unser Geld richtig angelegt war.«

»Unser Kind lebt, Frank«, flüsterte seine Frau. »Wir müssen es weitererzählen. Sie müssen alle davon erfahren.«

Der Mann dachte an die rechtlichen Konsequenzen ihres Handelns, an die Möglichkeit, dass jemand herausbekommen könnte, wie in weniger als einer Woche die wie für seinen kranken Sohn gemachte gesunde Niere in der Organbank der Privatklinik aufgetaucht war. Er sah sich die Steuererklärung von diesem Jahr machen. Er musste Mittel und Wege finden, um zu erklären, wie fünfzigtausend Dollar spurlos verschwinden konnten. Als er in dieser Grauzone angekommen war, hörte er schnell mit dem Nachdenken auf.

Der Mann liebkoste seine Frau und murmelte: »Später, Darling, später.«

Seine Frau hingegen wusste, was sie zu tun hatte: ihre Kusine Leonore in Pasadena anrufen, deren Tochter eine Milztransplantation benötigte, sonst würde sie innerhalb der nächsten sechs Monate sterben. Plötzlich wurde ihr Körper ohne erkennbaren Grund von einem Schauer erfasst. Der Mann glaubte, es sei die Anspannung, die aus ihrem Körper wich. Sie war jedoch eher aufgewühlt. Zum ersten Mal fragte sie sich: Woher kam die Niere? Wer hat sie meinem Sohn gegeben? Dann sprach sie ihre Bedenken laut aus. »Sie kam von einem amerikanischen Jungen, oder?«

»Natürlich, Darling.«

Und dann musste der Mann an die Kubanerin mit dem rosafarbenen Haar denken. Die ihm der Freund eines Freundes empfohlen hatte. Und die ihm erst vor einem Monat nüchtern versichert hatte: »Ich kriege das Geld. Sie die Niere direkt in ein diskretes Krankenhaus Ihrer Wahl. Die Regeln sind einfach. Und keine Fragen. Verstehen Sie mich?«

Die Frau sah ihn wieder an. In ihrem Blick lag große Zärtlichkeit. »Du bist ein guter Ehemann, Frank.«

Er umarmte sie noch fester. »Und du eine gute Frau, Susan.«

Und beiden war in dem Moment klar, dass etwas falsch war, dass beide aus einem noch unbekannten Grund logen, der ihnen früher oder später enthüllt werden und ihnen großen Schmerz bereiten würde.

10

Comandante Ramos wartete in der Pathologie, einem weißen Gebäude in der Nähe der Einrichtungen der Bundespolizei und des Innenministeriums. Ein Polizist brachte Doktor Esparza und Morgado dorthin. Zum Glück für den Verteidiger der Menschenrechte mussten sie nicht direkt in das Leichenschauhaus, sondern in ein angrenzendes Labor, wo Comandante Ramos und ein glatzköpfiger Arzt vor Röntgenaufnahmen an einer Lichttafel und vor einem Stapel medizinischer Akten saßen.

»Schön, Sie zu sehen«, begrüßte sie der Polizist.

»Soll ich nicht Pech bringen?«, scherzte Morgado.

»Mir nicht. Ich möchte, dass Sie sich anschauen, was wir entdeckt haben. Das ist Doktor Raúl Acosta. Unser Experte für Kriminologie und verrückte Fälle wie diesen.«

Doktor Acosta nickte nur kurz und machte das Licht an der Tafel mit den Röntgenbildern aus, bevor er sich seinen Gästen zuwandte. »Alles, was hier gesprochen wird, ist vertraulich«, sagte er.

»Mach dir keine Gedanken. Sie sind nicht von der Presse«, beruhigte ihn der Comandante.

»Aber sie gehören auch nicht zu uns.«

»Nun schieß schon los! Mach es nicht so spannend!«

Der Rechtsmediziner setzte die Brille ab und holte ein Päckchen Zigaretten aus seiner Tasche. Er bot sie den Anwesenden an, aber nur Doktor Esparza leistete ihm bei seinem Laster Gesellschaft.

»Was wir entdeckt haben, ist nicht viel, aber solide. Wir wissen aufgrund der Menge von Blut an Wänden, Decke und Boden sowie wegen des organischen Materials auf dem Tisch und dem Bett, dass es sich um zwei menschliche Körper handelt, die vor und nach ihrem Tod brutal geschlagen und später zerstückelt wurden.«

»Sparen Sie sich die Details«, bat Morgado. »Ich war selbst vor Ort.«

»Das Entscheidende ist, dass wir eine Leiche identifizieren konnten«, fuhr er fort. »Es handelt sich um Andresito, den entführten Jungen. Und das ist das Seltsame. Oder anders ausgedrückt: Wir haben eine erste Spur, was die Absichten des Mörders angeht.«

»Ich komme da nicht mit«, erklärte Doktor Esparza. »Von welchen Absichten sprechen Sie?«

»Der Mörder. Oder die Mörder. Das ist egal, zumindest zum gegenwärtigen Zeitpunkt. Diese Monster haben den anderen Körper zerstückelt. Ihre Absicht war, ihn unidentifizierbar zu machen. Sie haben die Haut an seinen Fingern abgeschnitten, sie haben die Metallspangen aus seinem Gebiss entfernt. Sie haben den Kopf förmlich zermalmt. Aufgrund der Knochendichte und der Blutproben lässt sich sagen, dass es sich um einen Mann zwischen fünfundvierzig und fünfzig handelt. Wir glauben, wenn wir herauskriegen, wer er ist, wird uns das zum Mörder führen. Wir haben ein wichtiges Detail gefunden und die amerikanischen Behörden um Hilfe gebeten. Offenbar war das Opfer in der Navy der Vereinigten Staaten. In einem Stück Haut, das vermutlich aus seiner Achsel stammt, war eine Nummer eintätowiert. Es war nicht die ganze Zahl, aber wir glauben, dass wir bald eine Liste von etwa einhundert bis zweihundert in Frage kommenden Personen bekommen werden. Und ich bin mir sicher, mindestens einer von ihnen wohnt in Mexicali oder in unserer Nachbarstadt auf der anderen Seite, in Calexico.«

»Gute Arbeit, Doc«, sagte Comandante Ramos. »Besser hätte man es nicht machen können. Und erzählen Sie ihnen jetzt von Andresito!«

»Hier hatte der Mörder genau die gegenteilige Absicht: Er wollte, dass wir ihn finden. Er ließ die Hände intakt, damit wir anhand der Fingerabdrücke sofort ermitteln konnten, um wen es sich handelte. Er will, dass wir ihn der Öffentlichkeit als Serienmörder präsentieren. Ich denke, er steht jeden Morgen auf und kauft sich als Erstes die Zeitung in der Hoffnung, die Meldung dort zu finden. Aber da ist noch etwas. Andresito ist mindestens zwölf Stunden vor dem anderen Toten gestorben. Aufgrund weiterer Spuren an dem Körper wissen wir, dass er in einem Kühlfach aufbewahrt wurde.

»Wie die im Supermarkt?«, fragte Doktor Esparza entsetzt.

»Wegen des stetigen Gefrierzustandes post mortem halte ich das für unwahrscheinlich. Das ist ja das Erstaunliche: Ich würde zwei zu eins darauf wetten, dass sie ihn in einem Leichenschauhaus wie diesem aufbewahrt haben.«

»Was soll das heißen?«, fragte Doktor Esparza.

»Sehen Sie«, erwiderte Doktor Acosta. »In jeder Klinik in Mexicali, die alle Dienste anbietet, gibt es, wie in den renommierten Bestattungshäusern, Kühlfächer, so wie bei uns.«

»Das heißt, er war in einem hiesigen Krankenhaus untergebracht oder wurde dort festgehalten«, stellte Morgado fest.

»Es ist eine Spur. Wir gehen dem nach«, sagte Comandante Ramos.

»Eine eindeutige Spur, *amigos,* denn als ich den Oberkörper des Jungen genau untersuchte, der einer der am wenigsten beschädigten Körperteile war, konnte ich feststellen, dass er wenige Stunden vor seinem Tod operiert worden war.«

»Operiert?«, fragten die beiden Anwälte unisono.

Der Rechtsmediziner nickte. Seine Rolle als Ermittler mit Skalpell und Röntgenstrahlen fing an ihm zu gefallen. Es war wie in den amerikanischen Fernsehserien.

»Und ich kann noch mehr sagen: Man hat ihm eine Niere entfernt. Und das ist das Motiv für die Entführung. Und wahrscheinlich besteht auch eine Verbindung zu den vorangegangenen Entführungen.«

Zu Morgado gewandt sagte er: »Sehen Sie. Ich weiß nicht, warum man Sie eingeschaltet hat. Die Bundespolizei kann in dem Fall ohne Ihre Hilfe weiterkommen.«

»Schon möglich«, lenkte Morgado ein. »Aber verstehen Sie es doch einfach als Teamarbeit.«

»Wir haben auch schon eine der Komplizinnen des Massakers«, fuhr der Comandante fort. »Eine Mixtekin, die einen Essensstand an der Straße hatte, in der Nähe der Tankstelle an der Kreuzung der Straßen nach San Felipe und der Sierra de los Cucapá.«

»Können wir sie sehen?«, fragte Doktor Esparza.

»Später.«

»Und warum glauben Sie, dass sie eine Komplizin ist?«, wollte Morgado wissen.

»Sie selbst hat das gesagt, als meine Jungs sie befragt haben. Sie sagt, eine sehr hübsche Frau von heller Hautfarbe, mit einer roten oder rosafarbenen Perücke, habe sie dafür bezahlt, ihre Ranch im Auge zu behalten. ›Sobald du mitkriegst, dass jemand nach dem Haus fragt, sagst du mir das, wenn ich das nächste Mal hier vorbeikomme‹, hat sie zu ihr gesagt und ihr einen Hundert-Peso-Schein gegeben.«

»Deswegen ist sie ja noch keine Komplizin. Sie wusste nicht, was in dem Haus vor sich ging«, verteidigte Morgado sie.

»Das sehe ich genauso«, sagte Doktor Esparza. »Sie, wie auch immer sie heißt, ist eine Zeugin und keine Komplizin.«

»Ich bin ja ganz Ihrer Meinung«, antwortete der Comandante ruhig. »Aber die Politiker brauchen einen Sündenbock. Und was gibt es da Besseres als eine, die nicht von hier ist, eine Indiofrau?«

»Nicht von hier?«, Morgado schrie jetzt fast. »Sie ist Mexikanerin wie wir alle.«

»Wie Sie vielleicht«, sagte Doktor Acosta und zeigte seine rassistische Ader, »aber nicht wie ich. Man soll nicht Äpfel mit Birnen verwechseln.«

»Und nicht Dummheit mit Unwissenheit«, fuhr ihm Doktor Esparza in die Parade. »Erstere scheint mir hier stark vertreten zu sein.«

»Wenn Sie die Indios so mögen, dann gehen Sie doch nach Chiapas. Wir hier sind anständige Leute.«

In einem der Büros klingelte ein Telefon und unterbrach die Diskussion. Ein Anruf für Comandante Ramos.

»Verdammt!«, hörte man ihn schreien. »Journalisten schnüffeln da rum? Holen Sie sie sofort weg! Riegeln Sie alles ab! Ich bin sofort da.«

»Und jetzt?«, fragte Doktor Esparza.

Ohne auf sie einzugehen, sagte Ramos zu dem Rechtsmediziner: »Pack deine Utensilien in meinen Wagen. Die gesamte Ausrüstung. Und lass deine Assistenten rufen!«

»Noch mehr Tote?«, wollte Doktor Acosta wissen.

»Eine Riesenschweinerei. Im Hinterhof des Hauses haben meine Jungs ein Massengrab gefunden. Alles Kinder.«

»Diese Mistkerle!«, schrie der Arzt.

»Wollen Sie uns begleiten?«, fragte der Comandante höflich.

»Ich komme mit«, sagte Doktor Esparza. »Die Kommission für die Rechte der Kinder sollte anwesend sein.«

»Und Sie, Morgado?«, fragte der Comandante.

»Ich bleibe hier. Ich muss eigene Nachforschungen anstellen.«

»Wir sehen uns um drei im Hotel«, rief ihm Doktor Esparza zu und rannte dem Comandante hinterher. »Vergiss es nicht.«

Morgado meldete ein Gespräch nach Mexico City an. Diesmal war die unverwechselbare Stimme von Checo Ortiz – der reine blaue Dunst – nach dem dritten Klingeln dran.

»Schieß los, Junge! Ich habe mir die Szene noch mal angesehen, aber mit deiner Botschaft nichts anfangen können.«

»Du bist ja auch nicht so schlau wie mein Computer.«

»Aber ich bin nicht so blind wie du.«

»Ha! Ich sehe mehr als du. Wenn du wüsstest, was dein Blick alles verpasst.«

Morgado würgte ihn ab. »Und wenn du wüsstest, dass ich dich von der Polizei aus anrufe, würdest du mir das nicht erzählen, vor allem nicht am Telefon.«

»Du bist bei der Polizei? Umso besser. Sag ihnen, sie sollen sich ein Kilo vom Besten unter den Nagel reißen, ja?«

»Was glaubst du, wer die sind?«

»Was glaubst du, wer mich versorgt?«

Morgado sah ein, dass er die Schlacht verloren hatte, und wollte auf das Video zurückkommen. »Lass die Scherze. Was sagt dein Computer?«

»Hast du dieses weiße Ding im Fenster gesehen?«

»Ja. Für den Bruchteil einer Sekunde.«

»Es ist der Rücken einer Person, die mit einem weißen Umhang oder Kittel bekleidet ist.«

»Da wär ich auch allein drauf gekommen.«

»Ach ja?«, konterte Checo Ortiz. »Nun, auf diesem Kittel sind die folgenden Worte aufgedruckt: Mexicali Mercy Hospital. Und jetzt, Morgado? Wer ist Sherlock Holmes und wer Doktor Watson?«

Morgado bat um ein Telefonbuch von Mexicali und suchte in den gelben Seiten nach Krankenhäusern. Und da war es. Eine halbseitige Anzeige, mit Anschrift und Telefonnummer.

»Gute Arbeit, Sherlock. Ich melde mich.«

»Du weißt, was dich das kostet, nicht wahr?«

»Nein, das weiß ich nicht, Checo. Aber ich kann es mir vorstellen.«

»Gute Reise, Bruder.«

Morgado legte auf und versuchte das Mexicali Mercy Hospital anzurufen. Niemand meldete sich. Er verließ die Büros der Pathologie und ging zu einem Taxistand. »In die Avenida Edmundo Lizardi 418, Los Pilatos.«

»Das wird teuer«, sagte der Taxifahrer aufrichtig. Er war ein alter Mann mit Mütze und dem Blick eines zahmen Hais.

Morgado dachte kurz nach. »Ganz gleich, was es kostet, bringen Sie mich hin. Jetzt gleich.«

Der Taxifahrer war enttäuscht, dass nicht gefeilscht wurde. »So geht das nicht, Chef. Ich hätte wenigstens einen kleinen Kampf erwartet. Was hätte Sie das gekostet?«

»Zeit«, erwiderte Morgado. »Es hätte mich Zeit gekostet. Und jetzt geben Sie Gas!«

»Befehl ist Befehl, Chef.«

Morgado dachte: Ich habe nicht einmal eine verdammte Knarre dabei und gehe direkt in die Höhle des Löwen. Um mich von einem Serienkiller zerstückeln zu lassen.

11

Molly ließ den Blick durch den völlig verlassenen Operationssaal schweifen. Der Boden war mit Zeitungspapier bedeckt. Sie musste sich verabschieden, aber die Frau, die ständig den Akzent wechselte, verspürte keine Wehmut. Für eine Überlebende von Revolutionen, Schiffbrüchen und Misshandlungen war es wichtig, alle Brücken hinter sich abbrechen zu können, ohne mit der Wimper zu zucken. »Alles fertig, *loverboy?*«

Der Junge nickte und wies mit dem Blick auf die Benzinkanister, die er an strategischen Punkten der Klinik postiert hatte.

»Fertig, Molly. *Ready to go from here to eternity.*«

»Wieder so poetisch?«, lachte die Frau. »Du steckst voller Überraschungen.«

Der Junge begann einen Tanz mit Zuckungen und Verrenkungen

aufzuführen. »*Burn, baby, burn*«, schrie er und schlug erst die eine und dann die andere Schulter gegen die Wand des Operationssaales.

Molly lachte, aber ihr Mund zeigte nicht die Spur von Anteilnahme.

»Ich gehe ins Calimax einkaufen, *monsterboy*. Mach deine Arbeit gut! Wir sehen uns in einer Stunde in Calexico, im Restaurant vom Hotel Anza. Hotel Anza – okay?«

Der Junge stimmte ein Geheul an und schlug sich auf die Brust, als wäre er ein Affenmensch. Molly kehrte in ihr leeres Büro zurück. In der dazugehörigen Toilette nahm sie die rosafarbene Perücke ab und probierte die schwarze auf, bei der die Haare zu zwei Zöpfen geflochten waren. Dann holte sie ein Kästchen voller Make-up hervor. Innerhalb von zehn Minuten war sie nicht wiederzuerkennen. Über den Minirock mit den schwarzen Pailletten zog sie eine lange, mit mexikanischen Motiven handbestickte Tunika. Sie kontrollierte noch einmal alles: Die Frau, die sie aus dem Spiegel ansah, hatte das Gesicht einer Mexikanerin mit indianischen Gesichtszügen.

Speedy Molly greift wieder an, sagte sie zu sich selbst.

Sie ging durch die Hintertür zu dem alten Auto, das sie am Vortag gekauft hatte. Bevor sie den Motor der Klapperkiste anmachte, ging sie noch einmal die Shoppingliste durch: ein acht- bis zehnjähriges Mädchen, gesund und ohne Missbildungen, für eine Milztransplantation. Endpreis: sechzigtausend Dollar. Cash.

12

»Das ist die Klinik«, sagte der Taxifahrer und zeigte auf ein Gebäude an der gegenüberliegenden Ecke. »Ich müsste einmal um den Platz fahren, um direkt davor halten zu können.«

»Lassen Sie mich hier raus«, erwiderte Morgado. »Ich will mir einen Eindruck von dem gesamten Gebäude verschaffen.«

»Wie Sie wollen. Das macht dreißigtausend Pesos.«

Morgado zahlte, ohne zu murren.

»Ach, Sie sind langweilig, *amigo.* Nicht mal ein bisschen feilschen.«

»Was wollen Sie? Man ist, wie man ist.«

Das Taxi fädelte sich wieder in den mittäglichen Verkehr der Avenida Lizardi ein. Das Mexicali Mercy Hospital war ein nichtssagendes Gebäude. Ein zweistöckiger Zementblock mit Fensterchen wie Schießscharten. Alles pastellblau angestrichen, die Fenster des Wartesaales waren durch getönte Scheiben geschützt.

Als Morgado die Avenida überquert hatte und eintreten wollte, entdeckte er das winzige Schild an der Glastür: »Wegen Umbauarbeiten heute und morgen geschlossen. Termine ab nächsten Montag.«

Der Verteidiger der Menschenrechte gab sich nicht geschlagen. Er erinnerte sich an alte Lektionen und wählte aus seinem Schlüsselbund einen professionellen Dietrich. Er tat so, als hätte er den falschen Schlüssel genommen, und drückte mit seinem gesamten Gewicht auf den Dietrich. Das Metallschloss drehte sich knirschend. Dann ließ sich die Tür ohne weiteres öffnen.

Morgados Nase ließ die erste Alarmglocke läuten. Das ganze Krankenhaus roch nach Benzin. Einen Moment lang wollte er sich einreden, es handle sich um ein Desinfektionsmittel. Aber der Geruch war unverwechselbar und penetrant. Sosehr er sich auch bemühte, den Reiz zu unterdrücken, er musste ein paar Mal husten. Sein Husten wurde durch ein Heulen in irgendeinem Winkel des Krankenhauses beantwortet, dann gingen ohne Vorwarnung alle Lichter aus. In dem Gebäude war es plötzlich dunkel, weil alle Fenster mit Zeitungen abgeklebt waren und das Tageslicht nur mehr ein ferner gelblicher Schein war.

Um das Ganze noch weiter zu verkomplizieren, drang eine Stimme aus dem zweiten Stock an sein Ohr. »Wer bist du, Eindringling? Was zur Hölle machst du in meinem Reich?«

Es war eine Grabesstimme, dachte Morgado erschreckt, und sie klang amüsiert. Dazu gemacht, sich mit ihrer Stärke und Macht durchzusetzen. Er beschloss, nicht zu antworten. Er suchte nach einem Werkzeug, das ihm als Waffe dienen konnte, aber er fand nur eine Tasche voller Golfschläger. Er nahm den längsten und ging mit unsicherem Schritt die Treppe hinauf.

»*Stairway to heaven or stairway to hell?* Was denkst du, toter Mann?«

Wieder sagte Morgado kein Wort. Er wusste, dass der Mann jede seiner Bewegungen beobachtete und dass er ihn sofort umbringen würde, wenn er versuchte zu fliehen oder den Rückzug anzutreten. Es war ihm völlig klar, dass es ausgesprochen dumm war, sich einem Verbrecher mit einem Golfschläger als einziger Verteidigungswaffe zu nähern, aber ... vielleicht war dieser Mann pervers genug, Morgado, den Eindringling, eigenhändig und Auge in Auge töten zu wollen.

»Schön, schön«, heulte die Stimme, »ein mexikanischer *bandido.*«

Loverboy packte Morgado am Hemd und warf ihn über den Flur des zweiten Stockwerks. Er knallte gegen eine Mosaikwand, und der Golfschläger fiel ihm aus den Händen.

»Schau dich an, Eindringling.«

Morgado, dem der Kopf dröhnte, schätzte, dass die Stimme von rechts aus ungefähr fünf Meter Entfernung kam. Er ging in Duckhaltung an der Wand entlang zurück.

»Geh noch nicht, *frito bandido.* Es gibt gleich Essen.«

Morgado tastete auf dem mit Zeitungen bedeckten Boden nach etwas, das er gegen seinen Angreifer verwenden konnte. Ein Schlag gegen die Brust schleuderte ihn zwei Meter weit.

»Bist du ein Cop, mit deinem geilen Anzug?«

Morgado schaffte es kaum, sich hinzuknien. In seinem Kopf drehte sich alles wie in einem wilden Karussell. Er kehrte an die sichere Wand zurück und stolperte über ein Bierfass voller Benzin. Seine Hand umklammerte den Zapfhahn und berührte die Druckpumpe.

»Bist du ein Bohnenfresser?«

»Ja, Skinhead«, erwiderte Morgado und sprühte Loverboy das Benzin mitten ins Gesicht. Der Junge legte die Hände auf die Augen und fing an zu husten, weil die Flüssigkeit in seine Nasenlöcher und seine Kehle eingedrungen war. *»Shit! Shit! Shit!«*

Diesmal stürzte sich Morgado mit seinem gesamten Körpergewicht auf den Riesen und drängte ihn auf die andere Seite des Flures. Er suchte den Boden ab, bis er den Golfschläger wieder gefunden hatte, und schlug dann zweimal auf den Jungen ein, der wie ein nasser Sack zu Boden fiel.

Er kontrollierte die Taschen seines Angreifers. Er fand ein Päckchen Streichhölzer, ein Päckchen Kondome, eine Minitaschenlampe, eine Automatikpistole und eine Brieftasche mit einem Pass. Er hieß John S. Trower und war fünfundzwanzig. Außerdem fand er noch einen Kontoauszug mit einem Guthaben von einhundertzwanzigtausend Dollar und das Foto eines Paares, das sich vor einem Hotel in Las Vegas küsste.

»Bingo!«, rief Morgado.

»Die Frau ist von heller Hautfarbe und trug eine rosafarbene Perücke.« Morgado erinnerte sich an die Worte des Comandante, als er die Aussage der Mixtekin zitierte, die die Ranch des Massakers beobachtet hatte. Die Besitzerin des Hauses und die Frau von dem Foto wiesen eine starke Ähnlichkeit auf. Vielleicht war dieser Skinhead der gesuchte Mörder.

»Du bist ein Narr. Vampire wie ich können nicht sterben.«

Er sprang sofort von seinem Platz weg. Dieser Junge war kein harmloses Engelchen, sondern ein möglicher Serienmörder. Und er schien sich unglaublich schnell von den Schlägen zu erholen.

»Wer bist du, verdammt? Ein Killer …«

»Natürlich bin ich kein Killer«, erwiderte der Junge und stand ganz auf. Seine Stimme wirkte fein, fast zerknirscht. »Sie sind ein Einbrecher, das ist Hausfriedensbruch. Gegen das Gesetz!«

Morgado verstand das alles nicht. Es war, als wäre die Skinhead-Persönlichkeit des Jungen durch die einer höflichen, wohlerzogenen Person ersetzt worden.

»Was arbeitest du hier?«

Der Junge hob beide Hände in die Höhe. Einen Moment lang glaubte Morgado, einem wehrlosen Geschöpf gegenüberzustehen. Da sah er in der linken Hand von John S. Trower die Klinge eines Jagdmessers blitzen. Der Skinhead stürzte sich mit einem »Fahr zur

Hölle!« auf Morgado. Da fiel dem Detektiv die Pistole wieder ein, die er aus der Tasche des Jungen geholt hatten. Zwei Schüsse ließen den Angreifer zurückweichen, aber er ging noch lange nicht zu Boden. Das Messer fiel hinunter und blitzte nicht mehr.

»Was ist passiert?«, fragte der Junge und suchte nach den zwei Einschusslöchern in seiner Brust. Dunkles Blut lief über seinen Bauch und tropfte auf seine Füße.

»Ich bin unsterblich, Mann«, sagte er mit zittriger Stimme.

»Leg dich hin«, befahl ihm der Anwalt. »Ich rufe einen Krankenwagen.«

Morgado versuchte an ihm vorbeizukommen, um zur Treppe zu gelangen, aber John hinderte ihn daran. Mit einer seiner Pranken hielt er ihn fest, mit der anderen langte er in sein Blut und leckte es mit einer schnellen Zungenbewegung von den Fingern.

»Das ist mein Blut. Wie gut es schmeckt! Möchtest du?«, forderte er den mit ihm ringenden Anwalt auf. »Wirklich, *mouse man,* möchtest du davon?«

Morgado musste ihn mit aller Kraft von sich stoßen, um sich von dem blutenden Muskelpaket zu befreien. John S. Trower stolperte und fiel der Länge nach hin. Morgado suchte das Foto, das er in seiner Brieftasche gefunden hatte. »Wer ist diese Frau?«, fragte er.

John spitzte die Lippen, als wollte er seiner Geliebten Küsse schicken.

»Mein Mädchen, du Arsch.«

»Wo ist sie?«

»Einkaufen, Mann. Sie ist auch ein Vampir.«

»Ich weiß«, sagte Morgado fast zu sich selbst. »Wo ist sie einkaufen?«

»Warum willst du das wissen?«

Morgado wägte seine Antwort ab. »Ich werde sie töten«, sagte er schließlich. »Ich will ihre Seele und ihr Herz verschlingen. Ich bin ein Aztekenkrieger.«

John hob seine blutige Hand und tätschelte Morgados Wange. »Du bist wie ich, Krieger, ein Kind der alten Götter. Die Zeit kann uns nichts anhaben.«

»Ja, wir sind die Herren des Universums, von ewigem Hunger getrieben«, versuchte Morgado das Spiel fortzusetzen.

John heulte auf, und mehr Blut sprudelte aus seinen Wunden. Er schloss die Augen und lächelte. »Im Calimax, Mann. Sie ist im Calimax. Der Supermarkt an der Grenze.«

Der Rechtsanwalt wollte aufstehen, aber der Junge legte seine Pranke auf Morgados Schulter. »Trinke ihr Blut, Azteke. Und küsse sie für mich.«

»Mach ich.«

Morgado sprang mit großen Sätzen die Treppe des Mexicali Mercy Hospital hinunter. Im unteren Stockwerk stieß er hin und wieder irgendwo an, aber es gelang ihm, den Weg zum Ausgang zu finden. Draußen ging er sofort zu einer Telefonzelle und alarmierte das Rote Kreuz. Dann rief er Comandante Ramos an. Er berichtete ihm kurz von seiner Odyssee und teilte ihm mit, dass er sich jetzt auf den Weg ins Calimax mache.

»Was, glauben Sie, hat diese Frau vor?«, fragte der Comandante.

»Eine weitere Entführung. Was sonst?«

»Handeln Sie nicht voreilig! Warten Sie, wenn Sie vor uns da sind. Sie sehen ja, was passiert, wenn Sie einen auf Gringo-Detektiv machen.«

»Ich hab ja nur ein paar Schläge abbekommen«, sagte Morgado ganz in seiner Rolle.

Kaum hatte er das gesagt, da explodierte das Mexicali Mercy Hospital und ließ den ganzen Block erbeben. Die Scheiben der Telefonzelle, in der Morgado stand, gingen zu Bruch.

»Die Streichholzschachtel!«, rief er. »Ich habe die Streichholzschachtel bei ihm gelassen!«

Überall stiegen Flammen auf. Ein Wikingerbegräbnis, dachte Morgado, wie in einer Wagneroper.

13

»Andrea! Komm mal her!«

Die dicke Frau in kurzen Hosen, die ihre Zellulitis zur Schau stellten, trieb ihre Tochter an, die sich, noch mit dem Ranzen auf dem Rücken, in der Abteilung mit den Videospielen vergnügte.

»Schau mal, Mama, das da oben hat Nora. Neulich hat sie es mich mal bei sich zu Hause spielen lassen. Wenn du zehn böse Männer tötest, bekommst du tausend Punkte.«

Die Mutter probierte ein paar schrille Ohrringe an, aber der Gedanke, dass sie die Stromrechnung bezahlen musste, hielt sie davon ab, sie zu kaufen.

»Du wirst schon damit zufrieden sein, einen vom hohen Ross herunterzuholen«, sagte sie etwas verspätet zu ihrer Tochter. »Ich weiß, wovon ich spreche.«

Aber Andrea hörte sie schon nicht mehr.

Wo war die kleine Herumtreiberin denn jetzt schon wieder?

Die Sorge um ihre Tochter trat in den Hintergrund, als sie in die Fernsehabteilung kam. Es lief gerade zeitlich verschoben ihre Lieblingstelenovela.

»Ach, sieht der gut aus«, rief sie. Sie konnte sich nicht zurückhalten.

Eine Gruppe von Leuten stand um den Bildschirm herum, auf dem ein junger Mann mit langem Haar und offenem Hemd mit seiner liederlichen Dauerverlobten stritt.

»Warum gibt es nicht mehr solche Männer?«, fragte die Frau laut.

»Man kann sie im Katalog bestellen, meine Liebe«, antwortete die Dame neben ihr.

»Na, dann hat man mich übers Ohr gehauen. Ich habe mir einen bestellt, aber stattdessen hat man mir meinen Mann geschickt. Wo kann ich mich beschweren?«

Alle Anwesenden, auch die Verkäuferin der Elektronikabteilung mussten über den Kommentar lachen. Die Frau schaute sich um, aber sie konnte ihre Tochter Andrea nirgends entdecken. Sie wird bei den Nintendospielen sein, dachte sie. Und ohne sich großartig Sorgen zu machen, bewunderte sie weiter den jungen Verführer aus der Telenovela.

14

Morgado betrat das Calimax und schaute sich in alle Richtungen um. Der Polizist am Eingang stufte ihn sofort als verdächtig, als möglichen Dieb ein und teilte dies der Verwaltung mit. Morgado eilte durch die Gänge, zwischen Frauen und Kindern in allen Altersklassen und Größen. Die Frau mit der rosafarbenen Perücke war nirgends zu sehen. Dafür eine Menge Leute mit Einkaufswagen voller amerikanischer und mexikanischer Produkte. Eine Gruppe von Frauen tuschelte vor einer riesigen Fernsehwand. Ein Mann in Baseballkleidung hielt eine Brandyflasche in der Hand. Ein dickes Kind blätterte eine Zeitschrift mit Comics durch. Ein Teenie stand vor einem Dutzend Lippenstiften. Nichts Außergewöhnliches. Keine Spur von dem ›rosaroten Panther‹, wie Morgado sie inzwischen nannte. Er drehte noch eine weitere Runde und kam in die Spielzeugabteilung. Am anderen Ende des Ganges sprach ein kleines Mädchen mit einer Indiofrau. Seltsam, dachte Morgado, diese Kleidung aus Tehuantepec sieht man im Norden kaum. Er ging in den nächsten Gang, dort war die Frischfleischabteilung. Mehrere Frauen kämpften um die Aufmerksamkeit des Verkäufers.

»Wie viel kostet die Lende?«

»Schneiden Sie bitte das Fett ab. So will ich es nicht.«

»Ein Kilo Hackfleisch.«

Morgado wurde allein vom Anblick der blutigen Rind- und Schweinefleischstücke schlecht. Der Gestank des Todes und die Ranch von San Felipe drängten sich ihm wieder auf. Seine Sinne versuchten, die Erinnerung an diese Gerüche und die schrecklichen Bilder zurückzudrängen.

Morgado lehnte sich an eines der Regale mit dem Rücken zur Fleischtheke und atmete langsam und tief, bis er sich wieder gefangen hatte. Beruhige dich, beruhige dich. Du musst diese Frau finden. Irgendwo muss der rosarote Panther sein. Muss er? Einen Moment lang hatte er Zweifel. Die Worte von Rechtsanwalt Contreras hallten in einem Winkel seines Kopfes wider, und die Meldung aus *La Voz de la Frontera* über die Entführungswelle, insbesondere die Entführung von Andresito, brachte ihm in Erinnerung, dass die Augenzeugen ausgesagt hatten, dass die Hauptverdächtige eine Indiofrau war. Aber hier im Norden ist jede eine Indiofrau, wenn sie nicht die typische Cowboykleidung trägt: Baumwollbluse, Jeans und Lederstiefel. Wenn man wie ein Mädchen vom Land oder aus Tehuan…

Morgado richtete sich auf und rannte in die Spielzeugabteilung. Das Mädchen und die Frau aus Tehuantepec … waren verschwunden. Er lief in den nächsten Gang und stieß gegen eine Frau, die schrie: »Andrea, mein Kind. Wo steckst du? Mama muss gehen.«

Morgado begab sich in den Kassenbereich, und kurz sah er das weiße Gewand der Frau aus Tehuantepec blitzen. Sie zeigte dem Mädchen eine Schachtel mit Videospielen. Er beeilte sich, um sie noch zu erwischen. Aber noch bevor er den Gang verlassen und sich zum Ausgang begeben konnte, stürzten sich zwei Polizisten auf ihn. »Wo wollen Sie hin? Was haben Sie mitgenommen?«, schrien sie ihn an.

Es kam zwangsläufig zum Handgemenge. Einer der Polizisten rammte ein Regal mit Dosen, und der andere versuchte, Morgado mit einem Gummischlagstock zu erwischen. Er zielte ein paar Zentimeter daneben, aber durch die hastige Ausweichbewegung verlor Morgado das Gleichgewicht und stürzte zu Boden.

»Er ist ein Dieb!«, schrie der zweite Polizist und legte die Hand an seine Pistole.

»Ein Kind ist entführt worden, Idiot!«, schrie Morgado zurück.

Der Polizist zögerte. Ein paar Frauen rannten durch das Geschäft, am Rande des Nervenzusammenbruchs. Der erste Polizist erhob sich aus dem Chaos in der Konservenabteilung. Zwei Angestellte des Geschäftes versuchten, die Leute zu beruhigen.

»Was ist hier los?«, fragte ein junger Mann mit Anzug und Krawatte, der wie der Filialleiter aussah.

»Ein Kind ist entführt worden«, stammelte Morgado. »Sie sind auf dem Weg zum Parkplatz.«

»Das stimmt nicht!«, rief einer der Polizisten. »Dieser Mann hat geklaut und wollte abhauen.«

Der Geschäftsführer wusste nicht, was er tun sollte. Er sah, wie Morgado sich vom Boden erhob, verzweifelt. Er sah die beiden wütenden Polizisten. Und dann kam zu allem Überfluss noch die Frau in den kurzen Hosen völlig aufgelöst und gestikulierend auf ihn zu. »Meine Tochter! Meine Tochter! Andrea ist entführt worden!«

»Sehen Sie?«, rief Morgado erzürnt.

Ohne auf die Antwort zu warten, rannte er los und rieb sich das lädierte Knie. Auf dem Parkplatz war weder die Frau aus Tehuantepec noch das Mädchen zu sehen. Zwei Autos kamen angefahren: Streifenwagen der städtischen Polizei. Ein weiteres weißes Auto, auf Meilen als Bundespolizei zu erkennen, stand mitten auf dem Parkplatz. Morgado ging darauf zu und wies sich aus. »Haben Sie eine Indiofrau in einem weißen Gewand mit Blümchen gesehen?«

Die Polizisten sahen sich fragend an. »Schon möglich.«

»Wo sind sie hin?«

»Dort entlang«, sagte der Fahrer und zeigte auf einen Billigmarkt, La Baratera, wo am Eingang ein Schild hing: ›Alle Artikel fünf Pesos.‹

Morgado zögerte. »Liegt das Geschäft direkt an der Grenze?«

»Man stößt darauf.«

»Kann man von dort auf die andere Seite kommen?«

»Schon möglich«, sagte der Polizist. »Wenn man die Gebühr bezahlt.«

Und er lächelte Morgado an. Und der akzeptierte wie eine Aussage unter Eid diesen ganzen absurden Dialog. Er kam zu dem einzig möglichen Schluss. »Sie, die Frau aus Tehuantepec, hat schon bezahlt.«

»Schon möglich.«

Ohne das nächste ›schon möglich‹ abzuwarten, lief er los. La Baratera war ein riesiger schmaler Schlauch, voll mit Frauen, die Spielzeug aus Taiwan, amerikanischen Stoff, Kleider aus Hongkong und Billigkram aus Singapur kauften. Eine Welt der Markenpiraterie und der drittklassigen Waren in zweitklassiger Verpackung. Die Kunden dort waren ärmer als die im Calimax. Und es waren weit mehr. Das sind mindestens zweihundert Frauen in der Schlacht um die Schnäppchen, dachte er, während er sich durch die Gänge voller Tische mit wahllos nebeneinander liegenden Waren aller Art kämpfte. Aus den an allen vier Ecken angebrachten Lautsprechern kam ein Angebot nach dem anderen. Sie müssen hinten sein, mutmaßte Morgado, damit sie über den Zaun klettern können. Aber dann besann er sich eines Besseren. Nein, so kommt sie nicht rüber. Nicht mit dem Kind. Es sei denn, sie betäubt es. Sie konnte sie nur im Kofferraum eines Wagens rüberbringen. Als er durch einen Seitengang nach draußen kam, entdeckte er ein altes Auto hinter dem Geschäft. Auf den Sitzen war nichts Verdächtiges zu bemerken. Morgado öffnete den Kofferraum mit seinem Dietrich und fand einen mit Decken ausgelegten Hohlraum, der dafür präpariert zu sein schien, einen Menschen, vielleicht ein Mädchen, unterzubringen.

Als er den Kofferraum wieder schloss, überlegte er: Wo konnte sie das Mädchen betäuben? In der Damentoilette? Nein. Da sind immer Leute. Da ist man nie ungestört. Wo? Wo? Klar! In einer Umkleidekabine! Was bist du für ein Idiot! Deshalb hat es auch nur fürs Jurastudium gereicht.

Als er wieder ins La Baratera ging, sah er sie. Die Indiofrau zeigte dem Mädchen ein blaues Kleid. Aber das Kind wirkte wie weggetreten. Das konnte jedermann bemerken. Die Indiofrau benutzte das Kleid, um den Zustand des Kindes vor den Umstehenden zu verbergen. Morgado ging zu einer jungen Frau, die über Mikrofon die Angebote verkündete.

»Sie erlauben«, sagte er und schob sie beiseite. »Meine Damen und Herren«, hallte es klar und deutlich durch die Lautsprecher. »Eine dringende Mitteilung. Es geht um die versuchte Entführung eines Mädchens. Sie ist in der Gewalt einer Frau mit zu Zöpfen geflochtenen schwarzen Haaren, indianischen Zügen, gekleidet wie eine Tehuana. Wenn Sie sie in diesem Laden sehen, halten Sie sie fest!«

Die Leute waren betroffen und reagierten sofort. Sie umstellten die Indiofrau und das Mädchen. Man hörte Geschrei und Flüche. Und dann stürzte die Meute sich, angeführt von drei Walküren, wie ein reißender Fluss auf die Entführerin.

»Warte, du verdammtes Miststück!«

»Hexe, Hexe!«

»Was glaubst du? Dass du einfach so Kinder stehlen kannst?«

Ein älterer Herr zog das Mädchen von dem Spektakel weg. Morgado war erleichtert. So eine Energie binnen weniger Sekunden hatte er noch nie gesehen. Die Frauen und Mütter schienen sich um die Ehre zu streiten, die Indiofrau zu ohrfeigen, zu kratzen, zu treten und mit ihren Taschen auf sie einzuschlagen. Ich hoffe, ich habe mich nicht geirrt, dachte Morgado, während er sich unter die Leute mischte.

Die Indiofrau versuchte eine Pistole zu ziehen, aber die Tasche, in der sie sie aufbewahrte, flog in hohem Bogen durch die Luft. Die restlichen Frauen stürzten sich auf sie.

»Ich will nicht gehen, ohne ihr eine verpasst zu haben«, rief eine Frau neben Morgado aus und wartete ganz gelassen und stolz darauf, dass sie an die Reihe kam.

»Macht mal Platz!«, rief ein altes Mütterchen und hob ihren Stock. Als sie sie sahen, machte ihr eine der Walküren Platz, damit auch das Mütterlein zum Zuge kam.

Morgado wusste nicht, was er tun sollte. Er selbst wurde von den Lynchbesessenen hin und her geschubst, die es genossen, sich Luft machen zu können. Die Indiofrau war in der Masse zorniger Mütter förmlich untergegangen. Nicht einmal Comandante Ramos und ein Dutzend Polizisten konnten viel machen. Sie musste die Frauen eine nach der anderen wegzerren. Und die verließen nicht das Geschäft, ohne sich zur Erinnerung ein Stück vom Gewand der Tehuana mitzunehmen, das bald berühmt werden sollte.

Den echten Namen Molly Hernández Hacker erfuhr Morgado erst eine Woche später. Als sich der Tumult aufgelöst hatte, hatte man festgestellt, dass die Tehuana, *with a little help from her friends,* im Jenseits gelandet war.

»Fall abgeschlossen«, flüsterte Comandante Ramos.

»Nein! Die amerikanische Seite noch nicht. Man muss die festnehmen, die die Organe der Kinder gekauft haben. Die Komplizen. Die in Dollars gezahlt und ihre Hände in Unschuld gewaschen haben.«

»Das ist die Aufgabe der übergeordneten Behörden beider Länder, nicht unsere.«

Morgado betrachtete die sterblichen Überreste der Frau. Von dem Gewand waren nur noch Fetzen übrig. Die Perücke mit den Zöpfen war verschwunden. Auf ihrem eingeschlagenen Schädel war lediglich streichholzkurzes Haar.

»Hier ist eine Tasse kaputtgegangen«, flüsterte Comandante Ramos ironisch.

»Und jetzt alle husch, husch nach Hause«, sagte Morgado. »Ich habe die Botschaft verstanden.«

»Und hier ist noch eine: Doktor Esparza wartet in Ihrem Hotel auf Sie. Erst will sie sich darum kümmern, dass das um ein Haar entführte Kind und die im Calimax durchgedrehte Mutter medizinisch gut versorgt werden, und dann wird sie sich mit Ihnen treffen.«

»Vielen Dank für alles«, sagte Morgado.

Comandante Ramos klopfte ihm auf den Rücken. »Sie brauchen auch ein gutes *tune up,* eine Generalüberholung. Man sieht, dass es Ihnen heute verdammt elend ergangen ist.«

»Aber mit glücklichem Ende.«

Comandante Ramos senkte den Blick und schaute auf die Leiche der Frau. »Ist das ein glückliches Ende? Ich wusste nicht, dass Sie einen genauso makabren Humor haben wie ich.«

»Da sehen Sie es, Comandante. Es wird überall nur mit Wasser gekocht. In Mexicali wie in Oaxaca. In ganz Mexiko gibt es viel angestaute Energie, die kurz davor ist, zu explodieren.«

»Ruhen Sie sich aus! Lassen Sie uns den Dreck unter den Teppich kehren und das Blut wegwischen, okay? Das ist unser Job.«

Müden Schrittes verließ Morgado das Geschäft. Auf dem Parkplatz lehnte er das Angebot der Polizisten ab und nahm ein Taxi zum Hotel.

»Was ist los, junger Mann?«, fragte ihn der Taxifahrer. »Haben Sie auch an der Apachenrache teilgenommen?«

»Was für eine Apachenrache?«

»Haben Sie denn nicht San Bermúdez gehört, den Moderator? Deswegen bin ich von meiner Route abgewichen. Ich wollte sehen, was im La Baratera los ist. Sie sagen, es war eine Mordsschlägerei.«

»Lynchjustiz«, erwiderte Morgado.

»Toll! Oder? Ich hoffe, meine Frau hat auch mitgemischt. Sie ist sehr kampfeslustig und geht oft in dieses Geschäft.«

»Vielleicht«, erwiderte Morgado.

»Mal sehen, ob sie so kapieren, dass man uns nicht die Kinder klaut. Jetzt wird man Mexicali respektieren. Es heißt, sogar die Nachrichten in der Hauptstadt werden darüber berichten. Wir in Mexicali, wir sind ein tapferes Völkchen und die Frauen umso mehr.«

Morgado wusste nicht, was er sagen sollte. Das Wort Menschenrechte summte ihm im Ohr. Wie der gute Engel auf den Bildchen der Kinderzeit, der den Schützling ermahnte, sich gut zu benehmen. Vergeblich natürlich.

Der Taxifahrer musterte ihn im Rückspiegel. »Kommen Sie. Seien Sie nicht gemein«, flehte er. »Erzählen Sie mir von der Schlägerei … von dieser Lynch-was-weiß-ich.«

Morgado atmete tief ein und wollte alles kurz und knapp erzählen, aber dann kamen andere Worte aus seinem Mund: »Da war einmal ein Anwalt, der in Mexico City lebte. Eines schönen Tages erhielt er einen Anruf von einem Vertreter der freien und souveränen Regierung von Baja California …«

»Es ist eine lange Geschichte, oder?«, fragte der Taxifahrer vorsichtig.

»So lang und alt wie die Geschichte von Kain und Abel. Kennst du sie?«

»Sind die aus Bellavista oder aus La Baja?«

Morgado erlaubte sich zum ersten Mal an diesem Tag, frei herauszulachen. »Ja, sie leben hier und dort, überall.«

15

Das Meer von San Felipe war an diesem Morgen ein blauer, weiter Horizont mit sanften Wellen und wenig Treibgut. Morgado hatte sich vor dem Hotel Colorado auf dem dunklen Sand ausgestreckt, unter einem der vielen Schirme aus Palmwedeln.

Guadalupe Esparza kam zu ihm mit zwei Clamatos in der Hand. Sie gab Morgado einen davon und legte sich neben ihn. »Hören Sie, Herr Anwalt, haben Sie noch nie von der Befreiung der Frau und diesem Kram gehört?«

Morgado überhörte die Anspielung und schlürfte lautstark seinen Drink. »Nein, Frau Anwältin. Sollte ich?«

»Sollten Sie. Denn die nächsten Drinks holst du. *Capizca?*«

»Capizco.«

Zehn Minuten vergingen, und die Sonne setzte ihren langsamen Aufstieg an dem wolkenlosen Himmel voller Möwen und Kormorane fort. Trotz ihrer stoischen Gemütsart konnte Guadalupe Esparza sich nicht zurückhalten: »An was denkst du? Du bist so still.«

»Ich denke an das, was ich die letzten Tage erlebt habe. An das Video deines Freundes, des Doktors, und an dieses makabre Haus, in dem so viele unschuldige Leben geopfert wurden, an diesen Jungen, John, der aus Blutdurst fähig war zu töten.«

»Ich hätte besser nicht gefragt.«

Morgado fuhr auf. »Ach was! Es ist gut so. Es ist wie eine Beichte, denn mich lässt das Bild von dieser als Tehuana verkleideten Frau nicht los. Ich bin sicher, dass sie nie so sterben wollte, auf dieselbe Weise, wie sie die Spuren all derjenigen hat auslöschen lassen, die ihr nichts mehr einbrachten. Es ist wie ein Akt biblischer Gerechtigkeit, wenn du mir den Vergleich erlaubst.«

»Hör auf! Gleich kommst du mir damit, dass du ein Instrument in den Händen des Allmächtigen warst.«

Morgado legte sich wieder in den Sand. Das helle, intensive Sonnenlicht ließ die Welt um ihn herum erstrahlen. »Wie immer«, flüsterte Morgado mehr im Scherz.

»Was hast du gesagt?«

Morgado musste den Spaßvogel geben. »Dass du den schönsten Hintern von ganz Mexicali hast.«

Jetzt fuhr Guadalupe Esparza auf. »Wie? Nur von Mexicali?«

Morgado zog sie zu sich hin. Und weil sie keinerlei Widerstand leistete, küsste er sie.

»Was machen Sie da, Herr Rechtsanwalt?«, fragte sie, als wären solche Zärtlichkeiten in ihrer Prozessordnung nicht vorgesehen.

Ohne seinen Erkundungsfeldzug zu unterbrechen, sagte er in einer Atempause: »Ihre Behauptungen überprüfen, Frau Kollegin.«

Direkt über ihnen kreiste hoch oben eine Möwe und beobachtete sie. Vielleicht genoss sie das Spektakel schwitzender, keuchender Säugetiere vor dem Panorama des perfekten Meeres von San Felipe, an der noch jungfräulichen Halbinsel von Baja California.

Laguna Salada

1

»Hast du die komplette Ausrüstung dabei?«

Morgado rieb sich mit beiden Händen das Gesicht, um ein wenig wacher zu werden. Er saß auf dem Rücksitz eines Ford Ranger, der mit hundertvierzig Sachen über die Straße raste.

»Was meinst du mit komplett?«, fragte er, um Zeit für die Antwort zu gewinnen, denn er war ein paar Minuten eingenickt und wollte das nicht eingestehen.

Jimmys Augen schauten ihn im Rückspiegel amüsiert an. »Tu nicht so, Miguel Ángel. Das hier ist kein Picknickausflug.«

Morgado öffnete seine Tasche und kramte Lampen, Seile, Walkie-Talkies, eine Wasserflasche aus Aluminium und ein Jagdmesser hervor.

Elena, das Mädchen neben ihm, riss ihm die Tasche aus den Händen und hielt sie mit der offenen Seite nach unten.

Zwei Löffel, ein Taschencomputer und die Neuausgabe eines Überlebenshandbuchs der US Army fielen auf den Sitz. Sie musste lachen.

»Was hast du gefunden?«, fragte Lucy, Jimmys Freundin und die offizielle Patin der *Cuervos.* »Kondome oder aufblasbare Puppen?«

Elena zeigte ihr das Handbuch.

Jetzt lachten alle drei schallend.

»Was ist mit dir los, Miguel Ángel?«, fragte Jimmy. »Hast du so wenig Vertrauen in uns? Glaubst du, wir werden dich mitten in der Wüste aussetzen?«

»Es ist nur …«, versuchte der Anwalt sich zu verteidigen.

»Obwohl, eigentlich gar keine schlechte Idee, dich in der Laguna Salada auszusetzen und zu sehen, wie du es anstellst, zu überleben. Was meinst du, Elena?«

Das Mädchen sah Morgado an wie ein wildes Tier. »Nachdem ich ihn gefressen habe«, sagte sie mit einem Lächeln, das eher bedrohlich als verführerisch aussah, »können wir die Reste in den Dünen zurücklassen.«

»Das ist meine Elena«, rief Lucy, und beide schauten Morgado an wie zwei großmütige Löwinnen ein Hirschkalb.

»Lasst ihn in Ruhe, Mädchen«, versuchte Jimmy ihn zu retten.

»Oh, wie fürsorglich!«, rief seine Freundin aus.

Um die Diskussion zu beenden, stellte er das Radio auf volle Lautstärke. Die Stimme von Julieta Venegas brachte Morgados Trommelfell fast zum Platzen. Die Frauen schauten ihre Erste-Hilfe-Ausrüstungen durch.

»Ich habe gestern Nacht im Kabelfernsehen diesen alten Film mit David Reynoso gesehen«, stammelte Morgado völlig unpassend.

Jimmy stellte das Radio noch lauter.

»Ich sagte, ich habe gestern Nacht diesen Film gesehen, der in der Wüste spielt, hier in der Nähe von Mexicali, in Sonora. Erinnert ihr euch?«

»Der mit George Clooney?«, fragte Lucy erwartungsvoll.

»Nein. Der mit den Eisenbahnern, die sich in der Wüste verlaufen.«

»Ja«, sagte Jimmy. »*Viento negro.* Es waren Ingenieure, und sie sind verdurstet. Sie waren zu viert, glaube ich. Sie waren dabei, die Eisenbahntrasse zu bauen, die Sonora mit Baja verbindet. *Good movie.* Und das hat dir Angst gemacht?«

»Nun, ja. Wie du schon sagtest, wir fahren nicht zu einem Picknick.«

»Nein«, sagte Elena ernst, »wir sind die *Cuervos,* und das ist ein Rettungstrupp.«

»Du sprichst wie Arnold Schwarzenegger«, erwiderte Morgado. Elena schlug ihm auf die Schulter, und Morgado lachte.

»Was ich sagen wollte«, fuhr er fort und rieb sich die Schulter, damit die zärtliche Geste à la *Cuervos* keinen blauen Fleck hinterließ, »man muss Vorkehrungen treffen. So trainiert ihr euch auch fühlt, es kann uns trotzdem etwas zustoßen. Ihr wisst ja, was mit den mexikanischen Soldaten geschehen ist. Sie haben ein Überlebenstraining in dem Gebiet gemacht, und ein Dutzend von ihnen ist an Austrocknung gestorben.«

Jimmy beschloss, die Straße zu verlassen und einen Seitenweg zu nehmen, und antwortete dann stellvertretend für den Motorradklub, den er anführte: »Ja, weil sie keinen Funk dabeihatten. Und es waren Soldaten aus dem Süden. Sie waren an diese Hitze nicht gewöhnt. Sie starben an der Sonneneinstrahlung. Ein Hitzschlag, und das wars.«

»Mir geht es genauso«, sagte Morgado, der sich wie bei einer Befragung beim Minister fühlte, »meine Akklimatisierung besteht darin, aus meinem Hotelzimmer zu den Büros der Binationalen Kommission für die Rechte der Migranten zu fahren. Von einer Klimaanlage zur nächsten. Vergesst nicht, ich lebe in Mexico City, und da schaut die Sonne nur gelegentlich vorbei. Da kann man wohl kaum von Klimaanpassung sprechen.«

»Du bist nicht von hier, sagst du? Und du bist auch nicht zufällig in Mexicali mitten im Sommer geboren?« Jimmy ging zum Gegenangriff über.

»Doch. Doch. Aber ich habe diese Gefilde vor zu vielen Jahren verlassen, um mich noch an das harte Wüstenklima zu erinnern.«

»Wenn du auf Sand gebissen und Wasser aus dem Río Colorado getrunken hast, ist dein Schicksal besiegelt, Miguel Ángel. Du bist einer von uns. Du bist ein dorniger Kaktus, da kannst du dich noch so als Hauptstädter mit Anzug und Krawatte verkleiden.«

Morgado senkte den Kopf, er hatte verloren.

»Also ein Kaktus?« Elena rückte näher an ihn heran und zog ihre Hose herunter, damit er ihre rechte Pobacke sehen konnte: Dort war in Rot und Violett ein aufragender, schlanker Kaktus eintätowiert. Darunter stand ein Name: Javier. Elena zog die Hose wieder hoch, und Morgado saß da, ihm blieb die Spucke weg. Seine Verwirrung wurde noch größer, als Elena ihm zuzwinkerte und ihm ins Ohr flüsterte: »Mit dem Typen ist es aus. Wenn du willst, gebe ich dem Kaktus deinen Namen. Wie wärs?«

Vom Beifahrersitz aus ließ Lucy das Paar nicht aus den Augen. »Jetzt sag schon ja, Miguelito, sie ist geiler als die ganze Wüste hier.«

»Was weißt du denn schon?«, erwiderte Elena.

Aber noch bevor es zu einem Wortgefecht kam, flogen alle nach rechts, weil Jimmy rasant eine Rechtskurve genommen hatte. »Nun kommt mal wieder runter«, schrie er. »Spart euch eure Energie für die Bedürftigen auf.«

Über Funk kam knisternd eine Stimme, beherrscht, aber offensichtlich in Not.

»Hört ihr mich, *Cuervos?* Hört mich jemand?«

»Klar und deutlich«, antwortete Jimmy. »Was ist los, Toño?«

»Eine Gruppe von zwanzig Leuten. Sie haben die Nacht hinter dem Cerro Centinela verbracht. Die Idioten haben sich vor etwa vier Stunden auf den Weg gemacht. Sie werden in die größte Mittagsglut kommen und haben nicht mehr als eine Flasche Wasser dabei.«

»Und die Schleuser?«

»Die haben sich schon aus dem Staub gemacht, die Mistkerle.«

»Was brauchst du?«

»Ich habe eine schwangere Frau gefunden. Es geht bald los. Das ist nicht so mein Ding.«

»Jetzt plötzlich?« Lucy nahm Jimmy das Mikrofon aus der Hand. »Du bist doch unser Obermacho, der Gigolo mit dem Goldpimmel.«

»Bist du das, Luciana?«, hörte man die knisternde Stimme fragen.

»Wie hast du das bloß erraten?«

»Weil ... gut ... später. Es brennt. Ist ein Arzt bei euch?«

Die vier schauten sich an. »Ich habe letztes Jahr einen Krankenschwesternkurs beim Roten Kreuz gemacht«, sagte Elena.

»Ich habe mehr als zehn Kinder auf die Welt gebracht, als ich in Chiapas gearbeitet habe«, sagte Morgado. »In den Bergen. In einer notdürftig eingerichteten Ambulanz.«

Das genügte Jimmy. »Wir kommen, Toño. Sag mir, wo du bist.«

»Südwesten. Zwölf Kilometer hinter der Cañada del Lobo.«

»Das ist mitten im Niemandsland«, bemerkte Lucy.

»Mitten im Herzen der Laguna Salada«, bestätigte Jimmy.

Der Wagen ruckelte gewaltig, als sie auf einen völlig unmarkierten Weg fuhren, bei dem nur die hinter ihrem Rücken aufsteigende Sonne als Orientierung diente. Das erste flimmernde Licht ließ einen ebenen, hellen Horizont erkennen, der im Nichts anfing und im Nichts endete. Es gab keine Grenzen und keine festen Umrisse.

»Wie warm ist es?«, fragte Morgado.

»Da draußen dürfte es so um die vierzig Grad Celsius sein«, antwortete Elena. »Und dabei ist es erst sieben Uhr morgens.«

2

»Da sind sie.« Morgado hätte sich den Hinweis sparen können: Zwei weitere Geländewagen mit dem Emblem der *Cuervos* dienten als Befestigung für eine Zeltplane, die sieben Migranten aus Veracruz und Tabasco und einem Dutzend Motorradfahrern Schutz bot, die ihren Landsleuten helfen wollten.

Nach dem üblichen Begrüßungsritual der Straßenpiraten, von dem ihm immer der Rücken wehtat, ging Morgado zu der schwangeren Frau. »Wie oft kommen die Wehen?«

»Alle fünf Minuten«, sagte ein Mädchen, das die Hand der Gebärenden hielt.

»Dann kommen wir gerade noch rechtzeitig.«

Als er sich zu Elena umdrehte, stellte er fest, dass sie sich auskannte. Der Arztkoffer mit sterilisierten Zangen und Scheren lag schon bereit.

»Haben wir Tetanusimpfstoff?«

»Ja.«

Die Frau stöhnte und krümmte sich unter dem extremen Schmerz einer Wehe zusammen. Morgado sah ihr in die Augen und wusste, was Sache war. Er zog die Handschuhe an und streckte die Hand aus. Elena legte sofort die Schere hinein.

»Es ist ihre erste Geburt«, sagte der Anwalt, der jetzt hauptberuflich Arzt war, »und es gibt Probleme mit dem Kind. Ich glaube, es kommt mit den Füßen zuerst. Wir müssen sie aufschneiden, damit wir es holen können, bevor es erstickt.«

Elena injizierte der Frau eine örtliche Betäubung. Morgado setzte sofort den Schnitt. Wenig später hörte man zwei Schreie, den der Mutter und den des Neugeborenen.

»Wie geht es ihm? Wie geht es ihm?«, fragte die frisch gebackene Mutter trotz der Schmerzen.

Elena wischte das Blut und den Schleim von dem Neugeborenen und legte es auf die Brust der Frau. »Sehen Sie selbst! Ein prächtiger Junge.«

»Danke«, flüsterte die Mutter. »Danke.«

»Die Plazenta«, sagte Morgado. Zehn Minuten später klatschte das ganze Lager Beifall und er war der Held des Tages.

Inzwischen war es acht Uhr. Im Schatten waren es bereits knappe fünfundvierzig Grad.

»Dieser Tag wird höllisch«, prognostizierte Jimmy.

»Wir müssen«, sagte Toño, ein dürrer Blonder mit schlauem Blick. »Jede Minute bedeutet ein vom Hitzekollaps bedrohter Migrant mehr.«

»Dann mal los«, sagte Lucy. »Bleibst du hier oder kommst du mit, Miguelito?«

Der Anwalt hatte sich die Hände abgetrocknet und fühlte sich nach der Geburt wacher. Er hatte mehr Adrenalin im Blut denn je. »Ich komme mit!«, rief er. »Ihr habt mir versprochen, dass das kein Tag auf dem Land wird, sondern harte soziale Arbeit, also müsst ihr jetzt auch euer Wort halten.« Er war mit einem Satz im Wagen und stellte die Klimaanlage auf die höchste Stufe.

3

»An was erinnert dich das?«

Morgado öffnete ein Auge und sah die Kulisse der Berge. Dann öffnete er beide Augen und blickte in die gleißende Sonne, die die Welt in eine schneeweiße Wand verwandelte, auf der alles unscharf flirrte. »Lawrence von Arabien?«, spekulierte der Verteidiger der Menschenrechte.

»Nein, ich spreche von hier, von Mexicali«, erwiderte Jimmy.

Morgado gab seinen Versuch, sich ein kurzes Nickerchen zu gönnen, auf und starrte auf die karge Fläche um sie herum mit ihren salzigen Zähnen. »Das ist wie eine andere Welt, wie ein anderer Planet«, sagte er schließlich.

»Ja, wie auf dem Mond oder auf dem Mars, oder?«

»Was hast du geraucht?«, fragte Lucy.

»Lass ihn«, sagte Elena. »Jimmy schwebt gerade auf einer esoterischen Welle.«

»Von wegen esoterisch«, erwiderte Lucy. »Weißt du, wie dieser Mistkerl mich erobert hat?«

»Er hat dir von den Ufos in der Rumorosa erzählt und gesagt, er würde sie nur dir allein zeigen.«

Lucy machte ein enttäuschtes Gesicht. »Dir hat er das auch erzählt, nicht wahr, Elenita?«

»Natürlich. Oder hast du das nicht gerochen mit den Begegnungen der dritten Art?«

»Aber sie fand nur mit einem einzigen Typen statt. Und der war alles andere als außerirdisch.«

Morgado hätte sich nicht mehr zu Hause fühlen können. Nach langen Jahren in Mexico City war es erfrischend, an den Ort zurückzukehren, wo die Leute unverblümt über ihr Leben und die lächerlichen Kleinigkeiten des Alltags sprachen.

»Worauf ich hinauswollte«, erklärte Jimmy, »die Laguna Salada und dieses ganze nördliche Wüstengebiet sind wie mein Spielplatz. Ich kam mit Professor Montaño hierher, dem dicken Montaño, als ich in der fünften Klasse war. Es war das erste Mal, dass ich mit vor Staunen offenem Mund dastand vor so viel … so viel Nichts. Das reine, kahle Nichts. Es war eine Exkursion des Instituto Salvatierra und …

»Du warst am Instituto Salvatierra? Das wusste ich ja gar nicht.«

»Ja.« Jimmy zündete sich eine Alas an. »Auch ich hatte meine Phase als Jungspund, als verhätschelter Junior. Aber ich habe rechtzeitig nachgedacht und mich nicht wie du und der Rest der Sippe, als es ihnen gut ging, zum Handlanger von Koreanern, Japanern, Chinesen und den Gringos gemacht. War es nicht so?«

Morgado lächelte über diese Offenbarung.

»Aber kommen wir zu Professor Montaño zurück. Er war Geologe oder Vulkanologe oder irgend so etwas. Er hat uns gelehrt, die Wüste zu sehen und zu deuten. Und wisst ihr was? Früher hatte ich gedacht, das hier habe keinen Wert. Nichts als Sand. Salz. Karger Stein und verrückter Wind. Aber der dicke Montaño hat mir gezeigt, dass es prähistorische Fossilien, in Felsen gehauene Bilder und Edelsteine gibt. Es gibt sogar Gold und seltene Metalle, diese radioaktiven.«

»Dort sieht man etwas blitzen«, unterbrach ihn Lucy. »Ich hoffe, das ist nicht radioaktiv.«

»Wo?«, fragte Elena.

Eine Minute später hielten sie vor dem improvisierten Lager einer Gruppe von Migranten. Unter einer Decke lag der Körper einer älteren Frau. Morgado fühlte ihren Puls und schüttelte den Kopf. Nichts mehr zu machen.

»Wann, glaubst du, ist sie gestorben?«, fragte Jimmy.

»Sie ist noch warm. Aber bei den hohen Temperaturen besagt das nicht viel. Die Totenstarre ist noch nicht eingetreten. Ich schätze mal, sie ist ungefähr drei Stunden tot, höchstens.«

»Todesursache?«, fragte der Anführer der *Cuervos,* als wäre er ein Beamter des Innenministeriums.

»Sonnenstich. Extreme Erschöpfung. Unterernährung. Verzweiflung. Der berühmte Cocktail Mexiko, der uns in Gringoland so bekannt gemacht hat.«

Lucy kniete sich neben die Frau und brachte ihr das Haar mit einem Kamm in Form. »So sieht sie besser aus«, war alles, was sie sagte.

Elena, die sich von der Gruppe abgesondert hatte, kam angelaufen und zeigte auf die etwa hundert Meter entfernten Ausläufer eines Berges. »Sie sind da entlang weitergegangen. Sie sind in die verdammten Cañons. Da sind überall Sachen verstreut. Als hätten sie unnötigen Ballast abwerfen wollen.«

»Na dann los«, sagte Jimmy. »Erst die Lebenden und dann die Toten. Wir kommen später zu der alten Frau zurück.«

Der Geländewagen mit Vierradantrieb verschwand zwischen den Felsen und folgte dem Verlauf eines ausgetrockneten Flussbettes. »Wie im Märchen«, sagte der Anwalt. »Sie haben eine sichtbare Spur aus Kleidern, Dosen und Plastiktüten hinterlassen.«

»Sie müssen sehr verzweifelt sein«, meinte Elena.

»So verzweifelt, wie wir sie suchen«, fügte Lucy hinzu.

Jimmy nahm wieder das Funkgerät und teilte den Fundort des Leichnams der Frau mit. Die Antwort war kurz: Die Polizei sei schon auf dem Weg.

»Nachts halten die Kojoten und die Wölfe ein Festmahl mit den toten Migranten … oder den verletzten«, erklärte Elena Morgado. »Aber das passiert nur nachts und eher selten.«

Plötzlich öffnete sich der Cañon. Jimmy konnte gerade noch rechtzeitig bremsen. Da war ein Rudel wilder Hunde beim Schmaus, und das mitten am Tage. Jimmy nahm sein Gewehr und schoss ein paar Mal in die Luft. Das Rudel stob auseinander und versammelte sich in fünfzig Metern Entfernung erneut. Sie waren offensichtlich nicht bereit, auf die vom Himmel gefallenen Speisen zu verzichten. Lucy stieg vorsichtig aus, auf der Hut vor den aggressiveren Hunden, die Anstalten machten, zurückzukommen und sich ein weiteres Stück Frischfleisch zu holen.

Morgado behielt sie im Auge. Er war nervös. Lucy ließ ein Knie zu Boden sinken und wartete. Eine Salzsäule, dachte der Anwalt, aber allein durch ihre Anwesenheit fühlte er sich sicherer.

Aus dem Rudel sprang ein Hund mit dunklem Fell hervor, der größer und stärker war als die übrigen.

Lucy schoss im Gegensatz zu Jimmy nur einmal. Der kräftige Hund machte einen kurzen Satz und fiel dann tot zu Boden. Das übrige Rudel überlegte nicht lange. Es stürzte sich auf seinen reglosen Körper und verschlang ihn in wenigen Minuten. Es war ein Kampf jeder gegen jeden.

Lucy schoss ein weiteres Mal, und das Ritual wiederholte sich. Diesmal schleppte das Rudel jedoch den Körper mit in den Cañon hinein, und so stellten sie keine Bedrohung mehr für den Rettungstrupp dar.

Elena nutzte die Gelegenheit, auf das Bündel zuzugehen, das inmitten des ausgetrockneten Flussbettes lag. Trotz all ihrer Kaltblütigkeit, ihrer paramilitärischen Ausbildung und ihres Bikerherzens legte sie die Hand auf den Mund und brach in Tränen aus.

4

Sie waren ein Paar gewesen. Mann und Frau, umschlungen in der Stunde des Todes. Jetzt waren sie eine Masse aus Fleisch und gebrochenen Knochen. Ein Blutfleck, umschwirrt von summenden Fliegen.

Die Polizei würde gleich da sein.

»Wir haben Pech«, sagte Jimmy. »Wir konnten keinen retten. Wir hätten früher aufbrechen müssen.«

Morgado ärgerte sich. Er, der sich beklagt hatte, dass sie zu nachtschlafender Zeit aufgebrochen waren, musste einsehen, dass sein Gejammer völlig fehl am Platze gewesen war.

Der Pick-up der lokalen Polizei tauchte auf. Zwei uniformierte Beamte und ein junger Mann mit schwarzem Hemd und Levi's mit einer Digitalkamera in der rechten und einem Miniaufnahmegerät in der linken Hand stiegen aus. Jimmy verzog das Gesicht, als er ihn kommen sah. Der junge Mann schritt sofort zur Tat und machte Fotos von den Überresten des Paares. »Das ist fantastisch!«, rief er und grinste dabei. »Besser als die alte Oma da hinten.«

»Hey, hast du denn überhaupt kein Schamgefühl?«, fragte Morgado ihn.

»Kenn ich doch nicht«, erwiderte der Journalist und knipste unermüdlich weiter. Morgado wusste nicht, ob er die alte Frau oder das Schamgefühl meinte.

»Und wenn das hier deine Eltern wären?«

»Umso besser. Ich bin absoluter Profi. Wenn mein Haus in Flammen aufgeht, würde ich das mit der Kamera festhalten und nicht versuchen, den Brand zu löschen. Noch einen moralischen Rat auf Lager, *compañero?*«

Der Rat war dann eher praktischer Natur. Elena tippte dem Fotografen auf die Schulter und lächelte ihn verführerisch an. »Hör mal, kannst du ein Foto von mir machen?«, säuselte sie. »Ich wollte immer schon mal was Künstlerisches machen.« Und dann präsentierte sie ihm ihre nackten Brüste.

»Warum nicht, Süße«, rief der Fotograf erstaunt aus und hob die Kamera, um sich die Gelegenheit nicht entgehen zu lassen.

Der Tritt in die Hoden ließ ihn in die Knie gehen. Er konnte vor Schmerz nicht einmal schreien. Die Polizisten, die mit dem Rücken zu ihm standen, drehten sich um, damit sie zusehen konnten, wie Elena den Reporter fertig machte. Der nächste Schlag traf ihn am Solarplexus. Er verdrehte die Augen. Die Kamera flog durch die Luft und landete in Lucys Händen, die sie auf den Boden warf und mit einem Schuss vernichtete. Die Polizisten wollten protestieren, aber es war zu spät.

Elena, die ihre Brüste wieder bedeckt hatte, verpasste dem Fotografen, der sich immer noch am Boden wand, eine Ohrfeige. Dann nahm sie alles Fotomaterial, das sie in seinen Taschen finden konnte, und vernichtete es vor den Augen der Behörde. »Geiles Schwein. Ich werde dich wegen sexueller Nötigung anzeigen.«

Jimmy hob das Gewehr und zielte wie zufällig auf die beiden Polizisten.

Der Ältere erkannte, dass es besser war, sich in die Prügelei nicht einzumischen, und so fragte er, während er weiter den Tatort inspizierte: »Warum verschwindet ihr nicht von hier? Wir kümmern uns darum. Und am Nachmittag kommt ihr aufs Revier und macht eure Aussagen. Was meinst du, Jaime?«

»Sehe ich auch so.«

Die vier stiegen in den Geländewagen.

»Ich will noch nicht zurück«, sagte Lucy. »Lass uns weiterfahren.«

»Ja«, sagte Elena, deren Kampfeslust noch nicht befriedigt war. »Schnappen wir uns diese kannibalischen Hunde.«

Jimmy und Morgado sahen sich wortlos an. Der oberste Rabe ließ den Wagen an und fuhr weiter in den Cañon hinein.

5

»Keine Spur. Wie Seelen, die der Teufel geholt hat«, sagte Jimmy.

»Hunde haben keine Seele«, erklärte ihm Elena.

»Nun, wir auch nicht, wenn es darum geht«, widersprach ihr Lucy. »Oder glaubst du noch an die Geschichte mit den Engelchen, die dir die klebrigen Priester im Religionsunterricht erzählt haben?«

»Ich glaube, nur Frauen haben eine Seele«, erwiderte Elena, die sich mehr und mehr in ihre Rolle als Superheldin hineinsteigerte. »Männer haben nur einen Körper. Nichts als Schale.«

»Sieh an«, sagte Jimmy, »da sind wir mit eingefleischten Feministinnen unterwegs. Wie findest du das, Morgado?«

Morgado wusste nicht, was er von diesem metaphysischen Gespräch halten sollte. »Bist du sicher, dass wir keine Seele haben?«, fragte er Elena.

Sie senkte den Blick. Jetzt war sie wieder ganz das verführerische, scheue Mädchen und nicht mehr die Amazone von vorhin. »Natürlich habt ihr eine, aber sie ist nicht im Kopf und auch nicht im Herzen.«

»Stimmt«, spottete Lucy, »und ihr Standvermögen ist begrenzt.«

In dem Moment wurde das Gespräch unterbrochen. Der Cañon war labyrinthischer, als es auf den ersten Blick aussah. Er führte wieder mitten in die Laguna Salada zurück.

»Seht mal«, sagte Jimmy und zeigte zum Himmel. Alle sahen es zur gleichen Zeit: Geier und Raben.

»Noch eine Leiche?«, fragte Morgado.

»Was sonst?«, erwiderte Elena.

Aber es war nur einer der im Kampf verletzten Hunde. Er taumelte ganz langsam im Zickzack. Eine der Hinterpfoten blutete stark.

»Halt an. Ich werde ihn erlösen.«

Der Hund blieb stehen. Er zeigte keine Angst und jaulte auch nicht, als sie die Pistole auf ihn richtete. Ein Gnadenschuss, und sein Leiden war beendet.

»Steig ein. Lass uns nach Hause fahren«, sagte Jimmy.

Aber Lucy blieb mitten in der ausgedörrten Ebene in der sengenden Sonne stehen.

»Steig ein«, wiederholte Jimmy. »Die Hitze ist mörderisch.«

Lucy kniete sich neben den Hund und fing an wie wild zu graben. »Welcher Affe hat die denn gebissen?«

Morgado begriff als Erster, dass etwas nicht stimmte.

Er öffnete die Wagentür und ging auf Lucy zu. Da lag der tote Hund, alle viere von sich gestreckt, die Seele zu den himmlischen Mächten bellend. Und da war Lucy. Sie scharrte und scharrte mit der Pistole und der bloßen Hand, rund um einen aus dem Boden herausschauenden Schädel herum.

»Warte!«, rief er. »Ich helfe dir.«

6

Es war schon dunkel, als die Lichter Mexicalis sie empfingen.

Die Aussage dauerte sechs Stunden. Gegen ein Uhr morgens traf Morgado in seinem Hotelzimmer ein und ließ sich erschöpft mit schmerzenden Gliedern ins Bett fallen. Er schlief angezogen auf dem Bauch liegend auf der faltigen Bettdecke ein.

Das Klopfen des Zimmermädchens weckte ihn am anderen Morgen um zehn. »Kommen Sie in einer Stunde wieder«, brummte er und schleppte sich unter die Dusche. Danach fühlte er sich wacher. Er überlegte, ob er sich das Frühstück aufs Zimmer bestellen sollte, als er den Schuhkarton auf dem Tischchen an der Tür bemerkte.

Plötzlich hatte er alles wieder vor Augen, und er setzte sich hin, damit seine Beine nicht anfingen zu zittern: den Schädel in der Wüste und die endlose Diskussion, ob sie die Polizei rufen und sie über den weiteren Fund informieren sollten.

»Willst du, dass dieser blutrünstige Fotograf wieder auftaucht?«, hörte er Elena sagen.

»Am besten lassen wir ihn da und kommen später zurück, um ihn auszugraben«, schlug Jimmy vor.

»Am besten graben wir ihn jetzt gleich aus und beerdigen ihn dann. Diese Knochen sind schon älter, wir werden nicht mehr herausfinden, wem sie gehören.« Das kam von Lucy, die Knochen für Knochen im gleißenden Licht einer unerbittlichen Sonne freilegte.

»Morgado kann das«, sagte Elena. »Er kann die seltsamsten Fälle lösen. Da werden so ein paar Knochen wie die doch wohl kein Problem sein, oder?« Und in ihrer Mata-Hari-Rolle zwinkerte sie ihm zu.

Aber Morgado schien gegen ihre Avancen gefeit und blieb auf der Hut. »Man sollte alles so lassen, wie es ist.«

Jimmy kniete vorsichtig nieder und untersuchte den Schädel aufmerksam. »Einschusslöcher.«

Lucy nickte.

»Und Austrittslöcher. Wie lange liegt der schon hier, Morgado?«

»Ich weiß nicht. Von der Kleidung sind nur noch Fetzen übrig. Die Sonne zerstört alles in kurzer Zeit. Ich sehe keine Reparaturen am Gebiss. Nichts, was eine eindeutige Identifizierung ermöglichen würde.«

Jimmy holte eine Schuhbürste hervor und fuhr damit über den sandigen Boden. »Und das?«

Morgado erstarrte: Zwei Patronenhülsen, ein breiter schwarzer Füller und ein Stück eines Metalllineals kamen dank der Beharrlichkeit des obersten Raben zum Vorschein.

»Seltsam, dass sie die Beweise zurücklassen«, sagte Morgado.

»So seltsam auch wieder nicht, wenn die, die ihn getötet haben, sicher sein können, dass man ihnen nichts anhaben kann.«

»Und das Lineal?«

Morgado konnte es nicht glauben. So ein Lineal brauchte man, um Fotos vom Tatort eines Mordes zu machen. Es war ein Standardwerkzeug der Polizeiarbeit. Die Polizisten würden so etwas jetzt gerade bei dem von den wilden Hunden zerfleischten Paar verwenden.

»Jemand hat diesen Toten untersucht«, sagte er, ohne seine Entdeckung ganz begriffen zu haben.

»Die Presse?«, fragte Elena, die immer noch wütend auf den Fotografen war.

»Glaube ich nicht.«

»Die Polizei?«

»Vielleicht. Keine Ahnung.«

Jimmy holte ein Taschentuch heraus und nahm das Lineal mit. »Ich brauche eine Plastiktüte. Vielleicht sind Fingerabdrücke drauf.«

Lucy schüttelte missbilligend den Kopf. »Du solltest nicht so viel fernsehen.«

Eine Stunde später hatte das geheime Ausgrabungskommando die Aktion erfolgreich beendet. Die Überreste des Toten lagen in einer großen Werkzeugkiste und die bei ihm gefundenen Gegenstände – die Patronenhülsen, der Füller, das Stück von dem Metalllineal und ein dreimal gefaltetes weißes Blatt Papier – in einem Schuhkarton.

Ebender Schuhkarton, den Morgado jetzt fast mit panischem Entsetzen in seinem Hotelzimmer betrachtete. Das Telefon klingelte. Er sprang auf.

Es war Jimmy, wie zu erwarten. »Ich bin in der Lobby. Ich warte auf dem Parkplatz auf dich.«

»Ich komme. Gib mir fünf Minuten zum Anziehen.«

»Okay. Aber vergiss den Schuhkarton nicht. Wir haben eine Menge Arbeit vor uns.«

Morgado legte auf und betrachtete sich im Spiegel. Ein erbärmlicher Anblick. Wie viele Gesetze habe ich gestern übertreten, dachte er, während er seine zunehmend schütteren Haare kämmte. Als er sich so rasch wie möglich anzog, schoss ihm der nächste Gedanke durch den Kopf: Und wie viele Gesetze werde ich heute übertreten? Schwer zu sagen. Als er das Zimmer verließ, hängte er das Schild »Zimmer bitte reinigen« an die Klinke.

Und auch mein Gewissen, wenn möglich, dachte er.

7

»Radiologe?«, fragte Morgado.

»Genau. Ein Spezialist für alte Knochen. Er hat Pathologie-Kurse in San Diego und Los Angeles besucht. Er hält private Sprechstunden in seiner Klinik in Mexicali, aber er arbeitet auch für amerikanische Gerichte. Er ist Berater der Staatsanwaltschaft. Er ist klein und dick.«

»Und sein Name?«

»Saúl López Hidalgo. Ein guter Arzt und ein prima Kerl.«

Jimmy pries unermüdlich die Vorzüge dieses Spezialisten für Röntgendiagnostik und Leichen.

»Weiß er, worum es geht?«

»Er weiß, dass es eine nicht offizielle Ermittlung ist und er den Mund halten muss. Er ist ein guter Kumpel. Einmal hat er Toño geholfen. Er hatte einen Schuss in die Schulter abbekommen. Hidalgo hat ihn operiert, ohne es den Behörden zu melden. Der hält dicht. Mach dir keine Gedanken.«

Der Radiologe entpuppte sich als Mann mittleren Alters mit völlig ergrautem Haar, dem es in jeder Hinsicht gut zu gehen schien. Ein Profi-Golfspieler, dachte Morgado. Mit einem Bankkonto in den Vereinigten Staaten.

»Ich habe die Klinik grundlegend umbauen lassen. Das Originalgebäude stammt aus den Siebzigerjahren. Die Architekten haben gute Arbeit geleistet. Was möchtet ihr trinken?«

»Einen Kaffee bitte«, sagte Morgado.

Der Arzt und der Biker sahen ihn mitleidig an, aber sie sagten nichts.

»Und du, Jimmy?«

»Ein Mexicali. Wenn du noch eins hast.«

»Ich habe vergangene Woche in Yuma welches geholt. Keine Sorge.«

»Mexicali-Bier? Das gibt es noch?«

»Ja, Morgado«, erklärte ihm Jimmy. »Die Gringos haben das Patent und das Franchising gekauft und produzieren es im Mittleren Westen.«

»Wie finden Sie das, Rechtsanwalt? Das Bier, auf das wir in Mexicali so stolz waren, müssen wir jetzt von der anderen Seite importieren.«

Morgado dachte nach. »Ich würde gerne probieren, ob es wie das Original schmeckt.«

Der Arzt gab ihm eine offene Flasche. »Probieren Sie und sagen Sie uns, ob es genauso schmeckt oder nicht.«

Morgado nahm misstrauisch einen Schluck. Und dann einen weniger zögerlichen. Und dann einen ganz langen. Es war derselbe Geschmack, wie er ihn von vor dreißig Jahren in Erinnerung hatte. »Genau gleich«, sagte er schließlich. »Verdammte Gringos. Sie kopieren das Beste von uns und verkaufen es uns zum doppelten Preis.«

»Möchten Sie den Kaffee noch?«, fragte der Arzt.

»Nein. Ich bin bestens versorgt.«

López Hidalgo setzte sich in seinen Sessel und öffnete den Schuhkarton. Er sah sich die Hülsen und die anderen Gegenstände ganz genau an. Dann tat er dasselbe mit dem Inhalt der Werkzeugkiste. »Die Knochen. Da kann ich euch helfen. Was die Hülsen und die anderen Sachen angeht, da bin ich kein Experte.«

»Erkennst du das Kaliber?«, fragte Jimmy.

»Eine 45er. Aber eine alte.«

»Du sammelst doch Waffen. Komm, Saúl, gib uns eine erste Einschätzung.«

Wie ein Juwelier setzte er seine Speziallupe auf und betrachtete die Hülsen. »Ich weiß nicht, sie erinnern mich an die Patronen, die mein Onkel Lorenzo benutzt hat.«

»War er Jäger?«

»Er hat Verbrecher gejagt. In den Fünfziger-, Sechzigerjahren. Ich glaube, die Hülsen stammen aus dieser Zeit.«

Dann untersuchte er den Füller, legte ihn aber sogleich beiseite, um sich dem Stück Metalllineal zuzuwenden. Nirgendwo waren Fingerabdrücke zu entdecken, er konnte so viel Kontrastmittel aufsprühen, wie er wollte. Mit skeptischem Blick untersuchte er weiter das Lineal. »Das ist weit interessanter«, sagte er nach einer Weile.

»Was meinst du, Saúl?«

»Schau: Hier steht Sterlink Zap. Das ist eine fusionierte Gesellschaft. Ich habe viele Instrumente von ihnen. Und die Fusion von Sterlink und Zap liegt nicht länger als zehn Jahre zurück. Das Lineal ist nicht älter als zehn Jahre. Hilft euch das weiter?«

Morgado schüttelte den Kopf. »Nein, Doc, das macht die Sache eher komplizierter.«

Doktor Saúl López Hidalgo verabschiedete sich im Wartezimmer seiner Klinik von ihnen. »Habt Geduld! Diese Dinge dauern. Gebt mir eine Woche, mehr nicht, und ich werde euch Genaueres über die ›Werkzeugkiste‹ sagen können.«

Morgado hatte den Schuhkarton bei sich. »Danke für Ihre Gastfreundschaft, Doc.«

»Lasst euch mal wieder blicken.«

Im Auto öffnete Jimmy den Schuhkarton. Er nahm das Stück Lineal heraus und sah es sich an. Dann die Patronenhülsen. »Das nehme ich mit. Wenn ich was herausfinde, dann bei den Alten aus dem Stamm der Raben. Dem Urgestein.«

Morgado faltete das Blatt Papier auf und hielt es gegen das Licht. »Nichts zu sehen. Kein Wasserzeichen.« Er steckte es in seine Hemdtasche. »Und jetzt?«

Jimmy dachte nach. »Ich kenne einen Typ, der ist Drucker. Der ist seit einem halben Jahrhundert in dem Geschäft. Der war schon Setzer zu der Zeit, als man alles noch per Hand machte.«

»Glaubst du, er kennt das Papier?«, fragte Morgado.

»Don Enrique Anaya kennt das und vieles mehr.«

Der Biker hatte Recht. In seiner Druckerei Impremax fuhr der bedächtig sprechende, alles sehr aufmerksam betrachtende Mann immer wieder mit der Hand über das Papier. »Seidenpapier. Von dem guten. Aus Amerika. Nicht aus Mexiko. Man verwendete es zum Einpacken oder für die Buchführung. Das ist ein loses Blatt. Fünfzigerjahre. Spätestens aus dem Jahr 1965. Allerspätestens.«

»Wieso sind Sie sich so sicher?«, fragte der Rechtsanwalt.

»Weil Pipsa, ein halbstaatliches Unternehmen der mexikanischen Regierung, nach Baja California kam und importiertes Papier wie das hier verdrängt hat.«

»Glaubst du, das Papier enthält eine geheime Botschaft?«, fragte Jimmy voller Hoffnung.

Don Enrique Anaya schüttelte heftig den Kopf. »Da hat doch keiner mit unsichtbarer Tinte draufgeschrieben. Das gibt es nur bei

James Bond. Aber wenn jemand etwas auf ein darüber liegendes anderes Blatt geschrieben hat, kann man vielleicht noch etwas entziffern. Kommt mal mit.«

Und er führte sie zwischen Kisten voller noch ungebundener Bücher und Reihen von zum Druck bereiten Plakaten in das Fotolabor.

»Haben Sie hier keine Computer?«, fragte Morgado. »Ich dachte, der ganze Prozess sei inzwischen digitalisiert.«

Der Drucker sah ihn voller Widerwillen und mit einem gewissen Argwohn an. »Die stehen im zweiten Stock. Mein Sohn macht das. Ich ziehe die altmodische Form vor. Es geht langsamer, aber es ist zuverlässiger. Weißt du, wie viele Disketten auf dem Müll landen? Sechzig Prozent. Weißt du, wie lange ein Editionsprogramm auf dem Markt ist? Keine sechs Monate. Da eignest du dir das alles mühsam an, dann sagt der Lieferant dir, dass es schon veraltet ist. Also erzähl mir nichts von Computern. Sie sind schnell. Sie sind billiger, aber ich bin lieber auf der sicheren Seite und tue, was ich beherrsche. Hier gibt niemand dem Computer die Schuld, wenn etwas schief geht. Hier ist jeder für seine Arbeit verantwortlich.«

Jimmy klatschte Beifall für den Vortrag, und Morgado hob kapitulierend die Arme. Don Enrique legte das Papier auf die Leuchttischplatte. »Was seht ihr?«

Jimmy und Morgado starrten auf das angestrahlte Papier. »Pünktchen. Sieht aus wie …«

»Blindenschrift«, fiel Jimmy Morgado ins Wort.

»Ja, so sieht es aus, aber ich glaube nicht, dass es Blindenschrift ist. Ich werde einen Test machen.« Der Drucker nahm eine Feder und strich damit über das Papier. Jimmy und Morgado konnten keine Veränderung erkennen.

»Aha«, sagte Don Enrique und fing an in einem Regal voller Bürsten und Fläschchen mit farbigen Tinten und Pülverchen zu suchen. »Das ist es«, sagte er und goss den Inhalt eines Fläschchens auf das Papier. Dann nahm er einen blauen Radiergummi und radierte vorsichtig von oben nach unten. »Und jetzt? Was sehen eure Augen?«

Die beiden waren sprachlos vor dem, was da so plötzlich vor ihren Augen aufgetaucht war. Das war unverkennbar ein Siegel mit Hammer und Sichel. Darunter stand »Partido Comunista Mexicano« und weiter unten standen sechs Wörter: »Vertraulich: Kontakt bestätigt. Teile und Pläne«.

»Hilft euch das?«, fragte der Verfechter des mechanischen Drucks.

»Sehr. Und wie«, antwortete Morgado für beide.

9

Vom neuen Quartier der *Cuervos,* dem Bürgerzentrum Mexicalis, aus rief Morgado die Büros der Binationalen Kommission für Migrantenrechte in Mexico City an.

»Lupita, wie geht es euch? Gut? Schön. Ich habe drei große Bitten. Ja. Danke. Schreib bitte auf. Ruf Carlos Sifuentes vom Colegio de México an und sag ihm, er möge mir per Mail eine Liste der Mitglieder des früheren Partido Comunista Mexicano schicken, die zwischen 1950 und 1965 verschwunden oder unter verdächtigen Umständen ums Leben gekommen sind. Sie sollten aus Baja California stammen und dort gelebt haben, und es eilt. Dann ruf die Auslandsabteilung an und sag, sie sollen mir, ebenfalls per Mail, eine Liste mit den Fällen zuschicken, wo es zu Konflikten oder Klagen im Gebiet Mexicali-Calexico zwischen unserer Regierung und den Vereinigten Staaten gekommen ist. Von beiden Seiten, bitte. Klagen von amerikanischer und mexikanischer Seite, ebenfalls von 1950 bis 1965. Bin ich zu schnell? Nein? Gut. Und als Letztes, sag Bescheid, dass ich eine Woche länger in Mexicali bleibe. Wir haben gestern drei tote Migranten gefunden. In einer Stunde maile ich dir meinen Bericht. Irgendetwas bei euch, Lupita? Nein? Schön. Ich rufe dich übermorgen an. Grüße die anderen von mir! *Bye.*«

Als er sein Handy zuklappte, hörte er Gelächter. Jimmy und Toño schüttelten den Kopf. »Die arme Lupita. Du hältst sie ganz schön auf Trab«, sagte Jimmy.

»Du bist ein echter Tyrann«, sagte Toño.

»Alles eine Frage der Prioritäten«, versuchte sich der Anwalt zu verteidigen. »Wir haben es bei dem Mann oder der Frau, die wir gefunden haben, mit einem ungelösten Mordfall zu tun.«

»Hör auf, dich zu verteidigen«, sagte der Chef der *Cuervos.* »Wir verstehen die Situation besser, als du glaubst. Schon als kleiner Junge habe ich viel über die Laguna Salada gehört. Du kannst dich doch auch an die Gerüchte erinnern.«

Morgado nickte. Alte Bilder kamen schlagartig in ihm hoch. »Ja. Ich erinnere mich«, sagte er, den Blick in ferne Kindertage entrückt. Sein Vater las die Nachrichten aus *La Voz de la Frontera,* der lokalen Zeitung, vor. Er spielte zu seinen Füßen mit Soldaten, Cowboys und Astronauten. 1964? 1965? So um den Dreh musste es gewesen sein. Er erinnerte sich, dass sein Vater aufgestanden war und aufgeregt eine Nachricht vorlas.

Was war es noch? Worum ging es? Ach ja. Eine Gruppe Jugendlicher hatte einen Ausflug in die Laguna Salada gemacht und sich verirrt. Einer war der Sohn eines Arbeitskollegen. Er hieß Esteban, aber alle nannten ihn Steve; Steve, der Junior. Ein Junge, der auch Pilot werden wollte, wie Morgado. Sie hatten sich verlaufen, und die Rettungstrupps hatten gesucht und gesucht. Sie waren einen Tag überfällig. Und das mitten im Sommer.

Sein Vater war zum Telefon gegangen und hatte seinen Arbeitskollegen angerufen. Er hatte nachgefragt und dann geschwiegen.

Morgado spielte mit seinen Astronauten und Soldaten, aber es entging ihm nicht ein Wort des Gesprächs. Sein Vater war in die Küche zu seiner Mutter gegangen, und dann hatte Morgado den Schrei gehört … Seine Mutter weinte an der Brust des Vaters. Sie sahen ihn und drückten ihn an sich.

»Man hat Steve gefunden«, sagte sein Vater.

»Wir müssen uns gut anziehen, wenn wir in das Bestattungsinstitut gehen.«

»Bestattungsinstitut? Was ist das?«

»Hast du mir zugehört, Morgado?

»Nein, Jimmy.«

»Dachte ich mir. Du siehst aus wie ein buddhistischer Heiliger, völlig abwesend.«

»Du hast von der Laguna Salada gesprochen, oder?«

»Ja, von der Lagune, die keine Lagune ist, sondern ein ehemaliger, ausgetrockneter See. Und weißt du, warum der Ort so berühmt ist?«

»Wegen der Temperatur, dem Salzgehalt und weil so viele unserer Landsleute sich dort verirrt haben. Eine Falle. Das haben wir gestern gesehen.«

»Das meine ich nicht. Ich spreche von ihrer unheimlichen Berühmtheit.«

»Unheimlich? Willst du andeuten, dass dort ein Ungeheuer herumläuft?«

Der Anführer neigte den Kopf und lächelte. »*Verschiedene* Ungeheuer. Hast du nie etwas von den *chemitas* im goldenen Zeitalter von Braulio Maldonado, dem ersten gewählten Gouverneur von Baja California, gehört?«

Wieder vervielfältigte sich die Erinnerung wie in einem Spiegelkabinett. Die *chemitas.* Die schwarze Legende einer Gruppe, die mehrere Jahre lang das Land terrorisierte. »Die Killer des Gouverneurs, oder?«

»Gut. Diesmal warst du wenigstens nicht abwesend.«

»Sie waren seine Leibwächter, und die Leute sagten, sie hätten die Gegner in die Laguna Salada gebracht, sie dort getötet und begraben. Sie kamen nachts in die Häuser ihrer Opfer, zwangen sie mit gefälschten richterlichen Anordnungen aufzustehen, und dann verschwanden die Leute auf Nimmerwiedersehen.«

»Das ist bis heute nur eine Legende«, erklärte der Biker. »Gerüchte, die nie bestätigt wurden. Aber niemand hier zweifelt daran, dass es in der Wüste eine Menge geheimer Gräber gibt. Massen- und Einzelgräber.«

Jimmy öffnete einen Aktenschrank und holte eine Reihe Akten heraus und übergab sie Morgado. »Als wir das Skelett fanden, habe ich nicht an die *chemitas* gedacht. Ich dachte an die Kameraden der Liga 23. September, die zwischen 1972 und 1977 verschwunden sind. Die Stadtguerilla, die damals für ungeheuren Wirbel sorgte. Aber die

Daten passen nicht. Schau dir die fünf Akten an! Verschwundene politische Aktivisten, die in Baja California verhaftet wurden und die spurlos verschwunden sind.«

Der Anwalt blätterte die Akten nacheinander durch. Bärte. Lange Mähnen. Herausfordernde Blicke. Der Glanz der historischen Wahrheit im Gesicht der Jünglinge aus der Provinz, aus dem Norden, die glaubten, die Rettung der Menschheit liege in revolutionärer Gerechtigkeit und dem kleinen roten Buch Mao Tse-tungs.

»Was, denkst du, ist mit ihnen passiert?«

Jimmy nahm einen Stuhl und setzte sich neben Morgado. »Sie haben sie hier abgeholt. Es gibt Zeugen. Mal waren es die *federales*, mal Soldaten. In allen Fällen, zumindest bei diesen fünf, glauben wir, dass sie ins Landesinnere verschleppt wurden, in das Militärlager Nummer eins oder einen ähnlichen Ort. Ich bezweifle, dass sie sie in der Laguna Salada beerdigt haben.«

»Unser Skelett ist älter. Zwanzig Jahre«, sagte Morgado.

»Ja. Aus den Fünfzigerjahren, wie es aussieht. Mitten im zwanzigsten Jahrhundert. Was sagt dir das, Anwalt für die gerechte Sache?«

Morgado schlug die letzte Akte zu. »Dass wir uns mitten in der Amtszeit Maldonados befinden?«

»Also die *chemitas*«, sagte der Anführer der *Cuervos.* Sie schwiegen beide.

10

Das Café Sanborn's platzte aus allen Nähten.

»Hast du was übrig für exquisites Essen?«, fragte Morgado.

Jimmy ging grinsend die Stufen zum Eingang hinauf und betrat frisch und fröhlich das Restaurant. Wegen seiner Hells-Angels-Aufmachung starrten ihn die Gäste des Sanborn's entsetzt an, aber niemand traute sich, sich ihm in den Weg zu stellen oder etwas zu sagen.

»Das Ambiente gefällt mir, nur feine Leute mit guten Manieren. So wie ich«, erwiderte der Biker.

»Wen suchen wir hier?«

Jimmy zeigte auf einen Tisch im hinteren Teil. »Gleich mehrere.«

Morgado sah eine Gruppe alter Männer, die schallend lachten und sich freundschaftlich auf den Rücken schlugen. »Werden wir auch mal so enden?«, fragte er.

»Wie alle«, antwortete Jimmy philosophisch. »Es sei denn, dich holt vorher der Tod.«

Sechs alte Männer saßen um einen langen Tisch voller Zeitungen und Tassen dampfenden Kaffees. »Jaimito, was verschafft uns die Ehre?«

Jimmy stellte Morgado vor. »Das ist Licenciado Miguel Ángel Morgado.«

»Rechtsanwalt?«, fragte der Älteste der Runde.

Noch bevor Morgado etwas sagen konnte, erwiderte Jimmy, während er sich mitten in die Gruppe setzte: »Nein, Don Andrés. Unser Freund Miguel Ángel ist Historiker. Er schreibt an einem Buch über die Zeit von Maldonado, dem ersten Gouverneur.«

»Ich habe für ihn gearbeitet«, rief ein anderer aus und machte eine Verbeugung.

»Bestimmt als Lakai. Das sieht man dir von weitem an«, sagte Jimmy. Alle lachten.

»Du bist ein unverbesserlicher Anarchist«, sagte Don Andrés. Dann wandte er sich an Morgado. »Sie sind einer von uns, nicht wahr?«

»Ich komme ursprünglich aus Mexicali, aber ich bin schon in jungen Jahren weggegangen.«

Don Andrés nickte. »Was wollen Sie aus der damaligen Zeit wissen? Wir alle, die wir hier am Tisch sitzen, waren damals jung. Nun, die einen mehr, die anderen weniger. Ich war schon in der offiziellen Partei. Don Eugenio war auf der anderen Seite, in der PAN. Salvador arbeitete beim Telegrafenamt. Fernando rechts neben ihm war einer unserer verdienstvollsten Journalisten. Ein echter Spürhund. Claudio war und ist immer noch Bauer. Und Rubén ist unser bester Maler. Er malte damals Porträts von den Reichen und genießt internationalen Ruf als Landschaftsmaler. Kennen Sie seine Bilder?«

»Nein, bedaure.«

»Dann sehen Sie sich die hinter Ihnen mal an. Die Landschaften sind von ihm.«

Morgado tat wie ihm geheißen. Einen Moment lang dachte er, es erwarteten ihn die typischen Aquarellbilder von Coyoacán oder Cuernavaca, aber die Bilder von Don Rubén wiesen unterschiedliche Perspektiven auf. Sie zeigten die Ebene von Mexicali, als würde sie aus Escher-Quadraten bestehen, aber der Effekt entstand nicht durch geometrische Spielerei, sondern durch das allgegenwärtige strahlende Licht.

»Donnerwetter!«, rief er beeindruckt aus.

»Gefallen Sie Ihnen?«, fragte der Maler.

»Es ist, als würde man in der prallen Sonne durch die Salada laufen: Alles strahlt, und die Horizonte verlieren sich in der Ferne. Es ist beängstigend. Schön, aber beängstigend.«

Der Maler winkte ab und ergriff sofort das Wort. »Ich male nicht für Touristen. Ich betreibe kein Kunsthandwerk, und es geht mir nicht darum, die Natur abzubilden. Ich verändere durch meine Malerei die Wirklichkeit. Ich schaffe Welten, wie die Wüste Trugbilder schafft. Wo Salz ist, tue ich Wasser hin. Wo Ödnis herrscht, lasse ich den Sand vibrieren und gebe ihm die Formen einer Frau.«

»Solange es meine Formen sind, ist das in Ordnung.« Das kam aus dem Mund einer kleinen, energiegeladenen Frau, die den Maler herausfordernd ansah. »Lass uns gehen, Rubén. Es ist schon spät.«

»Warum wollen Sie uns den Maestro so plötzlich entreißen? Wo er doch gerade so schön in Fahrt ist«, sagte Don Andrés.

»Wir wollen nach Tijuana, in das Kulturzentrum. Er stellt dort seine Bilder aus und ich meine Skulpturen«, erwiderte die Frau.

»Eine öffentliche Ausstellung?«, fragte Jimmy.

»Am 18., im Kulturzentrum in Tijuana. Um 19 Uhr. Ihr seid herzlich eingeladen«, sagte der Maler und verabschiedete sich herzlich von seinem Plauderründchen.

Als die Reihe an Morgado kam, konnte er nicht widerstehen. »Hier, meine Karte. Besuchen Sie mich zu Hause. Da ist auch mein Studio. Ich würde Ihnen gerne meine Bilder zeigen. Ich habe mehr als dreihundert Stück. Angefangen bei den ersten Porträts bis hin zu den letzten Experimenten. Rufen Sie mich an. Vergessen Sie es nicht!« Und dann hakte er sich bei Juanita unter und ging.

»Stimmt es, dass sie sein Modell war? Dass sie sich so kennen gelernt haben?«, fragte Salvador.

Don Andrés lachte und zeigte sein gepflegtes Gebiss. »Das ist auch so ein Trugbild. Aber kommen wir auf Ihr Buchprojekt zurück, Miguel Ángel. Warum die Regierungszeit von Maldonado? Was interessiert Sie so an dieser Zeit, die gewiss von historischer Bedeutung war?«

»Und voller Konflikte«, sagte Jimmy.

»Und voller Lug und Trug«, fügte Eugenio hinzu.

Morgado musste in die Rolle des Historikers schlüpfen, die der Anführer der *Cuervos* ihm aufgezwungen hatte. »Eben genau das. Dass es so eine kontrovers diskutierte Regierung war.«

»Na ja.« Don Andrés wägte die Worte sorgfältig ab. »Das gebe ich zu. Braulio Maldonado war ein unbesonnener, hitzköpfiger Politiker ...«

»Unvorsichtig, solltest du sagen«, warf Don Eugenio ein.

»Ja, unvorsichtig. Er gehörte der offiziellen Partei an, aber er hatte gewisse Schwächen.«

»Die Frauen, schmutzige Spiele und Poker«, sagte Salvador.

»Nein! Nein!«, rief Don Andrés, außer sich, weil er ständig unterbrochen wurde. »Ich spreche von einer Schwäche für die Linke. Er gefiel sich in der Rolle des Roten, des Kommunistenfreundes, und das zu einer Zeit, in der die Gringos mit der Sowjetunion auf Kriegsfuß standen. Es war die Zeit des Koreakrieges und des Eisernen Vorhangs. Und auf einmal taucht dort, wo sie am wenigsten damit rechnen, ein linker Grenzgouverneur mit großen Träumen auf.«

»Gerissen und ohne Ehrgefühl«, bemerkte Don Eugenio.

»Wie auch immer«, fuhr Don Andrés fort. »Die Unternehmer, die Facharbeiter, die Mittelklasse im Allgemeinen, betrachtete ihn voller Misstrauen, Angst, Groll. Er war völlig unbeeindruckt. Die Amis haben es ihm heimgezahlt, ihm die Einreise verboten oder ihm tausend Hindernisse in den Weg gelegt, wenn er nach Kalifornien zu einem Treffen mit seinem Amtskollegen wollte. Das war alles eine Riesenshow.«

»Du stellst es dar, als handle es sich um den Kampf von David gegen Goliath«, rief Don Eugenio. »Aber er hat Journalisten töten und Druckereien und Zeitungsbüros anzünden lassen. Er hat uns verfolgt, uns ins Gefängnis gesteckt, nur weil wir in der Opposition waren. Er hat, wie alle Kommunisten, sowohl die eigenen Genossen als auch die anständigen Leute unterdrückt.«

»Wie du verstehen wirst«, spottete Salvador.

Don Eugenio stand auf, nahm seinen Hut und ging, ohne sich von jemandem zu verabschieden. Er blieb nur einen Moment vor Morgado stehen. Es sollte wie eine vertrauliche Mitteilung klingen, aber seine Stimme war noch im letzten Winkel des Restaurants zu hören: »Bleiben Sie nicht allzu lange an diesem Tisch, Don Miguel Ángel, oder Sie werden sich in einen Dinosaurier verwandeln. Wenn Sie die Wahrheit über Maldonado wissen wollen, lesen Sie die Zeitungen der damaligen Zeit. Sie werden sehen, was für ein jämmerliches Bild wir damals abgaben.«

»Welch jämmerliches Bild du abgegeben hast, meinst du«, sagte Salvador.

»Danke für den Rat«, sagte Morgado. »Ich werde ihn befolgen.«

»Und denken Sie daran: Mit der Zeit wird sogar der übelste Schurke zum Vorbild, zum Helden für die Gedächtnislosen.«

Jimmy wollte nicht, dass das Gespräch in eine andere Richtung abdriftete. Also wandte er sich an Fernando, um ihn nach seiner Meinung zu Maldonado zu fragen. Der Journalist schlürfte vernehmlich seinen Kaffee und rückte die Brille gerade. Er war ein krummer, alter Mann, den die Polemiken um ihn herum nicht zu berühren schienen.

»Weder gut … noch schlecht«, sagte er schließlich. »Er zahlte gut. Er ließ Getränke, Essen, Weiber springen. Die Polizei war damals in Ordnung. Mit ihr war nicht gut Kirschen essen, aber sie war loyal. Nicht wie heute, wo man nicht weiß, wem man vertrauen kann und wem nicht.«

Morgado sah seine Chance: »Braulio Maldonado hat viele Dinge getan. Die Armen bewunderten ihn. Aber überall stoße ich bei meinen Nachforschungen auf die *chemitas,* seine Schergen.«

»Ah, die ›José María‹. Tapfere Burschen. Sie waren seine Leibwächter, seine persönliche Wache«, erwiderte Fernando animiert. »Viele Leute verziehen Braulio seine Sozialprogramme nicht, dass er sich für die Bauern und die Arbeiter einsetzte. Es gab sechs oder sieben Anschläge auf sein Leben. Und auch auf das seiner Frau. Glaubt nicht, dass er ein Übeltäter war. Aber er hatte mit solchen zu tun und musste gegen den Strom schwimmen. Baja California war ein Gebiet der Drogenhändler, seit die Chinesen Anfang des zwanzigsten Jahrhunderts Opium schmuggelten. Da waren alle möglichen Interessen im Spiel – die der Cosa Nostra, der Unternehmer, der Kirche –, und das machte soziale Gerechtigkeit unmöglich.«

»Du sprichst wie ein Freimaurer«, attackierte ihn Salvador.

»Ich rede, wie ich will. Hast du ein Problem damit?«

»Nein. Mach nur.«

Fernando rückte seinen Hut zurecht und blickte in die Runde. »Klar, der Gouverneur war kein Heiliger. Er gab gerne fremdes Geld aus. Er versprach hundert Sachen und hielt zwei. Er war ein Idealist, der nie mit den Beinen auf dem Boden stand. Wissen Sie, wie Braulio Maldonado starb?«

»Nein, weiß ich nicht.«

»Verarmt. In einem Loch in Ensenada. Vergessen von seinen Freunden und Feinden. Das war 1990. Und es kommt einem so vor, als wäre es vor einem Jahrhundert gewesen.«

»Was ist mit den *chemitas?*«, hakte Jimmy nach.

»Eine Legende«, sagte Fernando, der sich nicht mehr zurückhalten konnte. »Ich war damals bei den Razzien dabei. Die Polizisten schnappten sich die brutalsten Verbrecher und wandten das so genannte ›Fluchtgesetz‹ an. Reiner Abschaum. Keine politischen Geschichten. Die *chemitas* haben niemanden in der Salada getötet.«

»Das habe ich auch nie behauptet«, sagte Morgado. Es entstand ein unangenehmes Schweigen. »Aber jetzt habe ich da so meine Zweifel«, fügte er hinzu.

Fernando, der Journalist, schaute ihn argwöhnisch an. »Was sucht ihr verdammten Kerle eigentlich?«

Jimmy antwortete ohne eine Spur von Aggressivität: »Wir wollen nichts aufrühren. Das, wovon du sprichst, ist ein halbes Jahrhundert her. Morgado sucht nach denen, die in der Laguna Salada verschwunden sind. Die dort begraben liegen. Ob die *chemitas* das gemacht haben oder nicht, ob der Gouverneur den Befehl dazu gab oder nichts davon wusste, tut nichts zur Sache. Uns interessiert, wer die Toten waren. Die Gerechtigkeit kommt später. Obwohl, bei der vielen Zeit, die vergangen ist, ist es ohnehin zu spät für jede Art von Gerechtigkeit.«

»Hör mal«, wandte Don Andrés ein. »Seit wann kannst du so schön sprechen? Oder willst du jetzt für eine Partei kandidieren?«

»Wir interessieren uns für die Verschwundenen der Fünfzigerjahre«, sagte Morgado in dozierendem Ton. »Für die, die eines schönen Tages, aus irgendeinem Grund, von der Polizei und den Streitkräften abgeholt wurden und für immer verschwanden.«

»Sie sind kein Historiker. Sie sind Rechtsanwalt.« Das kam von Claudio, dem Bauer.

»Das bin ich«, sagte Morgado knapp, denn es gefiel ihm nicht, als jemand aufzutreten, der er nicht war.

»Ich erinnere mich«, fuhr der Bauer fort, »dass ich einmal zum Notdienst in eine Zahnarztpraxis gegenüber der Kathedrale ging. Ich hatte wahnsinnige Zahnschmerzen. Ich ging zum erstbesten Zahnarzt, und das war ein sehr aufmerksamer und entgegenkommender junger Mann. Er leistete gute Arbeit und bat mich, in der nächsten Woche wiederzukommen, damit er die Fäden ziehen konnte. Ich ging wieder hin, die Praxis war geschlossen. Ich habe im ganzen Block gefragt, aber niemand konnte mir sagen, was geschehen war und wo er abgeblieben war.«

»Und was beweist das?«, fragte Fernando.

»Nichts«, erwiderte Claudio. »Nur eines: Alle Nachbarn, die ich befragte, waren verängstigt, nervös.«

»Na und?«

»Am Tag nach meiner Befragung schnitt mir ein Geländewagen

den Weg ab, als ich zu meiner Ranch zurückfuhr. Drei üble Typen stiegen aus, die erwähnten *chemitas.*«

»Und was haben sie gesagt?«, fragte Morgado.

»Sie haben keine Fragen gestellt. Sie haben mich zur Sau gemacht, bis sie genug hatten. Sie fragten, was mich die Sache mit dem Zahnarzt angehe. Ich zeigte ihnen meinen gezogenen Zahn, das Loch und die vernähte Wunde. Sie lachten mir ins Gesicht, und dann zogen sie ab. Das ist meine Geschichte, Fernandito. Deckt sie sich mit deiner?«

»Nein. Tut sie nicht.«

»Wie gut«, sagte der Bauer und schwieg.

Jimmy gab Morgado ein Zeichen. Zeit aufzubrechen. Der Rechtsanwalt schaute auf die Uhr und sah, dass bereits eine Stunde vergangen war und dass er, ohne es gemerkt zu haben, sechs Tassen Kaffee getrunken hatte.

Jimmy zog ein Bündel Geldscheine aus der Tasche und ließ sie auf dem Tisch liegen. »Heute übernehme ich die Runde«, sagte er. »Vielen Dank für alles.«

»Mistkerl!«, rief Don Andrés. »Wenn wir das gewusst hätten, hätten wir ein Bier auf dich getrunken.«

11

»Ich habe vergessen, Don Claudio nach dem Namen des Zahnarztes zu fragen.«

Jimmy hörte gar nicht zu. Er suchte in seinem Koffer nach einer CD, die er nicht finden konnte. »Sie haben sie mir wieder geklaut!«, rief er schließlich resigniert.

»Worum gehts? Berühmte Märsche der russischen Revolution oder der Chor der Volkssänger von Rotchina?«

Jimmy überhörte den Affront. »Die neue von Madonna.«

Das hatte Morgado nicht erwartet. »Madonna? Das *material girl?*«

»Welches *material girl?* Jetzt ist sie auf dem Eso-Trip. Sagt zumindest Lucy. Sie hört sie mehr. Und ich schau mir den Hintern von dieser Madonna an. Er sieht noch genauso knackig aus wie zu ihren Anfangszeiten.«

»Wo fahren wir hin?«, wollte der Verteidiger der Menschenrechte wissen.

»Ich habe alle Daten. Diese Geschichte, die Don Claudio erzählt, kennen wir alle im Sanborn's. Er hieß Matías Orozco. Er war kein Linker, er gehörte erst recht nicht der Kommunistischen Partei an, die damals im Untergrund agierte, außerhalb des Gesetzes.«

»Und dann wurde er entführt.«

»Aber ja. Eine Weibergeschichte. Er hatte ein Verhältnis mit der Frau eines Bundesbeamten. Sie haben ihn in der Laguna Salada erledigt. Seine Frau brauchte fünf Jahre, um seine Überreste zu finden. Aber das beweist nur, dass die Laguna dazu diente, Gegner verschwinden zu lassen.«

»Politische Gegner und Nebenbuhler.«

»Genau. Ab jetzt musst du deinen Job machen und ich meinen.«

»Und was ist mein Job?«

Jimmy machte eine Vollbremsung vor dem Hotel Lucerna. »Die Listen abrufen, die dir deine Sklavin bestimmt schon geschickt hat.«

»Lupita, sie heißt Lupita. Und sie ist nicht meine Sklavin.«

»Dann sag ihr das mal, damit sie das auch weiß. Ich werde mich derweil mit den Patronenhülsen und anderem Kram herumschlagen. Nimm den Füller! Vielleicht hast du eine bessere Verwendung dafür als ich. Ich hole dich morgen um dieselbe Zeit ab.«

Am Empfang bat Morgado um Zugang zu einem Computer. Wenige Augenblicke später rief er seine Mails ab. Die Sklavin hatte ihre drei Aufgaben bestens erfüllt: Die Binationale Kommission für die Rechte der Migranten gewährte ihm eine Verlängerung von zehn Werktagen an der Grenze. Das Außenministerium schickte ihm eine Zusammenfassung mit fünfzehn Fällen von binationalen Konflikten zwischen Mexiko und den Vereinigten Staaten. Und die beste Nachricht: Er hatte eine Mail vom Colegio de México mit der Liste der politischen Verschwundenen.

Morgado druckte alles aus. Währenddessen dachte er an das Mexicali der Fünfzigerjahre, an die Grenze Mitte des zwanzigsten

Jahrhunderts. Es war ein Land des Westens; wild. Es zählte nur das Gesetz der Macht. Ein Kriegsgebiet zwischen *yanquis* und Roten: Wie viele Spione haben sich hier herumgetrieben? Wie viele Geheimnisse sind in den friedlichen Straßen dieses ruhigen, langweiligen Dorfes ausgetauscht worden?

Der Drucker war fertig, und Morgado ging mit den neuen Daten auf sein Zimmer. Endlich kann ich in Ruhe lesen, dachte er. Kaum hatte er sich bequem auf das Bett gesetzt, da klopfte es an die Zimmertür. »Wer ist da?«, fragte er.

»Die mit dem Tattoo auf dem Hintern«, hörte er Elenas Stimme.

Vorbei mit dem himmlischen Frieden, dachte Morgado und ließ den Wirbelsturm hinein.

12

Morgado betrachtete die Dünen am Horizont. Eine Staubwolke kam ihm entgegen.

»Was hast du für die Pause dabei?«, fragte eine Stimme, zwischen tiefer und hoher Tonlage schwankend.

Morgado stand vor drei Jungs, die im selben Alter waren wie er, nur größer.

»Ein Schinkensandwich.«

»Gib es uns«, sagte der Älteste.

Morgado gab ihnen seine Brotbox. Der Älteste öffnete sie sofort.

Die drei schrien, als sie den Inhalt sahen, und rannten auf die Staubwolke zu, die wie eine dichte Sandwand auf sie zukam. Der kleine Morgado hob seine Brotbox auf. In ihr befand sich der unbekannte Schädel, der ihn mit seinem fast intakten Gebiss angrinste.

»Wer bist du?«, fragte Morgado.

»Wer wohl?«, erwiderte der Schädel.

»Ein Name. Ein Datum.«

»In welchem Jahr bist du geboren, Morgado?«

»1956.«

»Da hast du ein Datum. Das Jahr, in dem die beiden Journalisten ermordet wurden. Das Jahr der entfesselten *chemitas.*«

»Wer bist du?«, fragte der kleine Morgado wieder.

»Ein Rätsel.«

»Verrat es mir!«

»Ich bin der Tod, der dich angrinst.«

In dem Moment erreichte ihn die Staubwolke und verschluckte ihn in ihrem Schlund aus Geheul und Dröhnen.

13

Es klopfte an die Tür. Morgado setzte sich im Bett auf und schaute auf die Uhr: Es war sieben Uhr morgens. Instinktiv tastete er nach Elenas nacktem Körper, aber er musste feststellen, dass sie schon gegangen war, ohne sich zu verabschieden.

»Wer ist da?«

»Rezeption. Ein Päckchen für Sie.«

»Ich komme.«

Es war ein dickes Buch. Er legte es auf das Bett und ging unter die Dusche. Als er aus dem Bad kam, sah er, dass die Karte von Rubén García Benavides kam. Das Buch enthielt eine Sammlung seiner Bilder ab 1954. Es trug den Titel *Landschaften und Trugbilder.*

Als Jimmy wenig später kam, saß er mit der Zeitung in der Cafeteria des Hotels. »Möchtest du etwas frühstücken?«

»Nein. Nur Kaffee.«

Jimmy hielt es nicht mehr aus und überfiel ihn gleich mit der Frage: »Und, wie war Elenita?«

Morgado legte die Zeitung zur Seite. »Und wie kommt es, dass ein berühmter Biker wie du mit dem Auto fährt wie ein Rentner?«

Jimmy schob das T-Shirt hoch und zeigte ihm eine noch nicht verheilte Narbe auf der Brust. »Deswegen. Ein Sturz bei fünfzig Sachen. Ich habe mir vier Rippen gebrochen, und das Brustbein hätte beinahe einen Lungenflügel zum Kollabieren gebracht. Beantwortet das deine Frage?«

»Tut es. Mit Elenita war es ganz schön.«

»Ganz schön?!«, explodierte Jimmy, der sich das T-Shirt angesichts der vorwurfsvollen Blicke der anderen Gäste wieder heruntergezogen hatte. »Ganz schön? Ist das alles?«

»Es ging ganz schön ab. Können wir jetzt über etwas anderes sprechen?«

»Können wir. Es ist bestätigt: Kaliber 45. Ausschließlich von der Polizei verwendet. Pistolen mit Speziallauf. Das kaputte Lineal hingegen ist jüngeren Datums. Vielleicht hat es jemand aus anderen Gründen dort deponiert. Vielleicht ein Fotograf von der Sorte, wie Elenita ihn in La Salada fertig gemacht hat.«

Morgado holte den Füller aus seiner Tasche. »Glaubst du, er hat dem Verstorbenen gehört?«

»Es könnte auch eine Verstorbene sein.«

»Glaube ich nicht. Irgendetwas sagt mir, dass es ein Mann ist. Der Füller bestätigt das. Damals gab es Füller für Frauen und für Männer. Da war von *unisex* noch keine Rede.«

Morgado nahm den Füller zwischen die Handflächen und drehte ihn über eine Minute darin.

»Willst du, dass er wieder schreibt? Du bist verrückt. Dieser Füller hat ein halbes Jahrhundert unter der Erde gelegen.«

»Ich habe ihn schon sauber gemacht. Es ist ein Montblanc. Er wird schreiben. Der Rolls-Royce unter den Tintenfüllern. Eine Anschaffung fürs Leben. Das sollte uns etwas über seinen Besitzer verraten. Weder die Patronenhülsen noch das Metalllineal gehörten dem Verstorbenen. Der Füller schon. Und das heißt, er war gut betucht. Ein Montblanc ist teuer, Luxus.«

»Wir sollten noch weitergraben«, schlug Jimmy vor.

»Sie haben ihn nackt getötet. Er hat höchstens eine Unterhose getragen.«

»Das ist seltsam. Die politischen Gefangenen haben sie nicht ausgezogen. Sie haben sie in ihren Klamotten getötet. Mit so was haben sie sich nicht aufgehalten.«

»Der Ermordete war studiert. Ein Akademiker. Rechtsanwalt, Arzt oder Ingenieur. Mehr Unternehmer als Politiker.«

»Möglich«, billigte ihm der Anführer der *Cuervos* zu.

Morgado versuchte, mit dem Füller zu schreiben. Anfangs zerkratzte er nur die Seiten in seinem Notizbuch, aber bald glitt die Feder fließend über das Papier.

»Sieh dir das an!«, rief Jimmy. »Was hast du geschrieben?«

Morgado zeigte ihm das Notizbuch.

»1956?«

»Ja. Bring mich zur öffentlichen Bibliothek. Ich muss die Zeitungen aus diesem Jahr durchschauen.«

»Warum genau dieses Jahr?«

Morgado trank seinen Kaffee aus, bevor er dem von seinem Unfall genesenden Biker antwortete. »Das hat mir das Skelett gesagt.«

Jimmy sah ihn argwöhnisch an. »Komm, Morgado, sei ehrlich, was für einen Mist hat Elenita dir eingeflößt?«

14

In der öffentlichen Bibliothek stammte die älteste Zeitung aus dem Jahr 1964. Aber Karla, ein Mädchen, das die Kulturwochenzeitung *Bitácora* verteilte, machte ihnen Hoffnung. »Ältere Zeitungen? Hier nicht. Warum versuchen Sie es nicht im Zeitungsarchiv von *La Voz de la Frontera*?«

»Das kommt auf dasselbe raus«, sagte Jimmy. »*La Voz* fängt 1964 an. Nicht früher.«

Das Mädchen blieb hartnäckig. »Das weiß ich, aber sie haben dort Zeitungen ab 1947. Ich habe einen Abschluss in Kommunikationswissenschaften und habe einmal in diesem Archiv geforscht. Ich habe dort Zeitungen ab 1947 gesehen.«

»Bist du sicher?«

Karla verdrehte genervt die Augen. »Ja. Bin ich. Geht hin und schaut selbst!«

Das taten sie. Karla hatte Recht: Da waren Zeitungen wie *ABC, Monitor, Nuevo Mundo* und *Centinela.* Die alten Bastionen des Pressewesens.

»Aber von 1956 haben wir nur *ABC* und *Nuevo Mundo*«, informierte sie der Angestellte des Archivs.

»Sie wissen nicht, ob es offizielle Zeitungen waren?«, fragte der Rechtsanwalt.

Der in die Jahre gekommene Mann sah ihn verächtlich an. »Gibt es auch andere?«

Sie fragten nicht weiter nach. Vier Stunden später sahen sie aus wie zwei Eremiten in der Wüste. Die Zeitungen waren im besten Fall halb zerfallen und staubig, im schlimmsten grün und voller Schimmel. 1956 schien ein einzigartiges Jahr gewesen zu sein. Zumindest, was Gewalttaten anging.

»Es war hart«, erklärte Jimmy.

»Und blutrünstig: gleich zwei tote Journalisten. Einer in Tijuana, einer in Mexicali«, sagte Morgado. »Und das mitten am helllichten Tag. Wie eine öffentliche Warnung für die übrigen Reporter. Ich würde sagen, für die ganze übrige Gesellschaft.«

»Und vor einer Menge Zeugen in Mexicali. Ein öffentlicher Mord. Nein, eine Hinrichtung.«

»Und alle haben die *chemitas* als Täter identifiziert.«

»Aber keiner kam ins Gefängnis, weil der Gouverneur ihre Flucht gedeckt hat«, schloss Jimmy.

Morgado las einen Leitartikel: »Bis wann müssen wir noch diese beißwütigen Hunde ertragen, Herr Gouverneur, diese wandelnden Bedrohungen, die sich hinter einer Dienstmarke verschanzen, um ihre Untaten zu begehen?«

»Genau wie heute«, befand Jimmy. »Nichts hat sich geändert.«

»Die öffentliche Verunsicherung auf dem Höhepunkt.«

»Und die Verschwundenen? Ich habe nichts gefunden. Du?«

Der Rechtsanwalt holte die ausgedruckten Seiten aus dem Hotelcomputer hervor und zeigte sie ihm. »Von den binationalen Konflikten und den Verschwundenen des Partido Comunista Mexicano gibt es nur drei Fälle, die in den Listen des Außenministeriums und des Colegio de México auftauchen. Die Namen lauten: Jesús Díaz, Adalberto Navejas und Edmundo Burruel. Keiner aus dem Jahr 1956.«

Jimmy las die Listen sorgfältig durch. »Ich blicke da nicht recht durch. Erklär mir die binationalen Fälle. Die drei, die du erwähnt hast.«

Morgado zeigte auf den Namen Jesús Díaz. »*Líder ejidatário.* Er war Generalsekretär einer unabhängigen Landwirtschaftsgewerkschaft. Erst unterstützte er den Gouverneur, aber 1958 rebellierte er und blockierte für vierundzwanzig Stunden die Grenze. Das war sein Ende. Die Presse bezeichnete ihn als verrückt. Irgendjemand, ich glaube, es war Maldonado, organisierte einen Putsch in der Gewerkschaft von Díaz, und er wurde aus der Organisation ausgeschlossen, die er selbst gegründet hatte. Sie haben ihn auf seiner kleinen Farm bei Compuertas hochgenommen. Man hat nie mehr etwas von ihm gehört. Die Kommunistische Partei glaubt, man habe ihn den Gringos übergeben. Seine Angehörigen waren mehrfach beim Gouverneur. Weißt du, was er ihnen gesagt hat? Laut den Ermittlungen der Polizei hat er sich mit einem Revuestar aus dem Staub gemacht. Er werde nicht nach Kerlen wie Jesús suchen, er habe Wichtigeres zu tun.«

»So ein Fuchs«, sagte Jimmy. »Sogar die Angehörigen hat er verarscht. Und Adalberto Navejas?«

»Das war 1961 während der Kubakrise. Der Typ hat sich mitten auf den Grenzübergang mit einem Schild gestellt, auf dem stand: *Cuba libre. Yanquis, go home.* Wie man es kennt, oder?«

»Und deswegen haben sie ihn verschwinden lassen?«

»Nein. Am Tag darauf ist er über den Zaun des amerikanischen Konsulats in Mexicali geklettert. Das war in der Colonia Nueva, damals das exklusivste Gebiet in diesem Kaff, wie du weißt. Dann hat er einen Molotowcocktail geworfen, der aber nicht explodiert ist. Ich weiß nicht, wie der Zwischenfall genau verlaufen ist, aber das erwies den Behörden zufolge Navejas Wahnsinn. Sie schickten ihn nach Hermosillo in eine psychiatrische Klinik. Nach drei Monaten gelang ihm die Flucht. Er kehrte nach Mexicali zurück, und als die *judiciales* ihn aufgespürt hatten, stürzten sie sich auf ihn. Es gab Zeugen, aber die Polizei von Baja California hat immer abgestritten, ihn verhaftet zu haben. Man hat nie mehr etwas von ihm gehört.«

»Also noch einer, der nicht in Frage kommt. Und Edmundo Burruel?«

Morgado ging die Papiere durch. »Das ist der älteste Fall mit den wenigsten Informationen. Es geschah im Dezember 1955. Es gab einen Schusswechsel in der Nähe der Grenze, als ein Tagelöhner versuchte, sie zu überqueren. Und das Seltsame ist: Die Zeugen behaupten, er sei aus den Vereinigten Staaten geflohen. Die mexikanische Polizei behauptete das Gegenteil. Der Tagelöhner wurde auf mexikanischem Gebiet verwundet und schaffte es, ein Taxi zu nehmen, das ihn bei einer Privatklinik absetzte. Der Taxifahrer meldete das bei der Polizei. Die Polizisten nahmen die Klinik hoch und holten den Verwundeten aus der Notaufnahme. Das ist das Letzte, was man von ihm weiß. Ein Arzt gab seinen Angehörigen Bescheid. Der Verhaftete war Edmundo Burruel, aus dem ›Rat für Untergrundaktivitäten und ideologische Förderung der Kommunistischen Partei‹.«

»Der auch nicht, oder?«

Morgado schüttelte den Kopf. »Diese Zeitungen sind wie Gemeindeblättchen. Sie schreiben nur über das, was Gott ihnen befohlen hat.«

»Und Gott war der Herr Gouverneur.«

»Nicht mehr und nicht weniger.«

»Und diese drei Namen sind dir bei deinen Recherchen nirgendwo begegnet?«

»Nein. Dir?«

»Auch nicht ... na ja ... warte ... Der Name Burruel ist mir irgendwo untergekommen, aber nicht auf der Seite mit den allgemeinen Nachrichten.«

»Vielleicht bei den Polizeinachrichten?«

»Ich weiß nicht. In irgendeiner anderen Rubrik. Aber wo? Wo?«

Morgado lächelte, als er den Biker mit dem mehrfachen Bruch so hochkonzentriert sah.

»Hier«, sagte Jimmy triumphierend.

Es war der Gesellschaftsteil vom 19. Januar 1956. Es handelte sich um eine Danksagung der Familie Burruel Castellanos ›Für die Anteilnahme zum schmerzlichen Hinscheiden unseres geliebten Mannes und Vaters‹.

»Fällt dir nichts auf?«, fragte Morgado.

»Wie?«

»Kein Kreuz. Kein mitleidender Christus. Keine Anspielung auf Gott, die Jungfrau von Guadalupe oder die Heiligen.«

»Er war also doch Kommunist.«

Morgado nickte und sah sich die Seite neugierig an. Die Danksagung nahm ein Rechteck ganz oben rechts auf der Seite ein. Ganz links oben war eine Anzeige der Klinik Auxilio Perpetuo. Ihr Direktor, der angehende plastische Chirurg Servando Islas, gab den kürzlichen Erwerb eines neuen Röntgenapparates bekannt, den er der Gemeinschaft von Baja California zur Verfügung stellte. Die Anzeige der Klinik war eigenartig. Großbuchstaben standen dort, wo sie nicht hingehörten.

»Stell dir vor, das könnte eine Chiffre sein«, sagte Morgado.

»Eine geheime Botschaft. Willst du das damit sagen?«

»Ja. Ein Hinweis für bestimmte Augen.«

Der Anführer der *Cuervos* lachte auf. »Wer hält sich hier für James Bond?«

»Und wenn es so ist«, fuhr Morgado ungerührt fort, »dann steht da wirklich in der Anzeige: ›Paket in Sicherheit‹.«

»Sicher, dass es das heißt?«

»Lies selbst.«

Und Jimmy kam zu demselben Ergebnis.

»Dann war es ein Spionagefall. Und? Das heißt noch lange nicht, dass diese Botschaft mit unserem Schädel zu tun hat.«

Morgado war sich sicher, aber er schaute erst den Montblanc-Füller an, bevor er antwortete. »Aber das ändert die Sachlage. Und umso mehr, wenn du berücksichtigst, dass Burruel 1955 verschwunden ist, aber die Nachricht über seinen Tod erst 1956 bekannt wurde.«

»1956. Dein Jahr.«

15

Am Nachmittag schrieb der Rechtsanwalt seinen Bericht zur Lage der Migranten bei der Durchquerung des Wüstengebietes von La Laguna Salada. Seine Schlussfolgerungen waren pessimistisch. Die Anzahl der Opfer würde steigen, wenn nicht bald wirklich effektive Präventions- und Schutzmaßnahmen ergriffen würden. Und dafür war die Kooperation zwischen der Einwanderungsbehörde des nördlichen Nachbarn und der mexikanischen Regierung auf allen Ebenen unerlässlich. Mit anderen Worten: Ohne guten Willen von beiden Seiten konnte niemand sich für die Migranten einsetzen.

Später dachte er über die Spionagegeschichte nach. Wenn die amerikanischen Behörden auf Edmundo Burruel geschossen hatten, dann konnte das nur bedeuten, dass dieser irgendeine Information hatte, von der die Gringos nicht wollten, dass sie in die Hände der anderen Seite geriet. Und die andere Seite, das waren die Kommunisten, die den Befehlen Moskaus unterstellt waren. Sie hassten die Vereinigten Staaten so sehr, dass sie bei ihren Spielchen, Geheimnisse im Dienste der Sache zu übermitteln, alles riskierten. Zwei Blinde, die sich im Namen des Sozialismus, im Namen der Demokratie prügelten.

Morgado überlegte nicht lange. Er ließ eine Verbindung nach San Diego herstellen. Wenig später war der Anrufbeantworter von Harry Dávalos dran, seinem Kontaktmann beim FBI. »*You're calling five, four, four, one, seven, six, five. Leave your message.*«

»Harry. Hier ist dein alter Freund Miguel Ángel Morgado. Wie du dir denken kannst, möchte ich dich um einen dringenden Gefallen bitten. Ich bin im Hotel Lucerna in Mexicali. 657-18-24. Viele Grüße.« Er legte auf, bevor das Signal am Ende der Aufnahme ertönte.

Morgado ging noch einmal die Listen durch und kam zu dem Schluss, dass es sich bei allen Zwischenfällen an der Grenze um Einzeltäter handelte, die allein aggressive, gewalttätige oder vandalische Akte verübt hatten. Zumindest sah es so aus. Die einzige Ausnahme war eine Klage von Chong Wan, Besitzer eines chinesischen Restaurants, gegen amerikanische Soldaten an einem Wochenende. Betrunken hatten sie einen Großteil seines Lokals verwüstet, weil sie die Rechnung nicht zahlen wollten oder kein Geld hatten. Dann waren sie unter Gelächter und den Wirt und das Personal verspottend über die nur zwanzig Meter entfernte Grenze abgehauen. Das Ergebnis: vertagt. Im Klartext: alles für die Gringos, die Chinesen gehen leer aus.

Eine Stunde später klingelte das Telefon. »Ja?«

»Miguel Ángel?«

»Harry! Von wo rufst du an?«

»Aus Palm Desert.«

»Wo ist das?«

»Wer weiß? Was brauchst du, Morgado? Womit kann ich dienen?«

Der Rechtsanwalt fasste den Fall kurz zusammen.

»Dann bist du jetzt unter die Knochendiebe gegangen. Wie tief bist du gesunken.«

»Und ich habe diese Grenzgeschichte aus dem Jahr 1955 oder 1956 aufgetan.«

»Und du brauchst Informationen. Liege ich richtig?«

»Liegst du. So wie ich es verstanden habe, gibt es eine Akte mit vertraulichen Dokumenten der amerikanischen Regierung. Darunter welche von der CIA und vom FBI.«

»Eher CIA. Und nur bestimmte Archive, die für noch lebende Personen nicht kompromittierend sind.«

»Könntest du …?«

»Sie auf meinen Namen anfordern?«

»Ja. So schnell wie möglich.«

»Von 1955 bis wann?«

»Bis 1965.«

»Das ist viel Information.«

»Du kannst in den Computer nur die Namen eingeben, die ich erwähnt habe. Zusätzlich noch Mexicali und Laguna Salada. Man kann die Liste von Dokumenten auf ein vernünftiges Maß reduzieren.«

Harry Dávalos' Stimme klang nicht sehr begeistert. »Ich werde sehen, was sich machen lässt. Noch etwas?«

»Finde heraus, ob es einen Ring von Spionen gab, der in den Fünfzigerjahren in Mexicali tätig war.«

Harry lachte. »Dein Dorf war damals ein winziges Nest.«

»Ich weiß. Aber ich glaube, da liegt die Lösung.«

»Ich rufe dich an, Miguel Ángel.« Damit legte der FBI-Agent auf, ohne sich zu verabschieden.

Die nächsten vier Tage kümmerte Morgado sich um seine übliche Arbeit. Er ging nur zum Schlafen ins Hotel.

Am fünften Tag klopfte morgens jemand an seine Tür. Es war wieder der Junge von der Rezeption. »Ein Paket für Sie.«

Amerikanische Briefmarken. Plastikumschlag. Er brauchte fünfzehn Minuten, um ihn aufzubekommen und den Inhalt zu entnehmen: zweihundert Seiten vertrauliches Material.

Bei dem größten Teil der Dokumente waren ganze Zeilen oder sogar Absätze geschwärzt, aber man konnte sie trotzdem lesen und verstehen: Es handelte sich um Berichte über Doppelagenten an der Grenze. Mexikaner und Amerikaner, die für Gott und den Teufel arbeiteten, die in diesem Fall ein und derselbe waren.

Alle heizten die Paranoia an: Eine rote Invasion in kleinen Gruppen von Süden nach Norden. Eine kommunistische Verschwörung, die die Seele der Nation untergräbt. Billige Rhetorik auf beiden Seiten. Genau diese Angst ermöglichte es ihnen, als Denunzianten abzukassieren. Mexicali war nur selten erwähnt, aber immerhin, es tauchte auf. Unruhen, Gespräche unter Politikern, Gerüchte über Gerüchte. Nichts Handfestes.

In einem Dokument war Edmundo Burruel erwähnt: ein Agent der CIA, der die Kommunistische Partei in Mexico City ausspionierte und sich mit den für antiamerikanische Aktivitäten zuständigen Agenten des KGB gut verstand. Wegen seiner Einsätze passierte er oft die Grenze. Seine letzte Mission führte ihn nach Nogales, Sonora, und dann in das Gebiet Calexico-Mexicali. Dann waren drei Absätze gestrichen, am Ende der Status: »Ungelöst. Ermittlung nicht abgeschlossen.«

Morgado brachte dieser Unsinn in Rage. Er warf das ganze Päckchen an die Wand. Er stand wieder am Anfang, trotz seiner Bemühungen war er keinen Schritt weitergekommen, und er war mehr wütend auf sich selbst als auf die CIA und ihre Spionagespiele.

Er hatte geglaubt, man könne die Vergangenheit ausgraben, sie ans Licht holen, aber es war, als trete man in ein Bild von García Benavides, in dem nichts real war. Die Dokumente, die er in der Hand hatte, waren ein Rauchschleier. Eine Täuschung. In dem Moment klingelte das Telefon. Morgado ging, immer noch zornig, dran.

Es war Harry Dávalos, der FBI-Agent, sein Fast-Freund und Fast-Feind. »Ich warte an der Bar auf dich.«

»In welcher?«

»Hier in deinem Hotel. Beeil dich. Ich hab nicht viel Zeit.«

Morgados Wut war sofort verflogen. Er lief die Treppen hinunter. An der Bar sah er die unverwechselbare Gestalt von Dávalos.

»Hat es was gebracht, was ich dir geschickt habe?«

»Natürlich nicht. Die Papiere sind zensiert.«

Harry übergab ihm ein weiteres Päckchen. »Die nicht.«

16

Abends las Morgado die Dokumente der CIA und vertiefte sich ganz in das Schattenspiel. Namen jedweder ideologischer Couleur tauchten auf. Einschlägige Persönlichkeiten, Politiker, Gewerkschaftsführer, Arbeiter- und Arbeitnehmerverbände, alle waren ganz genau durchgecheckt und nach amerikanischen Interessen katalogisiert worden, nach ihrer Nähe oder Ferne zum Kommunismus.

In dem unzensierten Dokument hieß es: »Verfolgung des Agenten in Tucson, Arizona, ab dem zufälligen Kontakt mit dem Angestellten des Paketdienstes. Einfacher Händedruck. Er stieg in seinen Wagen und fuhr zurück nach Kalifornien. Es vergingen fünf Stunden, bis die Fluchtmeldung kam. Wenn die Kontrolleure früher informiert worden wären, wäre der Agent in Yuma verhaftet worden. Man hat versucht, die Grenze zu schließen. Schusswechsel.

Man musste die mexikanische Polizei dahingehend informieren, es handle sich um einen Bankräuber und er habe drei Gesetzeshüter getötet. Sie verhafteten ihn in einer Privatklinik und lieferten ihn zusammengeschlagen, schwer verletzt und komatös an uns aus.

Der Agent starb zwei Tage später. Er ist nicht mehr aus dem Koma aufgewacht, und es wurden keine belastenden Dokumente und keinerlei Päckchen gefunden. Status des Falles: Ungelöst. Ermittlung nicht abgeschlossen.«

Morgado war müde. Es war schon nach zwei Uhr morgens, und er hatte immer noch keine Spur. So viele Papiere er auch las, so viele Dokumente er auch überprüfte, der Fall des in der Laguna Salada gefundenen Skeletts war, wie die Gringos schon vor einem halben Jahrhundert angemerkt hatten, ungelöst.

Er zappte durch die Fernsehsender, um sich ein wenig abzulenken: nur Wetterberichte, Spielfilme, die er jetzt nicht anschauen wollte, und Dokumentarfilme. Er verspürte leichte Kopfschmerzen, stand auf und zog die Schublade auf, wo er ein Röhrchen mit Schmerztabletten wähnte.

Anstelle der Tabletten fiel ihm das Buch des Malers García Benavides in die Hände. Er begann aufmerksam darin zu blättern, die Kopfschmerzen waren vergessen.

Im Prolog wurde erwähnt, dass Rubén García Benavides, geboren in Jalisco, 1953 als Fünfzehnjähiger nach Mexicali gekommen war und Gründungsschüler der ersten Kunstschule der Hauptstadt von Baja California war. Dann kamen eine Reihe traditionell gemalter Porträts. Das waren nicht mehr als Fingerübungen, Aufträge von hochrangigen Persönlichkeiten, die ihr Porträt im Wohnzimmer hängen haben wollten. Man merkte, dass der Maler versucht hatte, ihnen Farbe und Ausdruck zu verleihen.

Aber Benavides hatte sich mit diesem Provinzerfolg nicht zufrieden gegeben. Stück für Stück hatte er seinen Stil verändert, ihn durch Pop-Art-Elemente à la Andy Warhol und später in den Siebzigern durch den Minimalismus bereichert. So entstanden Landschaften, die andere Landschaften einschließen, wirklich originelle Werke auf der Höhe der Zeit.

Morgado blätterte zu den ersten Seiten zurück. Aus den Fünfzigerjahren waren ungefähr ein Dutzend Porträts aufgelistet. Fast alle stellten ältere oder junge Damen der besseren Gesellschaft dar. Bei vier jedoch waren die Modelle Männer. Rodolfo Madrigal, Juan Tapia, Pedro Solís und Servando Islas. Er fiel fast aus dem Bett. Es war, als ob die Vergangenheit ihn plötzlich ansprang. Er schaute auf die Daten der Bilder. Das von Servando Islas war aus dem Jahr 1955. Dann blickte er auf die Uhr: 2.45 Uhr morgens. Er war versucht, den Maler anzurufen, aber hielt sich zurück. Am besten schlafe ich erst mal eine Runde; ich rufe ihn gleich morgen früh an, sagte er sich. Er legte den Kopf auf das Kissen und schlief sofort ein.

17

Der Maler hatte sofort begeistert zugestimmt, ihn zu empfangen. »Ich wohne direkt hinter der Uni. Ein blaues Eckhaus. Sie können es nicht verfehlen.« Der Taxifahrer des Hotels setzte ihn am Werkstatt-Studio von Rubén García Benavides ab.

»Treten Sie ein, Licenciado Morgado, treten Sie ein!«

Das ganze Haus war ein Museum zeitgenössischer Kunst.

»Kaffee?«, fragte Juanita.

Und noch bevor Morgado antworten konnte, hatte er schon eine Tasse aromatisch duftenden Kaffee in der Hand.

»Ich möchte Ihnen für das Buch danken«, murmelte er. »Ich hatte so viel Arbeit, dass ich mich noch gar nicht gebührend bedanken konnte.«

Der Maler machte heftige Bewegungen mit den Armen, als wollte er all die Höflichkeit und Dankbarkeit von sich abschütteln. »Ja, ja. Hat es Ihnen gefallen?«

Morgado zügelte sein Verlangen, sofort zu dem Thema zu kommen, das ihn brennend interessierte. »Es ist ein beeindruckendes Buch. Es ist Ihr Werk, das es außergewöhnlich macht. Wie haben Sie den Wechsel vom Traditionellen zum Zeitgenössischen in einem

Kaff wie diesem geschafft? Und das zu einer Zeit, in der es in dieser Gegend wohl kaum avantgardistische Anreize gab?«

»Indem ich die Museen der Gringos besucht habe. Ich habe Kontakte zu surrealistischen Malern in New Mexico und Arizona aufgenommen. Ich bin immer *up-to-date.* Ich bin kein kleiner Akademiemaler.«

»Aber Sie haben so angefangen. Ihre Porträts aus den Fünfzigerjahren beweisen das.«

»Für meine ersten Bilder trifft das zu, ja.«

Morgado nahm ein Buch des Malers und schlug die Seite mit dem Porträt von Doktor Servando Islas auf. »Und doch«, sagte er, »unterscheidet sich dieses Bild von den anderen.«

Benavides beugte sich über das Buch, um besser sehen zu können. »In welcher Hinsicht?«

»Die anderen Modelle posieren, sie wirken sehr steif. Dieses hat mehr Ausdruckskraft. Kannten Sie ihn gut?«

»Doktor Islas?«

»Ja.«

»Ein wenig.«

»Aber natürlich kannten wir ihn!«, rief Juanita, die sich neben Morgado gesetzt hatte.

»Er hatte eine große Klinik im Stadtzentrum«, erklärte der Maler.

»Er war in Künstlerkreisen sehr berühmt«, sagte Juanita. »Damals gab es keine Museen, Ausstellungsräume oder Kunstgalerien in Mexicali. Die Leute dachten, Kunst sei, die Venus von Milo zu kopieren oder, noch schlimmer, Stillleben zu malen. Aber Doktor Islas hat uns in seiner Klinik ausstellen lassen. Es war sehr nett von ihm, uns die Räumlichkeiten zur Verfügung zu stellen.«

»Es war meine erste Ausstellung«, sagte García Benavides stolz.

»Und auch meine«, sagte Juanita. »Und dabei war ich damals erst vierzehn.«

»Es war ein Mix von Bildern unterschiedlichster Qualität. Von Hobbymalern und Profis«, sagte der Maler.

»Aber war dieser Islas nicht eine Art Intellektueller? Ich glaube nicht, dass er sich nur der Medizin gewidmet hat.«

García Benavides stand auf und holte sich noch Kaffee aus der Küche. Juanita legte ihre Hände auf das Bild des Arztes. »Er war ein Herzensbrecher. Und eines Tages war er verschwunden. 1956. Irgendwann Anfang des Jahres.«

Morgado holte sein Notizbuch heraus und hielt sein Schreibgerät bereit. »Erinnern Sie sich an das genaue Datum?«

Plötzlich sprang Juanita auf, sie war leichenblass und zitterte. »Wer sind Sie?«, schrie sie den Anwalt an. »Für wen arbeiten Sie?«

Der Maler hatte das Geschrei gehört und kam ins Wohnzimmer gelaufen. »Was ist denn los?«

Juanita zeigte mit flammensprühendem Finger auf Morgado. »Der Füller, Rubén, der Füller!«, schrie sie.

Überrascht starrte Morgado auf den Füller in seiner rechten Hand: Es war der Montblanc, der dem Skelett aus der Laguna Salada gehört hatte.

»Das ist der Füller von Doktor Islas! Der, den mein Vater ihm zu Weihnachten geschenkt hat!«

18

Morgado schaute sich die jüngsten Werke von Rubén García Benavides an. Das Studio war klein und lichtdurchflutet. Je länger er diese Landschaften mit übereinander geschobenen Ebenen und sich zu Trugbildern wandelnden Horizonten ansah, umso überzeugter war er, dass der Fall kurz vor der Lösung stand. Der Wille der Toten hatte mehr Gewicht als sein eigenes Dazutun. Die Geheimnisse und die Wahrheiten traten mit gespenstischer Hartnäckigkeit zutage.

»Tragisch«, sagte der Maler, während er die Bilder woandershin schob.

»Das mit Doktor Islas?«

»Das mit allen, die in La Salada verschwunden sind. Wie viele Leute, wie viele Angehörige, Liebende oder Arbeitskollegen haben gedacht, dass sie betrogen wurden. Dass ihr Freund, Vater, Sohn oder

Ehemann sie einfach ihrem Schicksal überlassen hat und abgehauen ist, um anderswo sein Glück zu suchen …«

»Viele hatten den Verdacht, dass sie Verbrechen zum Opfer gefallen sind«, erwiderte Morgado.

»Die sich zu weit aus dem Fenster gelehnt haben. Die Unruhestifter. Aber was ist mit den anderen? Wie Doktor Islas? Ich hätte nie gedacht, dass er etwas mit diesen Spionagegeschichten zu tun hat.«

»Das ist nicht sicher. Obwohl die Daten, die ich bis jetzt zusammengetragen habe, das nahe legen. Er war der Komplize oder Sympathisant eines Netzes von Spionen, wahrscheinlich verbunden mit der Sowjetunion, mit dem KGB. Und er hat für beide Seiten gearbeitet. Manchmal half er einer Seite, dann wieder verriet er sie. Alles, um irgendwelche geheimen Informationen zu schmuggeln.«

»Und was für Geheimnisse hatte er gestohlen, dass sie ihn auf diese Weise getötet haben?«

Morgado hatte sich die Frage auch schon gestellt. In dem Moment klingelte sein Handy. Er hörte die Stimme von Doktor Saúl López Hidalgo. »Licenciado Miguel Ángel Morgado?«

»Ja.«

»Ich rufe an wegen der Werkzeugkiste.«

Morgado war ganz Ohr, aber er war erst mal vorsichtig. »Haben Sie die Identität schon festgestellt?«

»Habe ich. Das war einfach. Die Gringos haben Register von allem und jedem, dass einem angst und bange wird.«

Das will ich glauben, dachte Morgado.

»Nein. Ich rufe an, weil Jimmy, Lucy, Elena und Sie unbedingt sofort ins Krankenhaus kommen müssen.«

»Wollen Sie einen Labortest mit uns machen?«

»So ist es. Kommen Sie schnell.«

Bei Morgado gingen sämtliche Alarmglocken an. »Was für Tests? – Kommen Sie, Doc, raus damit!«

»Spezialuntersuchungen zum Nachweis von Kontamination und Toxizität.«

»Bitte kein Fachchinesisch!«

»Schön, wenn Sie es so wollen: Radioaktivitätstests.«

19

Zum dritten Mal hatte die Krankenschwester ihm ungefähr einen Liter Blut abgenommen. Zumindest kam es Morgado so vor, als er sie mit der gefüllten Spritze weggehen sah. »Kann ich jetzt raus hier?«, fragte er.

»Ja. Das ist alles«, erwiderte Doktor López Hidalgo. »Und beklagen Sie sich nicht, ich musste vor zwei Stunden dasselbe durchmachen.«

»Und jetzt?«

»Kommen Sie mit in mein Sprechzimmer, bitte.«

Dort warteten Lucy, Elena und Jimmy. Keiner schaute begeistert angesichts der Einstiche, die die Injektionsnadeln in ihren Armen hinterlassen hatten.

»Kann man vorab schon etwas sagen?«

Doktor López Hidalgo rückte seine Krawatte zurecht und lächelte freundlich.

Jetzt kommt die schlechte Nachricht, dachte Morgado.

Ich fühle mich schrecklich, stellte Lucy fest.

Das wars mit uns, ahnte Jimmy.

Ob er Junggeselle ist?, fragte sich Elena.

»Entschuldigt bitte alle vier diese ganzen Umstände«, hob der Arzt an.

»Komm zur Sache, Saúl«, sagte Jimmy, »wir sind keine Kinder mehr, dass du es uns in einem Säftchen beibringen musst.«

Der Arzt lachte, aber er hörte auf, sich an seiner Krawatte zu schaffen zu machen. »Ihr seid alle vier gesund. Die Blutproben sind nur dazu da, jeden Zweifel auszuschließen. Es wurden keine Spuren von Radioaktivität festgestellt.«

»Das ist die gute Nachricht«, fiel ihm Jimmy ins Wort. »Gibt es noch eine schlechte?«

Der Arzt erhob sich, knöpfte seinen Kittel auf und machte eine Lichttafel an, auf der mehrere Röntgenbilder befestigt waren. »Das sind die Knochen, die ihr mir gegeben habt«, sagte er und zeigte auf eines der Röntgenbilder.

»Und das ist der Schädel, nicht wahr?« Morgado zeigte auf ein anderes Bild.

»So ist es. Alle weisen eine Verseuchung durch ein radioaktives Plutoniumderivat auf.«

»Der Verstorbene war Radioaktivität ausgesetzt?«

»Ja. Ein paar Tage, wenn nicht gar für Wochen.«

»Wie das?«

»Ich weiß es nicht. Plutonium ist keine natürliche Quelle wie Radium. Er muss sich in der Nähe einer Lagerstelle für radioaktives Material aufgehalten haben. Keine große Menge, denn die Knochenveränderung ist minimal.«

»Ist er daran gestorben?«, wollte Lucy wissen.

»Nein, aber der Kontakt hat den Prozess seines physischen Verfalls beschleunigt«, erwiderte der Arzt.

»Und die Patronenhülsen?«, fragte Morgado. »Und die Ein- und Austrittslöcher im Schädel?«

»Die wurden ihm nach dem Tod beigebracht.«

»Sind die Knochen immer noch radioaktiv?«, wollte Elena wissen.

»Aber natürlich!«, bejahte der Arzt vehement. »Und das werden sie auch noch weitere zehntausend Jahre bleiben, wenn sie so lange durchhalten. Aber ich möchte noch einmal betonen, die Radioaktivität ist gering. Ich habe es zufällig entdeckt, als ich das Licht ausmachte und sie ganz leicht leuchten sah. Als Radiologe habe ich einen Geigerzähler, damit ich weiß, wie viele Aufnahmen ich pro Tag machen kann. Deswegen war ich so erschrocken und besorgt um eure Gesundheit. Aber wir haben schon ermittelt, dass es sich nur um Restradioaktivität im niederen Bereich handelt. Und ihr wart ihr nicht mehr als vielleicht zwei Stunden ausgesetzt.«

Morgado tat der Arm gleich weniger weh, als er die guten Nachrichten hörte. Er war gesund. Gesund und munter, das war das Entscheidende. Aber da waren noch ein paar offene Fragen. »Doc, Sie sagten, Sie wüssten, wer der Verstorbene war, richtig?«

Der Arzt kehrte zu seinem Schreibtisch zurück und reichte ihm eine grüne Akte mit dem Siegel der Streitkräfte der Vereinigten Staaten, Abteilung Gesundheit und Seuchen.

»Hier ist die gesamte Information. Es ist nicht viel, aber es reicht aus.«

Morgado entfernte das Band, das die Akte zusammenhielt. Als er sie aufschlug, stieß er auf das Schwarzweißfoto von Servando Islas. Ein Mann reiferen Alters mit einer kleinen Bartspitze, der dem auf dem Bild von García Benavides sehr ähnlich sah.

Für den Anwalt der Menschenrechte war das Schlimmste nicht der Gedanke an Islas' Tod, sondern die Tatsache, dass das Foto im Januar 1956 aufgenommen worden war. Und nicht von einem Lebenden, sondern von einer Leiche, die kein Anzeichen von Schüssen aufwies.

20

»Wie seid ihr auf den Gedanken gekommen, sie einfach so verschwinden zu lassen?«

Die Bar war fast leer. Die Gäste des Hotels hatten sich noch nicht blicken lassen. Oder sie hatten etwas Besseres gefunden, um sich zu amüsieren. Der Kellner erklärte, ›richtig abgehen‹ werde es erst ab Mitternacht, nicht früher. Was Morgado irritierte.

Harry überhörte die Bemerkung und betrachtete die bläuliche Beleuchtung des Swimmingpools. »Das erinnert mich an Las Vegas.«

Morgado verschluckte sich fast vor Lachen. »Ja. Aber nachdem du den letzten Dollar im Kasino verspielt hast.«

Morgados Antwort rührte den Gringo nicht. »Ich weiß nicht, wie ich mich von dir habe überreden lassen können, in dieses Scheißkaff zu kommen.«

»Du magst Mexicali«, stichelte der Anwalt. »Sosehr du auch einen auf Chilischote in Washington, auf Bürokrat in Sacramento oder verdeckter Ermittler in El Paso machst, das ist dein Zuhause.«

»Mein Zuhause ist da, wo ich lebe.«

»Dein Zuhause ist Calexico und Mexicali, eine Stadt mit zwei verschiedenen Namen.«

Harry hob das leere Glas hoch und bestellte noch einen.

»Komm schon, *Mister Secrets,* warum habt ihr 1956 den Arzt und plastischen Chirurgen Servando Islas verschwinden lassen?«

Harry lächelte, als der Kellner mit dem neuen Whisky kam. »Weil er eine Gefahr für die öffentliche Gesundheit war. Die Information steht in den Akten, die ich dir gegeben habe.«

Morgado schüttelte den Kopf. »Davon steht nichts drin.«

»Da stehen nicht die richtigen Namen, aber du kannst das Verfahren sehen, das sich bei der mexikanischen Polizei des Bundesstaates eingebürgert hat.«

»Warte mal. Willst du mir sagen, ihr habt die Polizei von Baja California dafür bezahlt, für euch die Leiche zu entsorgen?«

Harry nahm einen Schluck von seinem Whisky und eine Hand voll Erdnüsse, bevor er antwortete. »Edmundo Burruel. Er ist der Schlüssel.«

»Der Doppelspion.«

»Burruel wurde mit einer undankbaren Aufgabe betraut: Er sollte sich um einen kleinen Plutoniumbehälter kümmern, der heimlich aus dem Giftmülllager von Los Alamos in New Mexico entwendet wurde und den ein sowjetischer Agent Ende 1955 nach Tucson transportiert hatte. Das FBI war all diesen Spionen schon auf den Fersen. Deswegen die Eile. In Tucson hat dieser Agent Burruel den Behälter übergeben, der damals bereute, Kollaborateur der ›seelenlosen Kapitalisten‹ gewesen zu sein, und jetzt Loblieder auf Väterchen Stalin sang. Er schaffte das Plutonium am 30. Dezember jenes Jahres über die Grenze nach Mexiko und lieferte sich eine Schießerei mit den Agenten des FBI, die hinter ihm her waren. Wie in einem Hollywoodfilm.«

»Und der Behälter wurde bei Doktor Islas aufbewahrt?«

»Genau. Ein Genosse aus demselben Kreis von Grenzspionen, zu dem auch Burruel gehörte. Eher ein Sympathisant. Und er hatte den schlechtesten Part: Er bekam das Plutonium.«

Morgado bestellte noch ein Mexicali-Bier. So langsam kam Licht in den Fall. »Der Arzt versteckte den Behälter und wurde verstrahlt«, schloss er.

Harry schaute wieder auf das bläulich schimmernde Wasser des Hotelschwimmbades, als hätte er einen Atomreaktor vor sich. »Spezialisten der ABC-Abwehr der US Army inspizierten alle Orte, an denen Burruel gelebt hatte. Darunter auch Mexicali. Im Krankenhaus Auxilio Perpetuo spielten die Geigerzähler verrückt. Sie konnten für Burruel nichts mehr tun. Ich glaube, dass du es schon weißt, aber er wurde animiert, uns alles zu erzählen.«

»Sie haben ihn gefoltert, nicht wahr?«

»Burruel starb, ohne etwas verraten zu haben. Er wurde in irgendeinem versiegelten Friedhof in Arizona begraben. Sein Strahlenwert war dreimal höher als der normale, dabei hatte er den Behälter nur für zwölf Stunden. Im Unterschied zu Servando Islas kam er auf die schlechte Idee, den Behälter zu öffnen und sich den Inhalt anzusehen. So setzte er sich einer hohen Strahlendosis aus. Daran ist er nicht gestorben, sondern an den Kugeln, die er beim Überqueren der Grenze abbekam.«

Morgado trank von dem Bier und stellte sich den Tod der beiden, ihre Schmerzen vor. Szenen eines vergessenen Krieges, in dessen Akten seit einem halben Jahrhundert keiner mehr seine Nase reingesteckt hatte.

»Und was passierte mit Islas?«

»Er starb hier. Ein Kommando, nun ja … eines Geheimdienstes der Regierung drang am 17. Januar 1956 in das Krankenhaus Auxilio Perpetuo ein. Doktor Islas lag schon im Sterben. Offensichtlich hatte er wenige Stunden zuvor selbst diagnostiziert, an was er litt, und den einfachen Weg gewählt.«

»Selbstmord?«

»Er war bereits sehr schwach. Ein paar Schlaftabletten reichten, um ihn in einen Schlaf ohne Wiederkehr zu befördern. Als sie ihn fanden, war es zu spät, um noch etwas zu machen.«

»Und was haben die Leute von deinem ach so geheimen Dienst gemacht?«

»Das wirst du dir denken können. Er war ein heißes Eisen.«

»Ein radioaktives Eisen, vergiss das nicht, Harry.«

Harry hatte das nicht vergessen und bestellte einen dritten Whisky. »Eine radioaktiv verseuchte Leiche, die man nicht mit nach Hause nehmen wollte. Also sprachen sie mit der Gruppe *judiciales,* die sie begleitet hatte. Für ein paar Extrascheine boten sie ein besseres Verfahren an.«

»Die dreckige Wäsche Mexikos wird auch hier gewaschen.«

»*Yes,* Morgado, das weißt du. Aber die CIA wollte sie nicht gewaschen, sondern weg von der Bildfläche haben.«

»Die Polizisten begruben Doktor Islas in der Laguna Salada, und alle waren zufrieden.«

»Mehr oder weniger.«

»Wieso mehr oder weniger?«

»Meine Regierung war aus zwei Gründen alles andere als zufrieden mit der Handhabung des Falles. Sie wusste nicht, ob es noch mehr rote Spione in Mexicali gab. Und so wurde ein Überwachungsteam im Bereich der Klinik postiert, und falsche Meldungen wurden in der Presse lanciert, um zu sehen, ob einer den Köder schluckt.«

»Und?«

»Niemand kreuzte auf, außer Patienten, die nach dem Doktor fragten, oder Freunde von ihm, die bereits genau überprüft worden waren und keine Kontakte zu den Kommunisten hatten.«

»Und der andere Grund?«

Harry lächelte verschmitzt. »Wir haben der mexikanischen Polizei nie vertraut. Ein Team der Gesundheitsbehörde untersuchte die Stelle, wo sie den Arzt heimlich verscharrt hatten, um sich zu vergewissern, dass er weit entfernt von jeder menschlichen Siedlung an der Grenze lag.«

»Mein lieber Mann, wie liebenswürdig!«

»Von jeder menschlichen Siedlung auf *unserer* Seite.«

Morgado konnte angesichts seiner Naivität nur den Kopf schütteln.

»Das Team der Gesundheitsbehörde stellte fest, dass die mit der Beseitigung beauftragten mexikanischen Polizisten zweimal auf die Leiche geschossen hatten. Ich nehme an, du kannst dir vorstellen warum.«

Morgado versuchte es, aber konnte keine befriedigende Erklärung finden. Harry musste sie ihm geben. »Damit man ihn in Frieden ließ, falls man ihn doch entdeckte.«

»Verstehe ich nicht.«

»Der Gnadenschuss war ein Markenzeichen der *chemitas,* deiner Pistolenhelden mit Dienstmarke. Ein Zeichen in der Art: ›Lass meine Leichen in Frieden, sonst kannst du ihnen bald Gesellschaft leisten.‹«

»Ah ja, alles klar.«

Harry nickte, ohne sein unheimliches Lächeln abzulegen. »Nun, es ist ein Zeichen, dass du häufiger beachten solltest, Morgado.«

»Ist das ein Rat oder eine Drohung?«

Harry trank langsam seinen Whisky aus. »Wie du sagst: Wir haben eine Freundschaft mit zwei verschiedenen Namen.«

»Das habe ich nie gesagt!«, protestierte Morgado.

»Ich schon«, sagte der FBI-Agent. »Also beherzige meinen Rat und vergiss meine Drohung nicht! Beide haben denselben Zweck: dir unnötige Gefahren und ungelegene Zwischenfälle zu ersparen.«

21

Nach sechsmaligem Klingeln ging Doktor Saúl López Hidalgo ans Telefon. »Ja, bitte?«

»Doc, ich bins, Morgado.«

»Licenciado, was kann ich für Sie tun?«

»Eine Frage: Haben Sie die Überreste von Doktor Islas?«

»Ja. Sie sind hier. In einem speziellen Kobaltbehälter. Wir haben sie bereits pulverisiert.«

»Und wenn Sie sie in eine Bleiurne füllten und sie versiegelten, würde dann Radioaktivität nach außen dringen? … Doc, sind Sie noch da?«

»Ja, ich bin da. Lassen Sie mich überlegen … na ja … Theoretisch müsste die Urne die Strahlung abhalten.«

»Könnten Sie mir so eine Urne beschaffen und sie versiegeln?«

»Das ist schon die dritte Frage.«

Morgado konnte sich das genervte Gesicht des Radiologen in dem Moment vorstellen. Aber er hatte keine Wahl. »Sie wissen doch, Doc, man sollte Anwälten nie vertrauen.«

22

Juanita öffnete die Tür und ließ ihn eintreten.

»Und der Meister?«

»Ist Leinwand kaufen.«

»Kann ich auf ihn warten?«

»Selbstverständlich.«

Juanita fragte ihn nicht einmal, ob er etwas trinken wolle, sondern stellte ihm einfach eine große Tasse Kaffee hin.

»Das mit dem Füller tut mir sehr Leid.«

»Es tut mir Leid, dass ich mich letztes Mal so aufgeführt habe.«

»Kannten Sie Doktor Islas gut?«

Juanita seufzte. »Er war der Arzt meines Vaters, der ihn gegen Gicht und Arthrose behandelte. Ich begleitete ihn jeden Monat in die Sprechstunde. Servando war so etwas wie ein Idol für mich. Er verstand so viel von Kunst und Kultur wie kein Zweiter. Er war natürlich viel älter als ich, aber für ein fast fünfzehnjähriges Mädchen war er die Verkörperung all seiner Liebesfantasien. Aber es waren eben nur Fantasien, nicht mehr. Denken Sie nichts Schlechtes!«

Morgado unterbrach den Erinnerungsfluss nicht.

»Dann lernte ich Rubén kennen und hatte nur noch Augen für den Maler aus Jalisco, wie ihn damals Salvador Romero und Manuel Aguilar nannten, seine Malerkumpel.«

»Wann haben Sie Doktor Islas zuletzt gesehen?«

»Im Januar 1956. Eine Woche vor seinem Verschwinden. Es ging ihm … na ja, er sah schlechter aus als mein Vater. Abgemagert, verschwitzt, gerötete Augen. Als wir die Praxis verließen, sagte mein Vater zu ihm: ›Sie sollten weniger ausgehen, Doc‹, und der lächelte gezwungen. ›Das sind alles Abschiedsfeiern‹, sagte er. ›Aber wir sind doch schon im neuen Jahr‹, sagte Papa zu ihm, ohne den tieferen Sinn der Worte seines Hausarztes und meines Mäzens zu verstehen.«

In dem Moment beschloss der Anwalt, ihr die Wahrheit zu erzählen, wenn auch ohne unappetitliche Details. Als er geendet hatte, weinte Juanita still an seiner Schulter.

Als Rubén García Benavides mit Leinwand und Farbtöpfen zurückkehrte, waren sie bereits bei der dritten Tasse Kaffee.

»Ich dachte, Sie wären schon wieder in Mexico City«, sagte der Maler.

»Ich auch. Aber ich bin immer noch hier, unter Migranten und Verschwundenen.«

»Und was ist der Grund Ihres heutigen Besuchs?«

»Genau das. Ich werde in die Hauptstadt zurückkehren, in mein Apartment in der Colonia del Valle, und ich werde als Landschaftsbild Regen, Nebel und Smog vor mir haben. Ich brauche das Licht meiner Wüste. Licht und Trugbilder und Landschaften, die zu mir gehören und die mir die Wärme des Guten vermitteln.«

»Und wie wollen Sie das lösen?«, fragte Juanita.

Aber der Maler hatte schon verstanden. »Welches Bild möchten Sie mitnehmen?«

»Das wärmste, das hellste.«

23

Er klingelte erst an der Tür, als er sich vergewissert hatte, dass die Adresse korrekt war. Aber selbst da wusste er nicht, was ihn erwartete, wenn die Tür aufging und er Erklärungen abgeben musste. Und wenn sie ihn abwiesen? Ihn für verrückt hielten? Und wenn das doch nicht das Haus war?

»Was wünschen Sie, Señor?«

Es war ein Mädchen mit großen Augen und einer Puppe im Arm. Hinter ihr hörte er eine besorgte Frauenstimme: »Mach nicht auf, Nina, es kann ein Dieb sein!«

Eine junge Frau erschien im Türrahmen und schob das Kind mit einer Verteidigungsgeste in das Haus zurück. »Was wollen Sie?«

Morgado reichte ihr seine Visitenkarte.

Die Frau las sie misstrauisch. »Migranten? Was haben wir damit zu tun?«

Der Anwalt war immer noch unsicher. Er wollte sich schon auf dem Absatz umdrehen, als ein anderes Gesicht in der Tür auftauchte. »Wer sind Sie?«

Es war ein alter Mann, der ihn von Kopf bis Fuß musterte. Fast beschnüffelte er ihn, als könne er über den Geruch alles über ihn in Erfahrung bringen.

»Ich bin Miguel Ángel Morgado. Ich würde gerne wissen, ob hier die Familie Islas Tinoco wohnt.«

»Ich bin Servando Islas Tinoco, und das ist Angélica, meine Tochter, und Nina, meine Enkelin. Was wollen Sie von uns?«

Morgado seufzte bei dem Gedanken an den langen Weg, den er vor sich hatte, um einem Mann gerecht zu werden, der fast fünfzig Jahre spurlos vom Erdboden verschwunden war.

Aber es gab keine Alternative. Langsam holte er die Bleiurne aus seinem Koffer.

Ein Toter kehrt bald nach Hause zurück, dachte er.

Und dann begann er mit der langen, verwirrenden Runde von Erklärungen.

24

Es war nachts. Sehr spät in der Nacht. Morgado stellte die Koffer hinter der Tür ab und legte sich ins Bett. Diesmal wollte er irgendein Fernsehprogramm sehen, das ihn die vergangenen Stunden mit der Familie Islas Tinoco vergessen ließ. Anfangs hatten sie sich geweigert, zu akzeptieren, was die Urne repräsentierte. Es war wie ein Gespenst, für das sie bereits einen Ort fern von ihren Herzen gefunden hatten und das jetzt zurückkehrte und sie mit seiner plötzlichen Anwesenheit, mit unangenehmen Erinnerungen verwirrte. Klage und Schmerz. Zittern und Umarmungen. Die Toten, selbst noch die verborgensten, können die Welt erschüttern, indem sie wieder auftauchen und sagen: »Da bin ich.«

Der alte Mann, der älteste Sohn des Verschwundenen, litt am

meisten unter dem, was Morgado ihm mitzuteilen hatte, obwohl jener ihm nicht die ganze Geschichte erzählte, nur die Kernstücke. Es war genug, dass der alte Mann den Schmerz spürte, den die Vergangenheit verursachte, und dass er akzeptieren musste, dass die mit einem Schlag abgebrochene Beziehung, als er gerade einmal neun Jahre alt war, eine unerledigte Geschichte, eine nicht verheilte Wunde war.

»Vielen Dank für alles«, hatte der alte Mann zu ihm gesagt.

Jetzt war Morgado frei. Aber wie viele andere blieben immer noch verschwunden? Wie viele Körper lagen in der Laguna Salada? Hunderte? Tausende? Zehn, zwanzig, dreißig?

Das Telefon läutete. Es war Jimmy. »Miguel Ángel, hast du mal in den Kulturkanal geschaut?«

»Nein. Warum?«

»Kanal 22. Guck rein, dann reden wir.«

Jimmy hatte aufgelegt. Morgado stellte Kanal 22 ein. Es war ein Bericht irgendwo aus der russischen Tundra. Der entsandte Reporter war halb tot vor Kälte, aber er blieb am Mikrofon. Er stand an einem Friedhof oder etwas Ähnlichem. »Vor knapp einer Woche hat die russische Regierung für die Öffentlichkeit die Tore dieser geheimen, den Helden der Sowjetunion gewidmeten Gedenkstätte geöffnet. Und mit Helden sind hier die anonymen Kämpfer gemeint, die in allen Winkeln der Welt von 1917 bis zum Zusammenbruch der Sowjetunion gekämpft haben.«

Die Kamera zeigte eine große Fläche voller Sträucher, aus denen wie Grabstelen Steine aus schwarzem Marmor mit goldenen Inschriften herausschauten.

»Jeder Stein«, fuhr der Journalist fort, »steht für ein Land. Die Männer, die darauf erwähnt sind, sind Genossen, wie man damals sagte, die für das kommunistische Regime gekämpft haben und ihr Leben für die Sache gegeben haben. Was wir hier sehen, ist ein Gedenkfriedhof, den der KGB im Herzen von Mütterchen Russland errichtet hat, um seine in Ausübung der Pflicht gestorbenen Kämpfer zu ehren. Aber nicht irgendwelche Kämpfer, sondern die bedeutendsten Spione.«

Der Journalist ging ein paar Schritte auf einen schwarzen Stein zu, der ein wenig abseits stand. »Das ist der unseres Landes, Mexiko. Sie können den Adler und die Schlange auf der rechten und Hammer und Sichel auf der linken Seite sehen. Es sind insgesamt fast fünfzig Namen eingraviert, neben jedem steht das Datum seines Todes.«

Morgado stand nervös auf und wartete auf die Namen. Der Journalist fing an, sie vorzulesen. Der erste war aus dem Jahr 1919. 1955 erwähnte er Edmundo Burruel. 1956 tat er das Gleiche mit Servando Islas. Als er die ganze Liste vorgelesen hatte, schaute er eindringlich in die Kamera und fragte die Zuschauer: »Kennen Sie sie? Haben Sie zuvor schon von diesen Gespenstern der Vergangenheit gehört? Nun, wir auch nicht. Diese Kämpfer stammen aus einer Ära, an die sich niemand mehr erinnern will. Sie leben hier, an dieser Gedenkstätte, die niemand besucht, wie stumme Zeugen einer Epoche, die glücklicherweise hinter uns liegt. Diese Mexikaner sind gefallene, flüchtige Sterne des marxistisch-leninistischen Himmels der Geschichte. Mögen sie alle in Frieden ruhen.«

25

Nachdem er ihm einen versiegelten Umschlag mit der Bitte übergeben hatte, diesen erst im Flugzeug zu öffnen, verabschiedete sich Jimmy von Morgado in der Lobby des Hotel Lucerna. »Das nächste Mal spielen wir Indiana Jones.«

»Wie geht das?«, fragte Morgado.

»Wir suchen den verlorenen Schatz in der Rumorosa.«

Morgado stutzte. »Ich habe noch nie von einem Schatz gehört.«

»Hör gar nicht hin«, sagte Lucy. »Das ist alles reine Erfindung.«

»Von wegen Erfindung. Du musst wissen, ein Deutscher hat Anfang des Zweiten Weltkrieges, bevor Mexiko eingetreten ist, eine Tonne Nazi-Gold versteckt«, versicherte Jimmy. »Das ist die reine Wahrheit. Und ich habe die Karte. Die echte.«

Lucy schüttelte nur den Kopf, als sei es ihr Karma, einen Mann mit ausgeprägter Fantasie ertragen zu müssen. »Bikern darf man nur die Hälfte glauben«, sagte sie, um die Sache vom Tisch zu fegen. »Und selbst dann bist du noch naiv.«

In dem Moment kam Doktor Saúl López Hidalgo. Er wurde von Elena begleitet, die sich bei ihm untergehakt hatte. »Fast hätten wir es nicht geschafft«, sagte der Radiologe.

»Ich dachte nicht, dass ihr kommt«, sagte Morgado.

Elena ging auf ihn zu und drückte ihm einen schmatzenden Kuss auf den Mund.

»Und?«, fragte Jimmy und sah den Arzt an, der dem überschwänglichen Abschied seiner Begleiterin keine Bedeutung beizumessen schien.

»Um unserem Hauptstädter Glück zu wünschen«, sagte Elena und kicherte dabei nervös.

»Danke«, sagte Morgado überrascht.

»Wann kommst du zurück?«, fragte der Anführer der *Cuervos.*

»Wenn ihr mich das nächste Mal einladet«, erwiderte er.

»Wenn es um deine Arbeit mit den Migranten geht, dann solltest du dich am besten in Mexicali niederlassen«, sagte Lucy. »Hier wirst du mehr gebraucht als in Smogland.«

»Glaub nicht, ich hätte noch nicht darüber nachgedacht«, gestand Morgado.

Und dann umarmte er alle. Seine einzige, unvergleichliche Familie.

26

Am Flughafen von Mexicali machte Morgado einen letzten Anruf, während schon sein Flug nach Mexico City aufgerufen wurde. »Harry, ich möchte mich für eine Weile verabschieden.«

»Ich hoffe, dem ist so«, erwiderte der FBI-Agent.

»Hat dir das Geschenk gefallen?«

»Der Füller? Er schreibt gut. Ein klassischer Montblanc. Danke.«

Morgado unterdrückte den Wunsch zu lachen. »Ich an deiner Stelle würde ihn mit einem Geigerzähler untersuchen lassen. Er gehörte Doktor Servando Islas.«

»*Shit!* Ist das einer deiner Scherze?«

»Das wirst du herausfinden. Bis bald, *amigo.* Und *congratulations.*«

27

An jenem Abend probierte eine Gruppe amerikanischer Touristen im äußersten Norden der Laguna Salada ihre Sand-Buggys aus. In Wirklichkeit untersuchten sie eines nach dem anderen die geheimen Gräber, die ihre Spionagesatelliten ihnen anzeigten. Einer der jungen Leute blieb vor einer kaum wahrnehmbaren Erhebung stehen. Er grub eine Weile, dann lag die Stirnseite eines Schädels frei. Er steckte ein Metalllineal in den Boden, um die Maße des Schädels zu nehmen, und machte mehrere Fotos. Dann deckte er den Schädel wieder zu und gab die Daten in seinen Computer ein. In seinem tragbaren CD-Player hörte der Gringo die Stimme von Madonna.

It's gonna drive me crazy
Music makes the bourgeoisie
And the rebel come together
Music makes the people
Come together, come together.

Der Tourist rückte das Visier zurecht und rechnete aus, dass er noch sieben Gräber vor sich hatte. Im Morgengrauen sind wir fertig, schätzte er. Und dann fuhr er mit der minutiösen Registrierung fort. In seinen Ohren erzählte ihm Madonna, was er schon wusste:

Don't think of yesterday
And I don't look at the clock.

Morgado machte es sich auf seinem Sitz bequem. Noch bevor das Flugzeug in der Luft war, holte er den Umschlag hervor und riss ihn ungeduldig auf. Was für ein Geschenk sollte ein so sentimentaler Biker wie Jimmy für ihn haben?

Er schüttelte den Umschlag. Zwei Fotos und ein Blatt Papier fielen auf seine Beine.

Das erste Foto zeigte ein Baby mit einem Pokémon-T-Shirt.

Das zweite Foto zeigte dasselbe Kind in den Armen einer Frau.

Morgado erkannte die Gebärende aus der Laguna Salada.

Auf dem Blatt stand: »Danke, dass Sie ihn auf Welt geholt haben. Ich habe ihm den Namen Miguel Ángel gegeben, weil Sie unser Schutzengel sind.«

Morgado war ganz aus dem Häuschen. Dann kam langsam in ihm ein Gefühl von Freude und Vertrauen auf. Er war ein Schutzengel und ein Ehrenmitglied der *Cuervos.* Diese Doppelrolle fing an, ihm zu gefallen.

Er erkannte, wie es ist, an der Grenze zu leben: zwischen weißen und schwarzen Flügeln.

Gabriel Trujillo Muñoz

Gabriel Trujillo Muñoz wurde 1958 in Mexicali in Baja California geboren, direkt an der Grenze zu den Vereinigten Staaten, und studierte an der Universität von Guadalajara Medizin. In den Achtzigerjahren – er arbeitete damals als Chirurg – nahm er intensiv am künstlerisch-intellektuellen Leben Mexicalis teil und begann, Essays, Lyrik und Romane zu schreiben, die das Leben in der Grenzregion reflektierten. Mit der zunehmenden Professionalisierung des nordmexikanischen Literaturbetriebs in den letzten Jahren trat die Medizin immer weiter zurück, und das Schreiben wurde zu seinem Hauptberuf.

Heute ist Trujillo Muñoz einer der meistveröffentlichten Autoren seiner Heimat. Zudem hat er eine Professur für Kommunikationswissenschaften an der Universidad Autónoma de Baja California inne und fungiert als Herausgeber der Zeitschrift Semillero. In all diesen Funktionen steht sein Engagement für die Einzigartigkeit der »frontera« und ihrer kulturellen Identität im Mittelpunkt. Diese Grenze, an der die USA und Mexiko, reich und arm, Norden und Süden so radikal aufeinander treffen und Menschen und Drogen gehandelt werden, ist seine Kontrastfolie für die nationale Identität Mexikos, aber auch ganz allgemein für den Menschen an der Wende zum 21. Jahrhundert.

Von besonderer Bedeutung hierbei ist die Kriminalliteratur. Erstmals wandte sich Trujillo Muñoz diesem Genre 1987 mit seinen Erzählungen *Lucky Strike* und *De sueños y nostalgia. Lucky Strike* und eine weitere Erzählung wurden 1990 in die erste Krimi-Anthologie Mexikos, *En la línea de fuego,* aufgenommen. 1995 veröffentlichte er seinen ersten Kriminalroman *Mezquite Road,* in dem erstmals Miguel Ángel Morgado auftaucht, ein auf Menschenrechte spezialisierter Anwalt, eine neue Art Detektiv. Mit ihm hält in die mexikanische Kriminalliteratur eine neue, periphere Sichtweise Einzug. Mit *Mezquite Road* war Trujillo Muñoz Mitinitiator eines regelrechten Krimibooms Mitte der Neunzigerjahre in Mexiko, der mit der bis dahin in der Literatur vorherrschenden Konzentration auf die Hauptstadt brach und das gesamte Land als literarischen Schauplatz von Korruption, Verrat, Sehnsüchten und Leiden entdeckte.

Trujillo Muñoz' Tätigkeit als Schriftsteller wurde mit zahlreichen Preisen gewürdigt. So erhielt er beispielsweise den Premio Estatal de Literatura 1992 in der Kategorie Kulturjournalismus, 1994 in der Kategorie Roman, 1994 und 1996 in der Kategorie Poesie und 2000 in der Kategorie Erzählung, Zudem erhielt er 1998 den Premio Excelencia Fontera, 1999 den Premio Narrativa Colima und 2004 den Premio Nacional de Poesía Sonora.

Bibliografie

Romane und Erzählungen:
Lucky Strike (1987); *De sueños y nostalgia* (1987); *Mexicali: crónicas de infancia* (1990); *Miríada* (1991); *Laberinto* (1995); *Mezquite Road* (1995); *El futuro en llamas* (1997); *Conjurados* (1999); *Espantapájaros* (1999); *Tijuana City Blues* (1999); *Orescu. La voz* (2000); *Orescu. La sangre* (2000); *Orescu. La luz* (2000); *Trebejos* (2001); *Mercaderes* (2002); *El festín de los cuervos* (2002; enthält die Kurzromane *Mezquite Road, Tijuana City Blues, Loverboy, Puesta en escena, Laguna Salada*); *La memoria de los muertos* (2006).

Lyrik:
Poemas (1981); *Rituales* (1982); *Percepciones* (1983); *Moridero* (1987); *Tras el espejismo* (1989); *Mandrágora* (1989); *Atisbos* (1991); *A plena luz* (1992); *Don de lenguas* (1995); *Alfanjes* (1996); *Cirugía mayor* (1997); *Constelaciones* (1997).

Gabriel Trujillo Muñoz ist zudem Autor und Herausgeber mehrerer literatur- und kulturwissenschaftlicher Bände.

Miguel Ángel Morgado: Die Wurzeln des Grenzdetektivs

Von Gabriel Trujillo Muñoz

Alle Menschen erzählen. Unser Alltag ist voll von Geschichten, die wir uns gegenseitig erzählen und die somit unsere persönliche Lebenswirklichkeit mit der anderer Menschen verknüpfen. Fiktionale Prosa geht einen Schritt weiter als die Realität: Sie ist der Wipfel eines Baumes, dessen Wurzeln in den alltäglichen Dingen liegen, unseren Routinen, unserer Freude und unserem Frust als Teil eines Staates, einer Epoche oder einer speziellen Gemeinschaft.

Einen Roman zu schreiben ist für diejenigen, die diese alte und ehrwürdige Kunst ausüben, eine Möglichkeit, das Gewusste mit dem Erfundenen zu kombinieren, die empirische Erfahrung unserer Welt mit den Landschaften unserer Fantasie zu vermischen. In meinem Land war der Roman meist zu gleichen Teilen eine Hommage an die Vergangenheit und ein Versprechen für die Zukunft. Eine Beschwörung jener Geister, die uns als Volk verfolgen: Freiheit und Unabhängigkeit, Ungerechtigkeit und Rebellion, das Zentrum und die Peripherie. Das, was wir sein wollen und niemals erreichen.

Heute, wo das Lokale und das Globale zusammenfallen, wo die Besonderheiten jeder Kultur zum Gegenstand der Gegenwartskunst werden, bin ich Teil dieser Bewegung. Ich schreibe über Mexicali, die Stadt an der Grenze zu den Vereinigten Staaten von Amerika, genauer gesagt, zu Kalifornien und Arizona. USA und Mexiko, diese beiden Staaten repräsentieren sowohl die allerneuesten gesellschaftlichen Entwicklungen als auch die unberührte Landschaft des alten Westens. Meine Geschichten greifen auf, was es ausmacht, an der Peripherie zweier grundverschiedener, hier zusammenprallender Welten zu leben, an der Stelle, wo die hispanoamerikanische und die angelsächsische Kultur sich überschneiden.

Ich schreibe über das, was mir nahe ist: von meinen Leuten und ihrer Vergangenheit, vom Leben auf der Trennlinie zweier unterschiedlicher Kulturen.

Aber ich schreibe mit dem Instrumentarium der alltäglichen Geschichten, in der Sprache meiner Zeit und meines Umfelds. Ich möchte das erzählen, was noch nicht erzählt wurde, denen eine Stimme geben, die in unserer Literatur bisher noch keine hatten: den Immigranten der Grenze, den Gründern der Wüstenstädte.

Wir müssen allen unseren Erzählungen Gehör schenken, allen Worten, die uns als Mitglieder einer Welt vereinen, die noch viele Geschichten zu erzählen hat. Kreativität entsteht zu Hause, dort, wo die ältesten und gleichzeitig modernsten, die lokalsten und gleichzeitig globalsten Dinge zu finden sind. Aus diesem Grund schreibe ich Kriminalromane: um die Geheimnisse meiner unmittelbaren Umwelt aufzudecken, den Knoten zu zerschlagen, der unseren Durst nach Gerechtigkeit und Wahrheit abwürgt. Ich schreibe gegen das Vergessen, damit die Vergangenheit lebendig unter uns weilt und nichts und niemand, der sie missbraucht und verzerrt, straffrei bleibt. Meine Romane sind Fiktion, aber alle Fiktion ist ein Wunsch, das Richtige zu tun. Eine Grenze zum Überschreiten.

Miguel Ángel Morgado ist ein Ermittler, der auf das große Mysterium der Grenze zwischen Mexiko und den Vereinigten Staaten von Amerika gestoßen ist. Dieses Land ist vollgesogen mit Geheimnissen, Intrigen und Verbrechen, denen man nie auf den Grund kommt, ganz gleich, wie viele Jahre lang sie hinter einem Dokument, einer Fotografie oder einer Stimme verborgen waren. Morgado ist mehr als ein Detektiv, er ist ein Ausgräber, der die Realität des Lebens an der Grenze freilegt, der die Gewalt dokumentiert, die uns in allen möglichen Formen, Personen oder Umständen begegnet. Ein hartnäckiger Mann. Seine Welt ist die Weite der nordmexikanischen Wüste. Mit den offiziellen Lügen, den internationalen Absprachen und der Gleichgültigkeit gegenüber dem Leid der anderen kann und will er sich nicht abfinden. Er ist in Kreuzritter, dessen einzige Waffen Starrsinn und Ausdauer sind.

Die Übersetzerin

Sabine Giersberg, geboren 1964 in Bonn, studierte nach einer Ausbildung zur Diplomübersetzerin Hispanistik und Lusitanistik an der Johannes-Gutenberg-Universität in Mainz. Von 1992–1999 war sie wissenschaftliche Mitarbeiterin am Romanischen Seminar obiger Universität, seither ist sie als freie Übersetzerin und Spanischdozentin tätig.

metro – Spannungsliteratur im Unionsverlag

»Die *metro*-Bände gehören auf jeden Fall zum Besten, was derzeit an so genannter Spannungsliteratur zu haben ist.« *Michaela Grom, Südwestrundfunk*

Guillermo Arriaga *Der süße Duft des Todes*
In einem kleinen Dorf in Mexiko entsteht aus Lügen eine Wahrheit, von der niemand verschont bleibt.

Bernardo Atxaga *Ein Mann allein*
Der große Roman einer vom Scheitern ihrer Revolution enttäuschten Generation – im Rhythmus eines Thrillers geschrieben.

Mongo Beti *Sonne, Liebe, Tod*
»Ein schwelgerisches Buch, bunt mäandernd zieht es uns in seinen Bann.« *Sächsische Zeitung*

Lena Blaudez *Spiegelreflex; Farbfilter*
Im westafrikanischen Benin ist Vodou Staatsreligion und damit so real wie Profikiller, Bürokraten und internationale Abzocker.

Patrick Boman
Peabody geht fischen
»Peabody ist der niederträchtigste Ermittler, der jemals in Szene gesetzt wurde.« *WDR*

R. Bradley, S. Sloan *Temutma*
Ein blutdürstiger Mörder macht Hongkong unsicher. »Mystery mit Biss: gruselig, philosophisch, spannend.« *Brigitte*

Jerome Charyn *Der Tod des Tango-Königs*
»Mehr als nur ein Thriller: das visionäre Porträt einer Stadt, in der sich der Wahnsinn des globalen Zeitalters konzentriert.« *taz*

Driss Chraïbi *Inspektor Ali im Trinity College*
Inspektor Ali aus Casablanca kombiniert wie Sherlock Holmes und kommt daher wie ein marokkanischer Bauer.

Liza Cody *Gimme more*
»Mit Birdie Walker gelingt Cody ein großer, ein wunderbarer Bluff.« *Die Zeit*

Pablo De Santis *Die Übersetzung; Die Fakultät; Voltaires Kalligraph*
»De Santis ist ein meisterhafter Erzähler. Kafka und Agatha Christie hätten ihr Vergnügen daran.« *NDR*

Garry Disher *Drachenmann; Hinter den Inseln; Flugrausch*
»Garry Disher ist zurzeit einer der besten Kriminalschriftsteller der Welt.« *WDR*

Giuseppe Fava *Ehrenwerte Leute*
»Eine höchst temporeiche, fesselnde und literarische Antwort auf die Frage, wie Mafia entsteht und funktioniert.« *Doppelpunkt, Nürnberg*

Rubem Fonseca *Bufo & Spallanzani; Grenzenlose Gefühle, unvollendete Gedanken; Mord im August*
Rubem Fonseca zeichnet witzig, satirisch, virtuos und opulent die Bourgeoisie Brasiliens.

Jorge Franco *Die Scherenfrau*
Rosario Tijeras will raus aus den Slums von Medellín. Sie ist schön, sie ist stark und sie ist eine Killerin im Dienst der Kartelle.

Santiago Gamboa *Verlieren ist eine Frage der Methode*
In Bogotá gerät der Journalist Silanpa in einen Strudel aus Traum und Albtraum. »Ein raffinierter Großstadt-Krimi.« *Der Spiegel*

Jef Geeraerts *Der Generalstaatsanwalt; Coltmorde*
»Geeraerts legt die Mechanismen von Korruption, Machtmissbrauch, politischer Gewissenlosigkeit und religiösem Wahn bloß.« *ZDF*

Friedrich Glauser *Schlumpf Erwin Mord; Matto regiert; Der Chinese; Die Speiche; Die Fieberkurve; Der Tee der drei alten Damen*
»An Glauser kommt kein Krimifreund vorbei.« *Peter Zeindler*

Chester Himes *Die Geldmacher von Harlem; Lauf Mann, lauf!; Der Traum vom großen Geld; Fenstersturz in Harlem; Heiße Nacht für kühle Killer*
»Wer Chester Himes' Krimis liest, taucht ab ins tiefste Harlem.« *Annabelle*

Jean-Claude Izzo Die Marseille-Trilogie: *Total Cheops; Chourmo; Solea*
»Izzo besingt seine Stadt wie ein Liebender.« *Stadtmagazin Krefeld*

Stan Jones *Weißer Himmel, schwarzes Eis; Gefrorene Sonne; Schamanenpass*
»Jones lässt uns in die Seele der Ureinwohner Alaskas schauen.« *Hessischer Rundfunk*

H. R. F. Keating *Inspector Ghote zerbricht ein Ei; Inspector Ghote geht nach Bollywood; Inspector Ghote hört auf sein Herz*
»Ghote gehört in den Pantheon der literarischen Detektive.« *100 Masters of Crime*

Yasmina Khadra *Morituri; Doppelweiß; Herbst der Chimären*
»Hier sieht man mal wieder, wie wichtig Literatur ist.« *Elke Heidenreich*

Thomas King *DreadfulWater kreuzt auf*
»King muss als einer der wichtigsten Autoren der Native Americans gelten.« *Die Welt*

Bill Moody *Solo Hand; Moulin Rouge, Las Vegas; Auf der Suche nach Chet Baker; Bird lives!*
»Zwischen jeder Zeile klingt wunderbarer Jazz durch.« *Badische Zeitung*

Christopher G. Moore *Haus der Geister; Nana Plaza; Stunde null in Phnom Penh*
»Konsequente Action, meisterhafte Sprache, dazu angelsächsischer Humor at its best.« *DeutschlandRadio*

Walter Mosley *Socrates in Watts; Socrates' Welt*
»Ein Buch mit dem Blick von unten: wahrhaftig, glaubhaft und ehrlich.« *Deutsche Welle*

Katy Munger *Beinarbeit; Gnadenfrist; Miststück*
»Eine tolle Heldin: Casey ist eine Mischung aus Philip Marlowe und Femme fatale.« *Brigitte Young Miss*

Peter O'Donnell *Modesty Blaise – Die Klaue des Drachen; Die Goldfalle; Operation Säbelzahn*
»Mit Modesty wird es nie langweilig, höchstens einmal lebensgefährlich.« *Michael Kleeberg, FAS*

Celil Oker *Schnee am Bosporus; Foul am Bosporus; Letzter Akt am Bosporus*
»Celil Oker ist der Grandseigneur des türkischen Krimis.« *Stuttgarter Zeitung*

Leonardo Padura Das Havanna-Quartett: *Ein perfektes Leben; Handel der Gefühle; Labyrinth der Masken; Das Meer der Illusionen*
»Wir erleben Havanna live.« *NZZ*

Pepetela *Jaime Bunda, Geheimagent*
Was ist die Steigerung von James Bond? Jaime Bunda, Angolas effizientester Geheimpolizist!

Roger L. Simon *Die Baumkrieger*
»Simon bündelt explosive Konflikte zu einer spannenden Story.« *Das Magazin*

Susan Slater *Die Geister von Tewa Pueblo*
Tewa Pueblo in New Mexico liegt auf kargem Land. Die Eröffnung eines Spielkasinos verspricht Reichtum – doch um welchen Preis?

Clemens Stadlbauer *Quotenkiller*
»Manchmal glaubt man sich in einem Film der Marx Brothers.« *Wien Live*

Paco Taibo II *Vier Hände*
»Paco Ignacio Taibo II: ein Vagabund auf diesem Planeten.« *L'Humanité*

Masako Togawa *Schwestern der Nacht; Trübe Wasser in Tokio; Der Hauptschlüssel*
»Das Fremde und das Bekannte verschmelzen geheimnisvoll, die Spannung ist erschreckend.« *Ruth Rendell*

Gabriel Trujillo Muñoz *Tijuana Blues*
»Gabriel Trujillo Muñoz ist der fantasievollste und originellste Autor Mexikos, eine echte Entdeckung.« *Reforma*

Nury Vittachi *Der Fengshui-Detektiv; Der Fengshui-Detektiv und der Geistheiler; Der Fengshui-Detektiv und der Computertiger*
»Ein gelungenes Crossover mit Kultpotenzial.« *Der Standard*

Helen Zahavi *Donna und der Fettsack; Schmutziges Wochenende*
»Zahavi gewinnt dem Machtkampf zwischen Mann und Frau bizarre Seiten ab.« *Stern*